らぶ☆ダイエット

世の中、可愛いか可愛くないか、太っているか太っていないかで人の態度は違うと思う。特に太った女性に対する男性の扱いの酷《ひど》さは、可愛くない女の子に対するもの以上だ。

例えば、『ブスは三日で慣れる』とか『多少ブサイクでも暗いとこでヤレば同じ』だとか……実際そう話しているのを聞いたことがある。

――でも、『デブだけはその気になれない』らしい。

わたしはどう見ても『その気になれない』部類のおでぶだろう。

どこまでがぽっちゃりで、どこからがおでぶかなんて境目《さかいめ》は、その人の主観だけど、わたしは誰がどう見ても太っている。よく気を遣って『ぽっちゃりしてるだけじゃない？』などと慰《なぐさ》めてくれる人もいるけれど、自分の体型は自分が一番よくわかっている。

大台に乗ってもう何年だろう……女の体重じゃないってところまで増えてしまった現状は悲惨だ。

わたし、細井千夜子《ほそいちやこ》。

『細井です』って名乗るたびに『ぷっ』って、噴き出されるほどの……おでぶです。

1　おでぶも恋をする

「うっそぉ……」

その日は朝からサイアクだった。

寝過ごしていつもの電車に間に合わず、満員電車に押し込まれて汗だくに。会社に着いて急いでエレベーターに飛び乗ると定員オーバーのブザーが鳴る。わたしは皆の視線を集め、すごすごと降りるしかなかった。

そして今、トイレで屈《かが》んだ時にブチッとウエストの辺りで音がした。なんとスカートのホックがちぎれてしまったのだ。制服のベストは以前からキツかったけれど、まさかスカートが先にダメになるなんて……

「まさか……また太った？」

どうするのよ、これ以上大きい制服は特注だって言われてるのに。

入社当時は今ほど太っていなかったから、制服も大きめぐらいで済んでいたけど……年々成長し続けて、とうとうスリーサイズアップだ。

「これじゃダメだよね……酷《ひど》すぎる」

トイレの鏡に映る醜《みにく》く太った自分の姿に辟易《へきえき》する。大学まではバレーボールを続けていたから、意外と筋肉質で締まっていた。なのに就職して四年、まったく運動しなかったら、身体を覆《おお》っていた筋肉が脂肪に変わってしまった。そして体重はとうとうプラス二十キロ！　せめて背が低ければ、同じおでぶでも少しは可愛げがあったのに……一六九センチではデカくてゴツいだけ。

　これまで仕事のストレスを全部、食べることで発散してきたのが悪かった。この体型じゃオシャレな服とは無縁だったから、衣服などにお金を使わない分、ついつい食べる物につぎ込んでしまっていた。

「ダイエットしたいけど、とりあえず今は仕事優先だよね」

　ここ一年は本当に忙しすぎて、ダイエットする余裕なんてなかった。無理してダイエットすると目眩《めまい》がして倒れそうになるから……仕事に支障《ししょう》が出ないように控えるしかなかったのだ。

　なにせ去年うちの営業部に配属された新人が最悪で、わたしは下手したらふたり分の仕事をこなさないといけなかった。できないことは人に丸投げ、教えても覚えようとしない。彼女はどうやらお偉いさんの身内らしく、誰も強く言えなかった。それに見た目も可愛らしいから、周りからはちやほやされている。可愛い子はいいなって羨《うらや》ましくなってしまう。

　そんなふうに思いつつも、わたしはわたしなりに一生懸命仕事を頑張ってきた。最近ではその成果もあって、厳しい上司にそこそこ認めてもらえるようになった。そのことは嬉しいんだけど……

「いくら仕事ができても、それだけだもんなぁ」

　プライベートが充実していないわけではない。とりあえず前向きで脳天気な性格が幸いして、友人には恵まれているほうだ。

だけど、恋愛経験はいまだゼロ……。彼氏いない歴二十六年目を――驀進中《ばくしんちゅう》だった。

「やだ、細井さん。そんなとこに突《つ》っ立ってないでくださいよ。ただでさえ幅があるんですから！」

長い間トイレの鏡の前でため息をついていたら、例の新人がやってきた。

皆川百合子《みながわゆりこ》、周りからは『ゆりちゃん』って呼ばれている。隣に並ぶのが嫌になるほどスタイル抜群《ばつぐん》だ。同じ制服姿なのに、この差はなんなの？

「いくら鏡見たって変わらないですよ。わたし、ランチに誘われてるから、早くお化粧直して行きたいんですけどぉ」

相変わらずのばっちりメイクだ。仕事もそろそろ二年目、できればお化粧よりも仕事ができるようになってほしい。

「ごめん、すぐにどくね」

一応わたしのほうが先輩なんだけど……なにが気に食わないのか、彼女はいつもわたしに突《つ》っかかってくる。揉《も》めるのが嫌で言い返さないのが原因なのかな？

「今日はうちの篠崎《しのざき》チーフが、ご馳走《ちそう》してくださるんですって」

彼女は営業二班担当の事務で、直属の上司は篠崎チーフ。三十代なかばの独身でちょっと遊び人だという噂がある。仕事はできるけど、デブとブスには当たりが強いのでわたしにとっては苦手な人だ。

わたしが所属する一班の楢澤恭一郎《ならさわきょういちろう》チーフはそんな人じゃなくて本当によかった。うちの営業は担当地区によって班分けされていて、一班のチーフは各班を統括《とうかつ》する立場にある。というわけで必然的に総合的な事務のまとめもわたしの仕事となり、二班の皆川さんのフォローも、わたしがすることになっている。

皆川さんはさっきまでわたしがいた場所に立ち、口紅を塗り直しながら話しかけてきた。

「細井さんったら、ウエストのホック取れたんですか？　しばらくなにも食べないほうがいいですよ。ちょっとは痩《や》せるかもしれませんから」

「そ、そうね……」

それができるならとっくにしてるけど……でもそんなことして倒れたら、仕事が滞《とどこお》ってしまう。皆川さんが定時で帰っても、その後二時間残業なんてザラなんだから。これでも外食は避《さ》けてお弁当作ってるだけマシなはずなんだけどな。

「それじゃ、お先です」

お化粧、気合い入ってるな……彼女は職場で彼氏を見つけての寿《ことぶき》退社狙いなんだろうね。

わたしの場合、結婚どころか彼氏すらできそうにない。友達は『運命の相手がどこかにいるはず』なんて言ってるけど、生まれてこのかた一度も見かけたことがない。奇跡的に痩《や》せでもしない限り、一生無理そうだ。

だけど、こんなわたしでも人並みに恋をする。ただ、その相手が誰かは口が裂《さ》けても言えない。もし相手に伝わろうものなら明日から会社に行けなくなってしまうから。

そう――片思いの相手は会社の同僚だった。同じ営業部なので、毎日声を聞けるし話しかけられることもある。まるで夢のような地獄……だってアイドルやヒーローなら、テレビ越しに応援するだけなので、わたしがおでぶだってバレない。だけど、わたしの憧《あこが》れの人はすぐ側にいるのだから、彼の前にこの姿を晒《さら》さなきゃいけない。それも毎日……いいかげん開き直ってはいるけれど。

とにかく女としてパスされるのは百パーセントわかっているから、せめて人としてパスされないよう一生懸命頑張ってきた。真面目《まじめ》に仕事をしていれば、いつか認めてもらえるはずなのだ。

だから、頑張れる。こんなわたしでも人を好きになってもいいのかなと、少しだけ自信が持てる――でも、やっぱりこのままじゃダメだ！　制服がはち切れそうだもの！

どうしようと頭を抱えながらフロアに戻ったわたしに、ダメ押しの現実が突《つ》きつけられた。

「うげ……」

スカートのホックを安全ピンで留めて席に戻ると、社員旅行の写真入りのファイルが届けられていた。その中の、数人で撮ったスナップ写真が目に留まる。そこには目を覆《おお》うほど、巨大化したわたしが写っていた。なにこれ……わたしってこんなに太ってた？　脳内ではもうちょっと細かったはず……。それにあれだけ一緒の写真には写らないようにと避《さ》けていたのに、わたしの隣に本城《ほんじょう》さんのすらりとした姿があった。

「ダ、ダメだ……見せられないよ。こんな写真……特に本城さんには絶対！」

そう――わたしの憧《あこが》れの人は、この優しく笑う王子様のような同期の本城俊也《としや》さん。背はそんなに高くなくて細身なので、わたしの隣にいるとマッチ棒かというほど華奢《きゃしゃ》に見える。もちろん本城さんは、見た目で女性を差別したりしない人だ。こんな体型のわたしでも、ちゃんと女性扱いしてくれる。

だからといって、本城さんに告白して付き合いたいとか、どうこうなりたいって思っているわけじゃない。この体型だからね……とっくに諦《あきら》めている。想いを伝えたりしたら優しい本城さんを困らせてしまうし、嫌われてないだけで十分だ。

おでぶの恋ゴコロの行く末なんて、見えちゃってるんだから……ね。


「お、それは社員旅行の時の写真か？」

頭上から聞こえる低くて甘いバリトンの声に、思わず首筋がゾクリとした。

「な、楢澤チーフ！」

わたしは急いで写真を手で隠した。なのにチーフは無理矢理手元を覗《のぞ》き込もうとする。

うう、距離近すぎ！　チーフからほのかに香るマリン系のコロンが鼻をくすぐる。

「す、すみません。どうぞ」

慌てて写真のファイルをチーフのほうに押しやると、楢澤チーフはわたしの斜めうしろに立ったまま、長くて骨ばった指でファイルをめくりはじめた。

バツイチでもやたらと女性にモテるのは、仕事ができるオトコマエだから無理もない。クールで整った顔立ちに眼鏡は最強の知的コンビネーションだ。仕事面では部下にも自分にも厳しいけれど頼りになる上司。わたしは入社当時からこの人にしごかれて、人並み以上の仕事ができるようになった。

「なんだ、これ？　おまえ……また太ったのか」

「ぐっ……」

やっぱり見ればわかるよね？　それだけ酷《ひど》い写真だってことだ。

「自分の体型が嫌なら運動しろよ。いい加減なんとかしないと身体に悪いぞ」

心配してくれるのはありがたいけど、太りたくて太ってるんじゃない……なにしたって痩《や》せないからなにもしないんです！　いつもならそう言い返すのに今日は言い返す元気がない。だって、わたしなりにショックだったから……

「千夜子くん？」

チーフはわたしのことを下の名前で呼ぶ。『細井』と呼ばれるのが嫌いだと最初に言ったのを覚えてくれているのだ。

それにしてもこの人、やたらいい声をしてるんだよね。張りのある甘いバリトンで名前を呼ばれるから、ドキッとしてしまう。

「なんなら俺が通っているジムを紹介してやろうか？　おまえの場合、食生活と運動不足が原因だろ」

「わかってます……けど遠慮しておきます。ジムって泳いだりもするんですよね？　人前でプールとか……み、水着を着るなんて！」

水着姿を人前に晒《さら》すなんて絶対無理！　それにチーフが通ってるジムって、格好いいセレブな人が山ほどいそうで気後《きおく》れしてしまう。

「そんなこと言ってられんだろう？　泳ぐのが嫌なら歩くか走るかしてみろよ。このままじゃ本当に病気になってしまうぞ？」

病気って糖尿？　メタボリック症候群？　うう、あり得るかも……確かに今年の健康診断の数値はヤバくて、もう少しで再検査になるところだった。太ってる割には低血圧で驚かれたけれど、あれはちょっとでも体重減らそうと前日から食事を抜いてたからだ。

「い、今は忙しいから……決算期過ぎたら、歩きます！　夜とか……」

「いくらなんでも夜に歩くのは危険だろ？　ただでさえうちは残業が多いんだから。もしものことがあったらどうするんだ？」

「だ、大丈夫です！」

心配してくれるのはわかるけど、チーフには太っているわたしの気持ちなんてわかるはずがない。彼は顔だけじゃなく『いいカラダしてる』ともっぱらの評判だ。学生時代は国体に出たこともある水泳選手だったというのは有名な話。社員旅行で一緒に温泉に入った男子社員達が羨《うらや》ましそうに話していたんだから！

『楢澤さんって脱いだらすごいんです、だよな。逆三角の体型で胸板も厚いし、腹筋も割れてたぜ。ありゃ女にモテるはずだよな』

わたしも脱いだらすごいんだけど、違うよね。

仕事もできる上に、顔がよくてカラダまでいいとくれば、悩みなんかひとつもないに違いない。

「おい、聞いてるのか？　健康のためにちょっとは考えろ。食ってばっかりだとまた太るぞ」

「わ、わかってます‼」

もう、そこまで言わなくってもいいじゃない！　でもね、その口調とは裏腹に、頭に乗せられたチーフの手は、やたら温かく優しく感じた。


「チーフ、それ以上言うとセクハラになりますよ」

「……本城」

「ほ、本城さん！」

いつの間にか側まで来ていた本城さんが、ちらりと写真に目をやる。

「ああ、この間の写真ですか？」

ヤダ！　見ないで！　その場にある自分が写った写真のすべてを消してしまいたかった。

「見せてもらってもいいかな？」

ダメです！　おでぶなわたしが写ってる写真なんて、見ないで！

「また後で見ろよ。もう昼休みが終わる」

本城さんが手を伸ばしかけると、チーフが写真を自分のデスクへ持っていってしまった。見られなくて済んだ……まさかわたしが嫌がっているのを察してくれたの？

怪訝《けげん》そうにしながらも、本城さんは自分のデスクに戻っていった。席に着くと、ニコッと笑いかけてくれる。

ああ、やっぱり本城さんって優しい。うーん、癒《いや》される！　優しい笑顔に物腰の柔《やわ》らかさ。さらさらの前髪にどんな女性が相手でも発揮されるフェミニスト精神。帰国子女らしいけど、どこの国にいたんだろ？　英国とかフランスって、イメージだよね。

せめて横に並んで仕事してても恥ずかしくないようになりたいなぁ……細身な彼の横には、とてもじゃないけど今のわたしは並べないもの。

「千夜子くん、今日中にこれとこれの資料を揃えて書類を作ってくれ」

午後からは皆が外回りに出払い、うちの班はわたしと楢澤チーフだけが残ってデスクワークをしていた。

「はい。あ、これサンプルいりますよね？　取ってきます」

「ああ、頼む」

わたしは倉庫までサンプルを取りに行くために、階段へ向かった。エレベーターを使えば速いけれど少しでも運動するために。

「あ、本城さん達だ……」

休憩用スペースにある自販機の前。本城さんと他に数人の社員が、外回りから帰ってきて一息ついていた。彼らが帰ってきたなら、早くフロアに戻らないと……営業が戻ると報告書が出される。倉庫へ急ごうとした時、彼らの話し声が聞こえてきて、わたしは咄嗟《とっさ》に柱の陰に隠れた。

「あー帰りたくねえなぁ……営業から戻っても俺ら一班には癒《いや》しがないんだよな。二班なんて見てみろ、ゆりちゃん可愛いよなぁ。あれこそ癒《いや》しだよ」

癒《いや》しって……会社にそんなもの必要？　花とかお茶じゃダメなの？

「ほんとだよなぁ、帰ってもしかめっ面《つら》の楢澤チーフと、デブの細井だけだぜ？」

うぐっ……陰じゃやっぱりそんな呼ばれ方してるんだ、わたし。

「だよな。けどよ、あの体型で細井っていうのは笑えるよなぁ」

「おい、そんなこと言うのはやめろよ」

さすが本城さん。見てないところでもわたしの体型のことを言う他の社員を窘《たしな》めてくれた。

「なんだよ、本城。同期だからってかばうけど、おまえもアレはパスだろう？」

「そうそう、おまえだってあの細井に惚れられたらどうする？　告白されたら付き合えるのか？」

「………」

押し黙る本城さん……そして苦笑い。

そうだね……いくら優しくても、人間ができていても、それはそれ、これはこれだよね。

「だろ？　俺だったら迷惑だっつうの」

「でも、細井さんはよく仕事をやってるよ。いつも前もって資料やサンプルの用意をしてくれるから、僕らも仕事しやすいよね？」

「けどよ、仕事だけじゃなく癒《いや》しが欲しい時があるんだよ……ああ、ゆりちゃん！」

「そうそう、細井じゃまったく癒《いや》されないよ、暑苦しいしさ。本城だってそう思うだろ？」

「それは、もう少し痩《や》せたほうがいいとは思うけど……」

「だろ？」

それ以上聞いていられなくて、その場から逃げ出した。

わかってる。わかっていたけど……本城さんの口からは聞きたくなかった。

あ、ダメだ……涙が出そう。でも、こんな人目につく場所では泣きたくない。今泣いたら余計惨《みじ》めだから、ここはぐっと我慢しないと。

わたしは急ぎトイレに駆《か》け込み、水を流して嗚咽《おえつ》を隠した。

本城さんはそんなこと言わないって信じていたのに……。わたしは自分が思っていたよりもずっと本城さんのことが好きで、彼ならこんなわたしでも受け入れてくれるって期待してたことに気付いてしまった。


「すみません、遅くなりました」

結局、涙が収まるまで一時間ほどトイレから出られなかった。

「なにやってたんだ？　営業に出てた連中、戻ってきてまた出ていったぞ」

「そう、ですか……」

「どうした、なにかあったのか？　熱でもあるんじゃないのか？　顔が赤いぞ。目も……」

チーフが心配そうに声をかけてくる。ダメダメ、上司に心配かけてちゃいけないよね。

「いえ、なんともありません」

今度こそ、にっこり笑って席に着き、仕事に取りかかった。わたしの机の上には営業が置いていった報告書が山積みだ。

ああもう、いつまでこうやって強がらなくちゃいけないんだろう？　傷付いても傷付いた顔すらできない。しちゃいけないってことはないけど、弱い自分を見せたくなかった。

でも、このままずっと我慢して、好きな人ができても想いを伝えることもなく諦《あきら》め続けるの？　一生、恋愛の希望も可能性もまったくないまま過ごしていくのだろうか。

痩《や》せれば世界が変わるかな……せめて人を好きになっても馬鹿にされないぐらい。そう、とりあえずは学生時代ぐらいまでに戻りたい！

――だけど、どうやって？

痩《や》せて人生を変えようと、今まで何度もチャレンジしては失敗を繰り返してきた。

水飲みダイエットは水分を取り過ぎて浮腫《むく》んで大変だった。一日三食、リンゴなど特定の食品のみを摂取する単品ダイエットはすぐに飽きるし、栄養が偏《かたよ》って体調不良になってしまった。お腹がへっこむという下剤系の薬草茶も試したけれど、もともと快便なので下《くだ》ってしまって大変だった。脂肪を燃やす系のサプリメントを飲んでも、忙しくてあまり運動できないから効果はなかった……

わたしの場合、ダイエットをはじめると細い人と違って最初は急激に体重が減るのだ。だから、嬉しくてつい頑張ってしまう。でもすぐに体重は落ちなくなり、貧血と目眩《めまい》を起こして倒れそうになって続けられなくなる。

学生時代は辛くて厳しい練習にも耐えられたのに、どうして食べることだけは我慢できないのだろう。このままじゃ一生この体型のまま、誰かを好きになっても惨《みじ》めな思いを繰り返すだけ……

心のどこかで、諦《あきら》めている自分がいた。ダイエットしなくちゃと思いながらも、いつだってスイーツを山盛り買い込んでしまっていた。

こんなんじゃダメだよね……どうする、わたし？　変わりたいよね、わたし！

2　決意のダイエット

「細井さん、悪いけどこれ急ぎなんだ。お願いしていいかな？」

他の書類を片付けているわたしの前に、見積もりをそっと差し出すのは本城さん。もちろん彼は、この間の話をわたしが立ち聞きしていたことなど知らないから、いつもの優しい王子様スマイルで接してくる。

「急ぎって何時までですか？」

わたしは平静を装《よそお》って聞き返す。

「三時までなんだ……申し訳ないけど最優先でお願いできるかな？」

「わかりました……やってみます」

あと一時間半。他の書類を一旦保存して大至急で打ち込みはじめる。よく作る書類の書式はテンプレートを作ってある。今回の書類もそれを使うことで、かなり早くできそうだ。

「できました。本城さん、どうぞ」

なんとか時間内に仕上げ、プリントアウトしたものを本城さんに手渡すことができた。

「さすがだね、細井さん。本当に助かったよ、ありがとう！　でもごめんね。他の仕事の手を止めさせてしまったけど、大丈夫？」

「大丈夫ですよ、このくらい」

いつもならわたしを幸せの絶頂に引き上げてくれる気遣いの言葉も、今は拷問《ごうもん》のように思える。優しさは本物だけど、わたしみたいなおでぶには想われるだけでも迷惑なんだよね？

「よかったら今度こそお礼にご馳走《ちそう》させてくれないかな？　いつも無理ばっかり言ってるから、ね？」

「そんな……仕事ですから。気を遣わないでください」

本城さんは今日みたいに無理な仕事を頼んだ後、決まってわたしを食事に誘ってくれる。社交辞令《しゃこうじれい》だとわかっていても、嬉しかった……今までは。だけど今日は悲しくなる。誘ってどうするの？本気にして一緒に出かけたりしたら、わたしでも変な期待をしてしまうよ？

所詮《しょせん》おでぶはおでぶ。王子様と食事に行く資格なんてないよね。

「本城、細井に奢《おご》ってたらおまえの財布がすっからかんになっちまうぞ」

横から二班の篠崎チーフが出張ってくる。冗談で場を盛り上げているつもりなんだろうけど、言われたこっちはしっかり傷付く。笑われる人の気持ちなんて考えもせずに人をやり玉に挙げる性質《たち》の悪い人……ホントに嫌だな。

「連れて行くなら食べ放題にしないと。なあ、細井」

なんでわたしに振るの？　どう答えさせたいっていうの？

「わたし……そんなに食べませんよ」

実際、人の財布を空《から》にするほど食べたことはない。女性にしてはよく食べるほうかもしれないけど、男性よりは少ないはずだ。

「そうか？　じゃあ、なんでそんな体型になるんだ？」

「……さあ、なんででしょうね」

「寝てる間に、知らずに食べてたりしてな、あははは！」

「だったら怖いですね」

返事が棒読みになる。むこうはジョークのつもりだろうから、こちらも笑ってやり過ごすしかなかった。どうやらわたしって、なにを言われても平気に見えるらしい。でもね、自分で太ってることを自虐《じぎゃく》ネタにするのは平気だけど、人から言われたらやっぱり傷付く。毎回毎回、心をショベルカーでえぐられる気分になるんだからね。

そう思いながら、ちらりと隣を見る。

やだ……本城さんまで笑ってるの？　好きな人の反応は、さらに深く心をえぐる。

『明るいおでぶキャラ』を目指してたけれど、好きな人の前で言われるのはちょっとしんどい。

「とにかく、本城さんの財布を空《から》にしちゃ申し訳ないので、今日のところは遠慮しておきます」

「じゃあ……また今度ね」

そう言うと、本城さんは申し訳なさそうな笑顔を残して、得意先へ向かった。

「あの、細井さん……俺もこれ急ぎなんだけど頼んでいいですか？」

そう言って書類を差し出すのは二班の黒田《くろだ》くん。彼は入社二年目だけど仕事ができると評判だ。彼も人の体型のことを馬鹿にしたりしないほうかな。

さっきからうしろで二班担当の皆川さんが爪を磨いて手持ち無沙汰《ぶさた》そうにしているのに、どうして別の班のわたしに頼んでくるの？

「これ、皆川さんじゃ無理っぽくって。すみません！　今日中に出さないとまずい書類なんです。だけど僕もこれから得意先と約束があって……お願いできませんか？」

他の書類も今日中なんだけどなぁ……。まあ、いいか。今までにもよくあったことだしね。皆川さんは急ぎの仕事を回しても『できませんでした』と言って平気で帰っちゃうし、難しい書類は『わからなかった』と言って後回しだ。結局わたしがやる羽目になるのなら、最初からこっちに言ってもらったほうが早いかな。

「いいわ、そこに置いといて。何時がリミットなの？」

「五時までには僕も戻ってきますので、それまでによろしくお願いします！」

黒田くんはそう言い残して自分のデスクに戻ると、鞄《かばん》を抱えて行ってしまった。これで今日も残業決定だ。

片付けなければならない書類の束を見てため息をついた後、ふと顔を上げると楢澤チーフがこっちを向いていた。

な、なに？　なにか言われるのかな？　ドギマギしてると、チーフがわたしを呼ぶ。

「な、なんでしょう？」

「もしかして今日も残業するつもりか？」

「えっと……たぶんそうなると思います」

でないと明日の朝までの書類が間に合わない。

「今日の残業は許可できない。それまでに済みそうにない分は皆川くんに回しなさい」

「あ、はい……わかりました」

どうしたんだろう？　いつもならわたしが残業してもなにも言わないのに。もっとも、チーフが部下にだけ残業させるなんてことは滅多《めった》になく、いつも付き合ってくれている。

「へえ、チーフ、今夜は残れないってことは接待が入ってるんですか？　それともデートですか？」

同じ一班の間下《ました》くんが興味津々で声をかける。けれど、チーフはそれに「ああ」とニコリともせずに答えて席を立つ。先ほど内線が鳴っていたから部長からの呼び出しかな。

あの言い方では特定できないけど、やっぱりデートかも。いつも厳しいチーフが認める彼女は、きっと仕事ができる素敵な人なんだろうな。隣りに立って歩く姿もお似合いの女性のはずだ。

いつかわたしも誰かと一緒に並んで歩いても、恥ずかしくない女性になりたいな。せめてお礼の食事ぐらい素直に受けられるぐらいに——痩《や》せたいよ。

だけど、とりあえず今は仕事だ。わたしは仕事を頼むため皆川さんの席へ向かった。

「それじゃ皆川さん、悪いけどこの書類の打ち込みを頼んでもいいかな？」

急ぎの仕事はそのまま自分で、その代わりに一班の仕事でも難しくない数字の入力をお願いする。

「やだ、それ一班の仕事でしょ？　わたしだってやらなきゃいけない仕事があるから無理です」

その言い方にカチンときてしまった。さっきから仕事なんかしてないくせに！　わたしが今からやる仕事は、二班の仕事だ。さっきの黒田くんとの会話もチーフとの話も聞こえていたはずなのに。

「爪を磨《みが》いてる暇があればできると思うから」

「ひどいっ！　どうしてそんなこと言うんですかっ！」

彼女の声が、急に大きくなる。その声を聞いて二班の男性社員が何人か駆《か》けつけてきた。皆川さんの取り巻き連中ばかり……嫌な予感。

「なに？　細井、おまえゆりちゃんを苛《いじ》めたのか？」

「え？」

ちょっと待って。

「細井さんがぁ……わたしも仕事があるのに、無理矢理自分の仕事を押しつけてくるんですぅ」

甘えた声……それだけで男性達が自分に味方してくれることを知っているんだ。

「酷《ひど》いな、細井そのくらい自分でやれよ。おまえ、仕事ぐらいしか取り柄《え》ないだろ？」

「でも、二班の急ぎの仕事を受けてるから、わたしも余裕がなくて……」

「だからと言って、ゆりちゃんに押しつけることないじゃないか！」

いや、チーフ命令で、言われたとおり皆川さんに頼んだだけなのに。

さっきわたしに仕事を振ってきた黒田くんはもういないけれど、わたし達の会話を聞いていた一班の営業は数人残っていた。だけど彼らは、にやにや笑ってこっちを見ているだけ。

あ、ダメだ……また泣きそう。逆《さか》らえばもっと酷《ひど》いこと言われるのは確実だろうな。

「わかりました。自分でやります！」

「わかればいいんだよ。少しぐらい余分に仕事したほうが痩《や》せるよ？」

わめきたいほど腹も立つけれども、これ以上なにか口にすると泣き出しそうだった。だからぐっと堪《こら》え、『金輪際《こんりんざい》、あんた達の急ぎの仕事は受けないから覚悟してよね』と、心の中でだけ悪態をついた。

「細井さん、どうせデートの予定とかないでしょ？　だからずーっと仕事してればいいのよ。本城さんや黒田くんだって仕事のことがなきゃ、あなたになんて話しかけたりしないんだから！」

皆川さんはわたしの耳元で、他の人には聞こえないほど小さな声でそう言った。

やめてよ、仕事のことまで引き合いに出さないで。頑張っていれば、いつか皆もわたしのことを認めてくれると思っていたのに。結局は可愛い子の味方なんだ……馬鹿らしい！　悔《くや》しい……いつか見返してやりたい！

もしわたしが痩《や》せたら……周りの反応は変わるだろうか？

もし痩《や》せられない時は会社を辞めるくらいの覚悟でやってやろうじゃないのよ！

ダイエット――絶対やってやるんだから!!

その後のわたしは、誰ともしゃべらず仕事に没頭《ぼっとう》した。その結果、時間内にすべての仕事を終わらせることができたのだった。

『はあ？　痩《や》せなかったら会社辞めんの、チャーコ？』

その日の夜、保育所時代からの親友、風間《かざま》一子《いちこ》ことイッコに決意のほどを電話で伝えた。彼女とは昔からぽっちゃりさん同士で気が合って、今でもずっと付き合いが続いている。

「いや、だからそのぐらいの覚悟で頑張ろうかと……」

ダイエットをはじめることをイッコに連絡したのは、彼女が健康相談専門のくすりやさんに勤めている健康指導のプロだからだ。なによりも彼女は一昨年、見事にダイエットを成功させているのだ。

『仕事大好きなチャーコがそんなこと言い出すなんて、よっぽどだよね』

「うん、本気だよ。だから助けてほしいの。だってイッコが一番わたしの体質を理解してくれてるでしょ？」

彼女の実施したダイエット方法は、スタイルを良くするというよりも健康のための体質改善。太った原因を考えて、食事や運動、睡眠などの生活習慣を変えていくものらしい。ダイエットは身体に負担をかけるから、不健康なままでは失敗する。まずは体質改善からはじめたほうがいいらしい。実際イッコは体質を変えて体調を崩さないまま、きれいに十キロ近く痩《や》せた。その後リバウンドもなく、以前よりも健康で肌もきれいになっている。

『やる気になったのは嬉しいけど、大丈夫なの？　途中でやめたりしない？』

そんな素晴らしいダイエット方法があると知りながら、なぜやらなかったのか……それは少々お金がかかるからだ。天然の滋養強壮剤《じようきようそうざい》や漢方生薬《かんぽうしょうやく》、体質に合わせたサプリメントを使って、ダイエットに耐えられる、元気で痩《や》せやすい身体づくりをする。それらを全部きっちり行うと、月々かなりの金額になってしまうらしい。

イッコが痩《や》せた時、わたしも同じ方法を！　と飛びつきかけた。だけどちょうどその頃、兄が結婚し、わたしはひとり暮らしをはじめたばかりだった。今まで実家で気楽に暮らしてきたのに、なにもかも自分でやることになり、金銭的にも精神、体力的にも余裕がなくなってしまったのだ。思えばあのあたりから急激に体重が増えたように思う……実家で毎日食べていたお母さんのご飯はバランスの取れたありがたいものだったんだよね。

「週末の夜にでも時間取れない？　今は決算前で仕事が忙しくて、平日は無理そうなんだ」

『いいわよ、わたしも今週は珍しく日曜に休みをもらえたの。土曜は遅くなっても大丈夫よ』

「それじゃ、『あずまや』に行かない？　もしかすると遅くなっちゃうかもしれないから」

『いいよ。コータの店も……久しぶりだし』

少しだけイッコの声のトーンが下がる。『あずまや』というのは、わたし達ふたりの幼馴染《おさななじみ》、東浩太《あずまこうた》が親の代からやっている居酒屋だ。コータとわたしは親がいとこ同士だから、はとこにあたるのかな？　身内の店だという気安さがある上に、料理がとても美味《おい》しくて居心地がいいので、すっかり行きつけのお店になっている。コータは人懐《ひとなつ》っこい性格で友達も多いから、結構溜まり場みたいにもなってていた。

「ひとりで大丈夫？　仕事が終わったらすぐに行くけど」

『コータのところだから、ひとりでも大丈夫だよ。カウンターに座ってるし』

大丈夫かな？　イッコひとりで。いつもはわたしと一緒じゃないとコータの店には行かないようにしてるのに。子供の頃から引っ込み思案でおとなしかったイッコ。彼女は昔からコータのことが好きだった。でも小学生の頃、告白を拒否されて以来、想いを口にはしていない。ダイエットに成功してきれいになった時も、てっきり告白するもんだと思ってたけど……やっぱりしなかったんだよね。

わかってるんだ。ダイエットしてスタイルがよくなったからと言って、すべてが解決するわけじゃないって。つまりは自己満足にすぎないのだから。それに、スタイルが変わったぐらいで相手の気持ちが変わっても嬉しくないものね。

ただ、自分に自信が持てるようになれば、一歩踏み出す勇気が湧いてくると思う。

仮にもし、わたしみたいなおでぶを好きになってくれる奇特《きとく》な人がいたとする。大人の付き合いなのだから、関係を続けていけば当然のごとくえっちをすることになるだろう。だけど今のわたしには、たとえ彼氏でも男性に裸を晒《さら》すなんてこと、怖くてとてもできやしない。いくら相手がこの体型でいいと言ってくれても、自分が許せない。だから、男の人と付き合おうとは思えないのだ。

でも、もしダイエットに成功して、痩《や》せて自分のカラダに少しでも自信が持てたら……その時は食事したりお付き合いしたり、キスとかその先も大丈夫になるかなって思う。

そのためにも、とりあえずは体重を落とすこと。目標はせめて学生時代の体重……つまり二十キロダイエットだ。

「それでさ、イッコ。今すごくやる気満々で、すぐにでもダイエットをはじめたいんだけど……なにをすればいい？　甘いものや間食もやめるし、できるだけ身体を動かそうとは思ってるけど」

土曜までまだ五日もある。それまでなんて待てないよ。

『うーん、たくさんありすぎて電話で説明するのは難しいよ。食事法や生活習慣で気を付けてほしいことは山ほどあるの。どうして自分は太ってしまったのか、今までダイエットに失敗した原因はなんなのか、まずはそれをちゃんと知っておかないと同じ失敗を繰り返すからね』

「わたしさ、お腹が空《す》きすぎると貧血みたいになって、手が震《ふる》えてさ……結局我慢できなくて食べちゃうんだよね」

『それってもしかして低血糖症状を起こしているのかもしれないわ。空腹時に起きる貧血みたいなものなんだけど、手が震《ふる》えたり目眩《めまい》がしたりするの。食べると血糖値が上がって症状がなくなるから、身体は食べさせようとするの。その症状はちょっとしんどいわよ……長く空腹にならないように気を付けないとね』

「わたしって、そんな体質だったんだ……」

『原因に合わせて食事内容や体質改善の方法を工夫するの。それに、運動もせずに楽に痩《や》せようなんて考えは甘いわよ。覚悟はできてる？　中途半端にやるなら、やめておいたほうがいいと思うわ』

「やるよ……今回は本当に本気だよ。とにかくこのまま痩《や》せられないのなら、会社を辞めるぐらいのつもりなんだ。絶対に痩《や》せるって、決心したんだから！」

生半可《なまはんか》な決心じゃ無理だってわかっている。何度も失敗してきたのだから。

『ねえ、そこまでする理由を聞いてもいい？』

「もう嫌なの。好きな人ができても付き合うどころか告白すら……ううん、側にいることさえ恥ずかしくてできないなんて。せめて、隣に並んでも平気になりたい。少しでも自分に自信が持てるようになりたい」

『チャーコはすごくいい子だよ。それはわたしが保証する。だからそこまで自分を卑下《ひげ》しないで』

「今の自分が許せないの……友達といる時の自分は嫌いじゃないし、バレーをしてる時の自分も好きだった。仕事をしてる自分も好きになれた。だけど、おでぶなままじゃ恋はできないの」

『そうね。自分を好きにならないと恋愛なんてできないわよね……でも、痩《や》せても変わらないこともあるわよ？』

「それもわかってる。でも、やるって決めたから。そのために必要なことは全部続けてみせる！」

思わず力んで宣言したけれど、イッコの声が聞こえてこない。もしかして呆《あき》れられちゃった？

『わかったわ。それだけ決心が固いなら今がはじめ時ね。きっと、恋愛が一番ダイエットに効くと思うわ。これはわたしの個人的な感想だけど……。わたしも応援するから頑張ってね！』

「ありがとう、イッコ」

『いいのよ、これはわたしの仕事でもあるんだから。本当なら今日からはじめられるよう、指導したいけど、それは土曜にね。それまで無理しないようにやれる？』

「うん、無理しないように頑張る！」

『実を言うと、ダイエットの原理ってすっごく単純で簡単なのよ』

「もう、なに言ってるのよ。ダイエットがそんなに簡単なわけないじゃない」

『ホントよ。だって代謝カロリーよりも摂取カロリーを下げれば、その差の分だけ痩《や》せるんだから』

「あ……なるほど、確かにそうだ。じゃあ、どうして失敗しちゃうの？」

『摂取カロリーを減らし続けると、身体がそれに合わせて燃費《ねんぴ》を下げる。つまりどんどん代謝が悪くなっていくのよ。そうすると少ない食事でも体重が減らなくなってしまうってわけ。代謝が落ちたままでは痩《や》せにくいから、運動して代謝を上げないとダメなの。あと、急激に体重が減りすぎると身体が危険だと感じて防衛機能が作動して、リバウンドしやすくなるから気を付けてね』

「身に覚えがありすぎて、怖いよ」

『運動すると代謝は上がるけど、普段運動していない人が無理すると疲れてしまうでしょ。そうするとまた身体は食べることで体力を補おうとするから、それも気を付けなきゃだね』

「確かに疲れると食べたくなる……怖いなあ」

『だからうちのくすりやでは、生薬《しょうやく》入りの滋養強壮剤《じようきょうそうざい》を飲みながらのダイエットを推奨《すいしょう》しているの。疲れもとれるし血行がよくなって代謝も免疫力《めんえきりょく》も上がるから、食事を減らしてもダイエットの成功率がアップするのよ。わたしもその方法で頑張ったわ』

「確かにイッコはいつも飲んでたよね。それじゃ、お腹が空《す》いてなくても、つい甘いものを食べたくなるのはなぜなの？」

『ストレスが溜《た》まった時、甘いものを食べると気分がよくなるってことを身体が知っているからなのよ。それは中毒に近いもので、我慢し過ぎると反動で過食してしまうの。だから、低カロリーのものでも満足するようにきちんと食べながら、痩《や》せやすい身体を作るのよ』

「食べて……痩《や》せる？」

『そうよ、太りにくい低糖質なものを、しっかり食べるの。我慢するやり方は絶対にダメ。間食してもいいからある程度の満腹感を得られる食事法でやらないと失敗するわ。甘いものも、週に一度ご褒美《ほうび》として食べるのはいいと思うわ。後はゆっくりよく噛《か》んで食べることと、栄養バランスも大切よ』

「間食してもいいの？　だったらわたしにもできそう！」

『糖質の取り過ぎはもちろんダメよ。後でダイエットレシピの資料をメールするけど、糖質っていうのは炭水化物も含まれているの。その中で一番マシなのは蕎麦《そば》かな？　おすすめしないのは、ラーメンとパスタよ。パンとご飯なら、ご飯のほうがお腹の持ちもいいわ』

「ラーメンにパスタにパン、それって好きなものばかりだよ！　じゃあ、食べていいのはなんなの？」

『タンパク質は身体を作る成分だから、しっかり取らないといけないわね。タンパク質はお肉や魚以外に大豆や納豆、それから牛乳にチーズからも取れるわ。もちろん野菜やカルシウム、ミネラルも必要よ。チャーコにあった、美味《おい》しくて満足できる低カロリーのレシピを探そうね』

そのあたりは、ネットや本などいろんなもので探せそうだ。

『あと寝不足はダイエットの敵だからよく寝ること。それと運動だけど、わたしは苦手だったからジムに通ったの。チャーコは運動得意だから大丈夫だろうけど、毎日できそう？』

「それなんだけど、平日はなかなか時間がとれないんだよね。ジムって高いの？」

『わたしの通ってるジムはそんなに高くはないけど、チャーコの家からだとちょっと遠いよね。移動の時にエレベーターに乗らず階段を使うとか、通勤時に一駅歩くとかだったら毎日できない？』

「わかった、できるだけ歩くのと、その食事療法をやってみるね」

『それじゃ、あとは食べ方だけど……』

イッコの指導はそのまま夜遅くまで続いた……とにかく明日から本気で頑張るんだから！

3　無理は禁物

翌日から決死のダイエット作戦を開始した。

決死っていうのはちょっと大袈裟《おおげさ》かもしれないけど、痩《や》せられなかったら会社を辞めるとまでイッコに言ったのだ。そのぐらいのつもりでやらなきゃ意味がないと思う。そんな情熱が空回《から》りしてしまって……早く痩《や》せたい気持ちが抑え切れなかった。少しでも痩《や》せて今の状況から、早く抜け出したかった。

昨夜は、なかなか寝つけなかったので、野菜スープを大量に作ってみた。コンソメ少しと、ベーコンやら玉ねぎなど冷蔵庫に残っていた野菜を色々入れたので結構なボリュームになった。作りすぎた分は冷凍して、朝はそれと常備しているヨーグルトにゆでたまごと野菜サラダ。お昼用としてポットに野菜スープを入れ、お弁当箱にはゆでたまごやハムなど冷蔵庫にある糖質以外のものを詰め込んだ。それから帰りには、キャベツや納豆、鶏の胸肉、白身魚などを買い込んだのだった。そして夜は、具だくさんのお味噌汁にキャベツと玉子だけのお好み焼き風というメニュー。これはイッコのオススメで結構美味《おい》しかった。明日のお弁当用には、鶏胸肉の塩麹《しおこうじ》漬けを仕込んで準備は完璧だ。

お米を食べなくても、工夫次第で結構美味《おい》しく食べられる上に、タンパク質は意外とお腹の持ちがいい。

だけど準備に手がかかるため、朝がせわしなかった。早起きしたけど、ウォーキングは行けずじまい。それと腹八分目っていうのはかなり辛い。イッコに言わせると、理想は六分目だそうだけど、そんなの絶対無理！　わたしの場合はいままでの暴食でかなり胃が拡張してしまってるから、胃を小さくしなきゃダメらしい。そのため、イッコに教えてもらった食べ方に変えた。

『ゆっくりと噛《か》んで食べることで満腹感が脳にきちんと伝わるのよ。チャーコは早食いでしょ？だから満腹感が伝わるのが遅いの。おかずとご飯は別々に、汁物は最初に呑みきってね』

その通りやってみて驚き！　噛《か》む回数が増えてゆっくり食べられた。少ない食事で満足が得られるのだ。

ダイエットをはじめてみたら、自分が今まで食べてた物のカロリーと栄養素がとんでもないことにも気付いた。ついつい面倒くさくて、昼食は菓子パン三個とか食べていたわたし。でも菓子パンって、一個五〇〇キロカロリー以上あるものが多い。一食で一五〇〇キロカロリーを超えてしまう。それって成人女性の一日の摂取カロリーに近いよね？　おまけに炭水化物ばかりで栄養バランスも悪い。

忙しくてつい食べたくなったりしたけど、なんとか我慢して乗り切れた。おかげさまで初日から一キロマイナス。元の体重があるからだろうけど、それでも嬉しくてしょうがなかった。

決算期で仕事が忙しいこともあって、夜にも運動する時間は取れなかった。でもそのぶん階段を使ったり、帰りに少し歩いたりした。

『運動する時には、姿勢とか歩き方とかにも気を付けてね。きれいに立つ時には、無意識に身体の筋肉を使ってるんだって』

イッコのアドバイスに従ってみると、違いは歴然だった。しかも翌朝起きたら、身体のあちこちが痛かった。運動不足だったんだね、わたし。

ダイエット開始二日目。今朝も、出勤時に階段を使ってフロアに向かおうとしていた。わたしの所属する営業部のフロアは十五階だからそこまで上がるのは大変だけど、頑張る！

「もう、甘やかさないんだから」

「なにを甘やかさないんだ？」

「え？　あ、チーフ……おはようございます」

うしろから声をかけてきたのは楢澤チーフだった。

「おはよう。歩くのはいいことだが、いきなり無理するなよ」

「は、はい」

確かに、少し無謀《むぼう》だったかもしれない。脚はもうガクガクだ。だけどチーフもここにいるってことは……毎日エレベーターを使わずに上がってたの？

「無理そうだったら、途中からエレベーターを使えばいい。徐々に階数を増やすほうがいいぞ」

そう言ってチーフは、ポンとわたしの頭を叩いて先に階段を上がっていった。

「あ、ありがとうございます」

そっか、毎日少しずつ増やせばいいんだ。もしかして、チーフってこういう運動とか詳しいのかな？　元水泳選手だけあって素敵な筋肉をしていそうだと、引き締まったチーフのうしろ姿に思わず見惚《みと》れていた。

結局今日は十階で限界がきて、そこからはエレベーターを使った。

「おはよう、細井さん。あれ、どうして十階から？」

乗り込んだエレベーターには本城さんがいた。もしかして今日は朝からすごくついてるかも！

「おはようございます。階段で上がろうと頑張ったんですけど……今日は十階でギブアップでした」

「そうなんだ、僕も最近運動不足だから、明日から歩いて上ってみようかな？」

「ほ、本城さんも？　あの、――」

よかったら一緒に歩きませんか？　と言おうとした瞬間。開いたエレベーターの向かいのガラス窓に映った不釣り合いなふたりの姿に、その言葉は引っ込んでしまった。

「ん？　どうかした？」

「いえ、なんでもないです……今日もお仕事頑張りましょうね」

にっこり笑ってそう言うと、更衣室へ駆《か》け込んだ。

ダメダメ、まだ一緒になんて口にするのはおこがましいよ。全然変わってないんだから……やっぱりゆっくりなんてやってられないよ、イッコ！

そうして焦《あせ》った結果……無理をするなというイッコの言いつけを守らず、三食とも主食どころか、脂も肉も抜くという無謀《むぼう》なことをしてしまった。そしたらなんと二日目でまた一キロ、三日目でもう一キロ、トータルで三キロも減っていた。す、すごくない？　この調子で続ければ、ひと月以内にマイナス十キロも夢じゃない!?　と計算してしまう。

四日目もまた一キロ減っていて、思わず目を疑った。急激に痩《や》せるのはよくないってイッコが言ってたけど、嬉しくてしょうがなかった。だからわたしは失念していたんだ。イッコにあれほど無理しちゃダメだと言われていた理由を。

「よしよし、もっと頑張るぞ!!」

四日目の今日は帰りに三駅分歩いたら、さすがにヘロヘロだった。でも、痩《や》せていくのが嬉しくて、明日からはもっと歩こうと考えていた。

そろそろ我慢するのがきつくなってきたけど、この調子でいけば週末までにマイナス五キロだから、まずはそこまで頑張りたかった。


「ああ、なっちゃった」

五日目の土曜日の朝、トイレでがっくりうなだれる。

数日前から少し浮腫《むく》んできていたので、そろそろ生理だなと思っていたら案の定。体重は、水分を我慢していたので五日で五キロ減を達成したけれど……朝は怠《だる》くて起きられなかった。お弁当も作れなくて、いっそのことお昼を抜いてしまっても平気な感じだ。わたしの場合、生理前はやたら食べたくなるけど、生理がくると食欲はなくなるほうなのだ。

決算期で多忙のため朝から休日出勤し、わたしも営業部の皆も忙しく走り回っていた。

「細井さん、これやっといてくれる？　急ぎなんだ」

「あ、俺もこれお願い」

「ちょっと、ぼーっとしてないでそこ早くどいてくださいよ！」

ダメだ……今日はちょっとヤバイ……かも。

朝から体調は最悪だった。もともと量が多く、血圧も低いほうだから気を付けなきゃならなかったのに……

決算前で午後になっても仕事は途切れず、お昼もまともに食べられないまま忙しく動いていた。

ああ、だけどさっきから目眩《めまい》はするし、顔も手足も冷たくなって、冷や汗まで止まらない。でもこの書類は四時までだって村井《むらい》くんが言ってた。これ、追加の資料もいるかな？　倉庫に取りに行かなきゃ……

「あ――」

立ち上がった途端《とたん》、天井が回る。目の前は真っ暗で……もしかしてこれって立ちくらみ？　ずっと健康体で、朝礼や体育祭でも倒れたりしたことなんかなかった。

――なのに、立っていられなくて身体が床に沈んでいくのがわかる。

「細井さん？」

「千夜子くん！」

男性社員の誰かの声と、それに重なるようにわたしの下の名前を呼ぶ声が間近で聞こえた。

片方の声は、きっとチーフだ。わたしを『千夜子くん』て呼ぶのはあの人だけだから。

でもチーフの席は随分《ずいぶん》向こうのはずなのに……そんなことを考えていたら、意識はどんどん遠のいていった。

「ん……あっ」

気が付くと、応接室のソファに寝かされていた。頭がくらくらしてまぶたが重い。

「千夜子くん、目が覚めたのか？　どうだ、気分は悪くないか？」

「は、はい。大丈夫です」

目を開けると心配そうな楢澤チーフの顔があった。えっと……どうやってここまで？

「あの、わたしを……」

誰が運んでくれたの？　と聞こうとした瞬間、思いっきりチーフに怒鳴られた。

「馬鹿野郎っ！　なんて無茶するんだ、おまえはっ！　真っ青な顔してぶっ倒れやがって……まさか、無理なダイエットをしてるんじゃないだろうな？」

「い、いえ、そんな無茶したつもりは……ただその、ちょっと……」

「なんだ？」

言っていいのだろうか？　男の人に生理だって。

「あ、アレの日でして……」

そこまで言うとああ、と頷《うなず》かれてしまった。わかったのかな？　やっぱり奥さんがいた人だから、そういうのにも慣れてるのかな？

「ま、まあ女性の身体が周期的に不調になることはわかっているつもりだ。ならば、そんな時ぐらい体調に合わせろ。いくら忙しいからって、無理して倒れては元も子もないだろう」

ようやく口調も元に戻ったチーフは苦い顔をしながら腕を組んだ。

「すみません。あ、あの、今何時ですか？」

「五時過ぎだ」

「ええ？　あ、書類！　村井くんが四時までにって……」

「あれは村井の仕事だ。あいつか、本来の担当である皆川にやらせればいい。おまえが無理することはない」

「でも、わたしは仕事ぐらいしか取り柄《え》がないから……」

実はお昼過ぎ頃に、また嫌みを言われたのだ。本城さんに頼まれた書類を急いで作ってたら、村井くんが『オレもオレも』って……彼は二班だけど皆川さんに頼んだら間に合わないと言って、いつもわたしに仕事を回してくる。その時も『細井さんは仕事しか取り柄《え》がないんだからやってよ』と言われた。

「とにかく今日はもう帰って休むんだ。残っている仕事は皆に割り振って終わらせたから大丈夫だ。それと身体がついていかないのなら、ダイエットもやめるべきだ。健康を損《そこ》なってまでやることじゃないだろう？」

「はい……すみません、ご迷惑をおかけしました」

仕事に支障《ししょう》をきたしたのは、わたしの責任だ。社会人でお給料をもらっているのだから、やってはいけないことだった。だけど……いまさらダイエットはやめられないよ。

「とにかく今日は送っていくから、支度《したく》しなさい」

「はい？」

送っていくって、嘘……楢澤チーフがそんなこと言い出すなんて！

帰り支度《じたく》を整えたわたしは、チーフに促《うなが》されるまま、彼の車に乗った。

男の人に車で送ってもらうなんて、滅多《めった》にない。それも助手席……たまにコータや男友達の車に乗せてもらうことはあるけれど、その時はいつも後部座席だ。

「この道、右でいいのか？　それなら意外とうちと近いな」

「そう、ですか」

わたしは助手席で小さくなっていた。チーフの車は排気量の大きな三ナンバー。座席も革張りでグレードの高い内装だった。チラチラと運転席を盗み見るけれど、なんか横顔格好よすぎじゃないですか？　助手席ってやっぱり彼女が座る場所で、そこにこんなゴツいのが乗っているだなんて……思わず気後《きおく》れしていた。

今までそんな目で見たことなかったけれど、仕事中とは違い少しリラックスした感じで運転するチーフは妙な色気があった。ハンドルを持つきれいな指先にまで、ドキリとする。

「すまないが、少し話がある……おまえの家の近くに、車を停めておく場所はあるか？」

アパートの近くまで来ていきなりそう言われ、来客用の駐車スペースに案内したけど、車の中で話すのかな？　なんだろう、ちょっと緊張する……

「ここで話すのもなんだから、部屋に上がらせてもらいたい。無理ならどこかお茶でも飲めるところを探すが、おまえも今日は早めに食事したほうがいいだろう？　だが、ダイエット中は外食をあまりしたくないだろうと思ってな」

「それはそうですけど……」

だけどいきなりわたしの部屋に？　いまだに誰も男の人を入れたことがないのに。って、いくらなんでもチーフを疑うのは失礼だよね。厳しいけど差別もセクハラ発言もしない、信頼できる上司だ。それにモテるって聞いているから女性なんて選び放題だろう。部屋に上げたところで、チーフがわたしを襲うとかあり得ない。わたしなんかにその気になる男の人なんて、この世にはいないのだから。

わたしはそう思い直し、チーフを自分の部屋に入れることにした。

車を降りて、わたしの部屋まで並んで歩く。それだけなのにやたらと緊張していた。

「あの……よかったら、チーフも一緒に夕飯をいかがですか？　簡単なものですが作ります」

今日は夜、イッコとあずまやに行く約束をしてるけど、まだ時間も早いから軽めに食べるぐらいならいいよね。作りおきの野菜スープがあるし、ご飯も冷凍してるのを温めればすぐに用意できる。

ダイエットをはじめてから結構料理をしているので材料にも困らない。今朝は朝食もお弁当も作らずに出勤したので、材料は余っているぐらいだ。

「いいのか？　だが、料理なんて無理しないでいいぞ」

「いいえ、もう大丈夫です。送っていただいたので余計な体力を消耗《しょうもう》せずに済みました」

この調子だとご飯の用意ぐらいは頑張れそうだ。

「それじゃ食事をして、その後ゆっくり話をしよう」

ダイエットをはじめてから、部屋は比較的片付いている。身も心も部屋も、きちんとしたほうがいいと思ったし、寝る前のエクササイズのためにスペースを空《あ》けている。ワンルームだから、ベッドまで丸見えでちょっと落ち着かないけど……

「えっと、ど、どうぞ」

少々戸惑いながらも、チーフには部屋の真ん中に置いたローテーブルの横、ベッドと反対側に置いたクッションの席を勧《すす》めた。すると、チーフは躊躇《ちゅうちょ》することなくそこに腰を下ろす。やっぱり、女性の部屋に入り慣れてるのかな？

「安心しなさい。なにもしやしない。俺はおまえの上司だ。それに、今はアレの最中だろう？　そんな時に無理矢理やる趣味はないし、そう不自由もしてないから」

やっぱりビクビクしてるのが態度に出ていたらしく、気を遣わせてしまった。

「いえ、あの……じゃあご飯を作ってきますので、しばらくお待ち下さい」

そうだよね……女性に不自由なんてしてないよね。もしチーフが、なんて考えてた自分が恥ずかしい。こんなにモテる人が、わたしなんかにその気になるはずがない。

それにもし今、急にそんな展開になったとしても、いろいろな意味で人前で脱げるような身体じゃない。下世話な話になるけど、今まで男の人とどうのこうのって考えたことがなかったから、むだ毛だって処理してないし下着だって特別なものじゃない。しかも少し痩《や》せて身体に合わなくなってきてたから、明日イッコと一緒に買いに行こうと思っていたところだった。

「ご馳走《ちそう》さま。思ったよりちゃんと料理してるみたいだな、よかった……」

手早く準備してふたりで食事を済ませた。男の人には少な目かもしれないけど、同じ量でいいと言われたのでそのとおりにした。

「どうだと思われてたんですか？」

「いや、君がボクサー顔負けの減量をやってたら止めようと思っていたんだ。どうやら違ったみたいだが」

食事もいつもの夕飯より少しだけメニューを増やしていた。野菜スープにトマトピューレを入れてミネストローネ風に。和風だし巻きをオムレツ風にして、ちりめんじゃこと大根おろしを添えた。後はキャベツをさっと湯通ししたサラダ。メインは豚肉の塩麹《しおこうじ》漬けを軽く炒めて、冷凍ほうれん草のソテーを付け合わせにした。

「頑張っているのはわかるが、無理するな。女の子は少しくらいふっくらしているほうがいいだろ」

「なっ……」

その言葉にカチンときた。――嘘ばっかり！　ふっくらとおでぶは違うでしょ？　わからないんだ、チーフにはわたしの気持ちなんて！　世間からおでぶってだけで拒否されて、女扱いもされなくて、心をズタボロにするような言葉を平気で投げつけてくる。それでこっちが開き直ると、『女捨ててるよね』って。『皿まで食いそう』『服が悲鳴上げてるよ』とか言われるし。なにひとつ、いいことなんてありゃしない。

「そんなの建て前ですよね？　そう言ってる人に限って彼女は細身の人が多いんですよね。自分の意思でダイエットしてるんですから、頑張ったって構わないでしょ？　わたしの自由だと思います」

「そんなつもりで言ったんじゃない」

「いいんです、もうそんな気を遣っていただかなくても。だけど男の人ってやっぱり見かけで選ぶじゃないですか。いくらおしゃれしても、仕事頑張っても、わたしなんかいつも恋愛対象外ですから！　そりゃ、わたしみたいなのじゃその気にもなれないだろうけど……でも、わたしだって一度ぐらい普通の女の子として扱われたいんです！　おでぶなことが犯罪で、人間じゃないみたいに言ってくる人もいるから……悔《くや》しくて。それに、少しぐらい体重が落ちたと言っても、まだおでぶなんですよ？　標準サイズの服も入らないし、スタイルだって全然です。だからもっと痩《や》せたくって、わたし……」

「千夜子くん、まさか……今まで男性と付き合ったことがないのか？」

「なくて悪かったですね！　生まれてこのかた、彼氏なんてもの、できたことありませんよ！　チーフはモテるだろうから、わたしのこんな気持ちわかんないでしょうけど」

ええ、そのとおりですよ！　なくて悪いですか？　相手が上司ということも忘れ、わたしの怒りのボルテージは上がっていった。

「そんなことない、わかるよ」

「嘘言わないでください！　チーフにわかるはずないじゃないですか！」

仕事ができて、厳しいけど人格者で、スタイルも顔もいい。モテるって話は色々と聞いてるんだから！

「嘘じゃない。俺も……昔は太ってたんだ」

なに？　えっと、空耳かしら？　チーフが太ってたって……？

「……え？」

思わずチーフに向かって顔を突《つ》き出し、見つめてしまった。すると彼は、口元に手を当てて目線を外してる……うわぁ、もしかしてチーフ照れてるの？　耳まで真っ赤だよ。

「その……俺は昔、小児喘息《しょうにぜんそく》でな、母親に過保護に育てられたんだ。薬の副作用と運動不足、過食と偏食と甘やかしで、でっぷりと浮腫《むく》んだ子供だったんだ」

「嘘、ですよね？」

だって今のチーフは、筋肉質で男も惚れるほどの美丈夫《びじょうふ》で……本城さんと二人並ぶ姿はボーイズラブの世界のようだと、腐女子で有名な総務の香川《かがわ》さんがうっとりと語ったほど。そのチーフが昔は肥満児だったというの？

「本当だ。喘息《ぜんそく》だったから、あまり激しい運動ができなくてな。動かずに食べてばかりいたら、ぶくぶく太ってしまったんだ。小学校に入る前に喘息《ぜんそく》の治療も兼ねて水泳をはじめてからは、症状は治まってきたんだが、肥満児のままで……中学に入った頃から、これじゃいけないと両親を説得して食事を変えたんだ。いとこがダイエットにやたら詳しかったので、献立《こんだて》や運動方法も指導してもらってな。体重が落ちると体力もついてきて、運動や筋トレをしっかりするようになった。高校に入った頃からかなり泳ぎ込んで……身体も徐々に引き締まってきて、高校、大学時代はプールに青春を捧《ささ》げてたな」

そうやって鍛《きた》えたから筋肉質になったというの？　わたしの筋肉は今じゃ見る影もないけど。

「痩《や》せたいというおまえの気持ちもよくわかるが、体重でなく脂肪を落とさないとダメだろう？」

もちろん、それもわかっている。でも運動したくてもなかなか身体が動かないし、時間も暇も気力もない……

ああ、ダメだ……言い訳してるうちはダメなんだ。ちゃんとやらなきゃって思うけど、できなくて焦《あせ》る。それでつい食事を減らすことで結果を得ようとして失敗してきたんだ。

けれど、まさかチーフが肥満児だったなんて、誰も知らないよね？　もしかしてわたしにだけ教えてくれたんだろうか？　でもそれって……

「自分が昔太ってたから、わたしに同情してそんなこと言うんですか？」

「同情じゃない。ただ、俺も辛さを知っている。太っているのと痩《や》せているのとじゃ態度の違う人間が多いのはたしかだ。俺だって十分、経験してきたよ。太ってる頃は見向きもしなかった女子が、痩《や》せたら途端《とたん》にキャーキャー言って告白してきたり……呆《あき》れるよ」

そ、それは自慢ですか？　わたしの場合、痩《や》せてもそんな奇跡起こりそうにないんですけど。

「けど皆、昔俺が太っていたことを知ると、微妙な反応をするんだ」

「微妙？」

「ああ、もしかしたら、また太るんじゃないかって疑われる」

ああ、なんかわかる気がする。たとえ痩《や》せても、太っていた過去は消せないのだ。

「でも、わたしはダイエットに成功して、今も体型を維持されてるチーフはすごいと思いますけど？」

「ああ、おまえはな。元々、人を見かけで判断したりしないからな」

それは……確かに。人にはいろいろ事情があるものだ。

「俺はな、本当のおまえを好きになってくれる人を見つけて欲しいんだ。おまえは、俺が離婚した理由を知らないだろう？」

「あ……はい」

わたしが今の職場に配属された頃、チーフはすでに離婚していた。

「誰にも言ってないし……表向きは『性格の不一致』ってことにしている、実は違う。本当は元妻が『あなたの子供を産むのは厭《いや》だ』と言ったからなんだ」

「え？　どうして……」

「子供の頃太ってたことを、俺は黙っていた。だが結婚式の二次会で俺の幼馴染《おさななじみ》がバラしたんだ。その後、俺の実家で幼い頃の写真を見て……それ以来、肥満遺伝子を受け継ぐ子供なんて産みたくないって言い出したんだよ」

「そんな……」

「元妻は、ミスなんとかに選ばれるほどの美人でな。上司に薦《すす》められるまま見合いして結婚した。恋愛結婚ではないが、愛情ある家庭を築けると信じていたよ。だが、向こうは遺伝子まで完璧じゃないとダメだったらしい。結局、俺のほうもそんな妻を抱けなくなって……性格じゃなくて『性の不一致』だったんだ。結婚してから離婚までの半年間、夫婦関係ゼロのまま別れたよ」

「酷《ひど》い……チーフは、結婚した時にはもう太ってなかったんですよね？　過去のことなんてどうしようもないのに。それに、チーフがこの先太るかどうかも、子供が肥満になるかどうかも、すでに決まっているわけじゃないのに」

「妻はそう思わなかったらしい」

「痩せることで周囲の態度が変わって、嫌な思いをする可能性があるのはわかりました。それでも……今は無理してでも痩《や》せたいんです。だってチーフは痩《や》せて結婚できたんですよね。今も彼女がいたりするんですよね？　最初の結婚はそういう結果になったかもしれないけれど、まだ希望はあります！　でもわたしは……今の体型のままだと皆に結婚どころか付き合う気もおきないって思われてるんですから」

「そんなこと言う奴は放っておけ。ダイエットは体調を崩してまでやることじゃないぞ」

「……心配、してくださるんですか？」

「ああ、可愛い部下だからな。おまえはよく仕事をやっているよ。他の班の分までフォローしてくれて、うちの部全体をまとめる俺も助かっている。ありがとう、感謝してるんだ。……最近、二班の奴らがおまえのことを悪く言ってるのにも気が付いてた。だが別のチーフがいる手前、二班のことに迂闊《うかつ》に口出しするわけにはいかなかった。すぐに止められなくて、すまない。この間、おまえが泣いた時も……」

え？　わたし、いつ泣いた？　チーフの前でなんて泣いたことないのに。

「一度、泣き腫《は》らした目で戻ってきたことがあっただろう？」

やっぱり気が付いてたんだ。チーフってすごく人のこと見てくれてるんだ。

「おまえは本城が……好きなんだろ」

ど、どうしてそのことを知ってるの？　隠してたのに……そんなにわかりやすかった？　わたし。

「それなら協力してやろうか？　あいつは体型云々《うんぬん》で人を差別するような奴じゃない。ただ、まあ……自分から動くやつでもないから。おまえが自分に自信を持って声をかけられるようになれば、きっとうまくいくはずだ」

「そ、そんなの無理です！」

うまくって、付き合うってこと？　それはもう、ありえないって思ってるから！　だってダイエットしたところで可愛くなるとは限らない。そりゃあ、痩《や》せれば少しは自信がついて、食事の誘いぐらいは受けられるだろうって……でも、ただそれだけで。

「おまえはさ、今まで体型を気にして、誘われても下ばかり向いてただろ？　少し痩《や》せたんなら、自信を持って顔を上げていればいいんだ」

「自信なんて、欠片《かけら》もないですよ。わたしなんか、少々肉が落ちたところでちっとも変わらないんですから……」

「そうかな？　例えばその胸。ブラウスのボタンを外してる隙間から見える白い肌に、欲情していた男性社員がいたかもしれない」

「え？　ま、さか……」

そういえば応接室で気が付いた時、ブラウスのボタンはかなり下まで外されてたし、ベストも着ていなかった。倒れた時、苦しくないように胸元を開けられたのかな？　あの後、慌てていたから『あれ？』って思ったけれどそのまま着替えてしまった。

胸はおでぶの割には小さいけど、谷間ができるぐらいのボリュームはある。というか、脇の肉とかを寄せ上げて、胸ってことにしている。

「少なくとも俺には、その胸は魅力的に見えるぞ？　それにふっくらした腰のラインも、柔《やわ》らかそうでいいなって思う」

「な、チーフ！　それって……」

「セクハラか？　おまえがあんまり自信がないって言うから、男が考えてることを教えてやったまでだ。しっかり俺をその気にさせるぐらい魅力あるぞ。おまえのカラダは、抱き上げた時も背負った時もなかなか素敵な感触だったからな」

「ひぇっ‼」

昼間に倒れた時、運んでくれたのはチーフだったの⁉　しかも、ひとりで運んだの？　サ、サイアク……

「なあ、千夜子」

「は、はい？」

急に名前を呼び捨てですか！

「そんなに自信がないのなら、俺が自信をつけさせてやろうか？　自信がついたら本城と食事に行くなり告白するなりすればいい。それまでは……俺がおまえに男の欲情を教えてやるよ」

「そ、そんな……」

「例えば」

チーフはいきなり立ち上がり、テーブルを挟《はさ》んだ向かいの席に座っているわたしの隣に座り込んだ。チーフのコロンの香りを強く感じる。今まで感じたことのない圧迫感をすぐ側で感じていた。

体温だって……わたしに比べたらすごく高くて熱い。これが……男の人なの？

「男は魅力的な女がいれば、いつだって触れたいと思ってるんだ」

「あっ……」

腰を抱かれただけなのに……なんだかえっちな声が出そうになった。もっとも今までそんなことされたことないから、驚いて変な声が出ただけかもしれないけど。

チーフの手は、わたしの腰のラインを往復して脇腹を撫《な》で上げてくる。その場所をすごく意識するからか、なんだかそこの脂肪燃焼度が上がった気がした。

「チ、チーフ、これって……」

「きれいに痩《や》せさせてやるよ、俺が……運動と、おまえが自分を女であると意識することによってな」

「そ、そんなこと……チーフになにか得でもあるんですか？」

「役得かな？　おまえが俺の申し出を受ければ、こうしてセクハラまがいの接触をしても訴えられないだろ？　——というのは冗談で、おまえが頑張ってるのを見ていたら、応援したくなったんだ」

「で、でも……」

「大丈夫だ、最後まで手を出したりしないよ。おまえがきちんと痩《や》せて、彼氏ができるまで……いや、裸になって男を誘う自信がつくぐらいまで付き合ってやるよ」

な、なんて申し出なの！　痩《や》せて彼氏ができるまでって……裸になって？　それって彼氏とえっちできるようになるまでってこと？　確かに、今の自分にはそんな自信はないし、たとえダイエットに成功しても、彼氏を作るなんて到底無理だと思う。

「どうする？　千夜子」

耳元で囁《ささや》くその低い声に、首筋から背中までがゾクリと震《ふる》える。この人の声って反則すぎる。

どうしよう……わたしはこれを受けてもいいの？　ていうか、今の体勢……は、鼻血出そう！

わたしは一気にのぼせて、ふたたびその場でぶっ倒れてしまった。


これはきっと、夢なんだ……チーフがこんなこと言い出すなんて。

「おい、大丈夫か？」

「……チーフ、あれ？」

目の前にチーフのどアップ。まだ夢の中？

「あれ、じゃないだろ！　いきなり白目剥《む》いたら驚くだろうが」

「って、ああっ！　す、すみません!!」

いつの間にかチーフに抱きとめられていたらしく、大急ぎでその腕の中から這《は》い出た。

「おい、いきなり動いて平気なのか？」

「だ、大丈夫です」

わたしは急いで正座して、平静を装《よそお》った。

すごかった……チーフの身体。硬いっていうか逞《たくま》しいっていうか、重いわたしの身体を余裕で支えていた。会社で倒れた時もチーフが医務室まで運んでくれたらしいけど、あれほど筋肉があるなら大丈夫そうだ。うーん、覚えてないのがちょっと悔《くや》しいような気もする。覚えてたら、それはそれで恥ずかしいんだけど。健康自慢なわたしが一日に二回も倒れるなんて。今までそんな経験はまったくなかったのに……ああ、よっぽど身体が弱っていたんだね。これは反省だ。

「千夜子？」

「は、はいっ！」

わたしの名前を呼ぶチーフの声が、少し甘いような気がして思わず身構えてしまった。さっきの話はきっと、冗談だよね？　それなのに、勘違いしてしまいそうになる。もしかして、わたしを女の子扱いしてくれてるのかなって……

「おまえは……本当に慣れてないんだな」

「えっ？」

「自信云々《うんぬん》の前に、男にもう少し慣れたほうがいいな。いざ男と付き合うとしても、あまり緊張しすぎてると引かれるぞ？」

「そ、そんな……」

確かに今も緊張してるけど……今まで彼氏ができなかったのって、それも一因だろうか？

「それと、もっと体力をつけないといけないな」

「あ、はい……」

倒れて仕事に支障《ししょう》をきたすのはまずいものね。早くイッコにきちんとしたダイエット方法を習わなきゃ……って、ああっ！　イッコをコータの店で待たせっぱなしだった！　今、何時なの？

「おまえ、俺と一緒にトレーニングしてみるか？　そうすれば少しは男にも慣れるだろう。それに俺も、おまえが無茶しないかどうか見張れるしな」

「えっ？　一緒に……トレーニング、ですか？」

トレーニングって、走ったりダンベル持ち上げたり？　それをチーフと？　まさか……さっき言ってたこと、やっぱり本気なの？

「仕事のペースはほぼ同じだから、時間も合わせやすいだろう。俺は今でも朝走ったり週末にジムに行ったりしているんだが、付き合わないか？」

一瞬、付き合わないかっていう言葉が違う意味に聞こえてしまった。今日はいろいろありすぎて、脳が麻痺《まひ》しかけているみたい。そんなはずないのに……

チーフはわたしに同情しているだけなんだ。この歳になって一度も彼氏ができたことがなく、男に慣れない上におでぶで無茶なダイエットをするわたしのことを心配して……でも、これ以上甘えられないよ。今まで自分でトレーニングをやっていたのなら、人と合わせるなんてすごく面倒なはずだ。それも体力が落ちまくってるわたしとじゃペース配分も違うはずだし。

「いいえ、これ以上チーフにご面倒かけられません。なんとか自分で……」

「それでまた倒れるのか？　おまえに休まれるほうがよっぽど迷惑だがな。だったら一緒にやるほうが安心できる」

わたしが休んだら……未処理の書類が溜《た》まって現場の皆が困る。その長たるチーフがおそらく一番……大変だ。

「これからは迷惑をかけないようにちゃんと気を付けます！　運動も自分でやりますし、倒れたりしないよう、食事も気を付けますから……」

「本当に大丈夫なのか？　せっかくおまえがやる気を出してるのだから、俺はおまえを助けてやりたいと思ったんだ。仕事の時も、いつもおまえはひとりでなんとかしようとするが、少しは甘えろ」

甘えろって言われても……本当にいいんだろうか？　わたしにとってチーフは頼りになる上司だけど、今まで仕事以外ではまったく付き合いもなにもなかったのに。申し訳ないよ……

「とにかく、運動やトレーニングはきちんと管理してやったほうがいい。自分でできないならジムに通ったほうが確実だ。徐々に筋肉をつけながら脂肪の燃焼度を上げていくとダイエットも楽になるぞ？　筋肉をつけてないと戻りやすいから、一時的に痩《や》せてもあっという間に無駄になる」

「でも……」

「おまえにやる気があるなら、俺も本気で手伝いたいと思っている。関わるからには、妥協も体調を崩すのも許さない。さあ、どうする？」

うう、なんでそんなに強引なの？　そりゃ痩《や》せたいよ、素敵な彼氏を……とまではいかなくても……本城さんからの食事の誘いに、断らずに乗ってみたい。

今日、午前中に本城さんに言ってもらえたんだ。『細井さん、痩《や》せた？　無理しないようにね』って。ちゃんと気が付いてくれてて、それが嬉しくて余計頑張っちゃったんだ。

もし、ダイエットできて告白もできるなら……頑張りたい！

この際、チーフの同情でもなんでもいい！　コーチがついて今以上の成果がでるのなら……

「本当に……いいんですか？」

「ああ」

「あの、わたし死に物狂いで頑張りますから！　チーフ、よろしくお願いします！」

思わず床に手をついて頭を下げた。

「おいおい、死なれちゃ困るが……その意気だ」

笑いながらわたしの腕をとって、身体を起こさせる。チーフが声を上げて笑うなんて、珍しい。いつもは難しい顔をしていることが多いのに。

「それじゃさっそく、明日の二時に迎えにこよう。早めに食事を済ませて運動のできる格好で待っているように」

「えっ？　あ、明日ですか？」

いきなり？　さすが、段取り上手なチーフだ。

「ジムの見学に連れて行ってやる。俺が通っているところは、設備もいいしリーズナブルだぞ」

いやいや、チーフとわたしでは金銭感覚が違うと思う。できれば、あまりお金をかけたくないところだ。だけどチーフに教えてもらうとすれば、やっぱり水泳だよね？　でもチーフの前で水着姿晒《さら》すなんて、無理！　絶対無理！

「い、いいです。あの、場所を教えてもらったらわたし、自分で行きます。体験コースとかあるでしょうから」

「さっき死に物狂いで頑張ると言わなかったか？」

「ううっ、それは……」

「今日はもう休め。二度も倒れてるんだから、また明日な」

チーフは優しく笑うと、わたしの頭をポンと叩いて帰っていった。

4　ダイエットの極意

「ごめんイッコ！　だいぶ待ったでしょ？」

チーフには休めと言われたけど、イッコと約束していたのでコータの店に急いだ。かなり遅くなったけど、イッコはひとりカウンター席に座り待ってくれていた。コータは他のお客さんの相手で忙しそうにしているのが見える。

「仕事、そんなに忙しかったの？」

「えっと実は、今日会社で倒れちゃって……」

「もう、なにやってんのよ！　チャーコ」

今日のことを報告したら、やっぱり怒られた。

「だからあれほど無理しちゃダメって言ったでしょ！」

「ご、ごめん……いきなり五キロも減ったから嬉しくてさ。決算期で忙しかったのもあるんだけど、結構無理してるとこにアレがきちゃって……あんまり食べてなかったら貧血起こしたみたい」

「そんなことしたら倒れるに決まってるでしょ！　出てきて大丈夫なの？」

普段はおとなしいイッコがここまで怒るって相当だ。もちろん心配してくれているからだってわかっているけど。

「だから心配だったのよ。五日で五キロも痩《や》せたら嬉しいのはわかるけど、体力が持たなくなるに決まってるでしょ」

「最初は大丈夫だったんだけどね」

「体力があるうちはね。とくに生理中は、体調崩しやすいんだから」

それはもう身に染みています。

「それとその人の体重にもよるけど、一気に体重の五パーセント以上痩《や》せると、身体が危険だと感じて、食べさせようとしたり吸収力をアップしたりするのよ」

そう言ってイッコは、頼んでいたものを机の上に並べて説明をしてくれた。

「チャーコは冷え性だから、身体を温める生薬《しょうやく》が入っているものがいいわね。これを飲むと代謝も上がるし、食事減らしても運動できるぐらい元気になれるから」

「そうだよね……元気じゃないとダイエットは成功しないよね。これ呑んで頑張るよ」

「それから野菜の繊維も取らないとね。特に牛蒡《ごぼう》やほうれん草は、食べると便通もよくなるわ。要するにデトックスね。イライラする人はこのリラックスハーブと言われてるエゾウコギなんかもいいわよ。後ね……」

イッコが一生懸命説明してくれる。カルシウムもたくさん取ったほうがいいんだって。納豆を食べると女性ホルモン的にもいいらしい。

「ありがとう、イッコ。頑張るね！」

もう二度と倒れない。目標まであと十五キロ以上、それを健康的に落とすぞ！


「よおっ、おまえぶっ倒れたんだって？」

「コ、コータ！」

カウンターから離れていたコータが戻ってきた。頭に黒の日本手拭《てぬぐ》いを巻いていて、居酒屋の料理人って感じだ。

「チャーコ、無理すんなよ。おまえが美味《うま》そうに食ってるとこ見れなくなったら、俺が寂しいだろ？」

「コータうるさい。これは乙女心と仕事のプライドの両方をかけた真剣な戦いなんだからね！」

こいつはイッコの前でも、やたらわたしを構うんだよね。まるで見せつけるみたいに。わたしに限らず、イッコの目の前でばかり他の女の子を構う。そのことに本人は無自覚みたいだけど。なんでイッコを選ばないのかなって思う。こんないい子、なかなかいないよ？

「まあまあ、そんなに根詰めなくてもいいじゃん。俺も協力するからさ。で、こんなの作ってみたんですけど」

目の前には美味《おい》しそうな定食セット。具だくさんのおみそ汁に白身魚の焼き物、納豆のオクラちりめん和《あ》え、それと冷や奴にゆで卵と温野菜のサラダ、ほうれん草のおひたし、きのこの和《あ》え物。

「お、美味《おい》しそう！」

「コータ、注文してないよ。それにチャーコは今日もう、晩ご飯食べたんじゃないの？」

そうだ、さっき食べたんだ……チーフと。

そう、チーフ！　明日また来るって言ってたよね？　ジムに行って、一緒にトレーニングするって。

「これ、カロリーはそんなに高くないんだぜ？　うちの親父が血糖値ヤバくってさ、食生活を見直せって言われて、食事メニューを改善したんだ。イッコんとこの店に、うちの親父が相談に行った時、色々教わったんだろ？」

「それは……そうだけど」

「このメニューだったら安心だ。チャーコもさ、よかったら毎晩ここに食べにこいよ。言っといてくれたら、おまえの分を用意して待っててやるからさ」

にっこり微笑《ほほえ》む顔は、悪ガキだった頃とちっとも変わってない。なんかコータの顔見てると昔のままみたいで安心する。

「コータはチャーコに甘すぎだよ」

イッコはまだ不満げだ。ダイエットの相談してる最中だもんね。彼女は真面目《まじめ》で融通《ゆうずう》がきかないところがあって、怒らせるとちょっと怖い。

「そっか？　うちのメニューはカロリー高いのが多いって言って、イッコも食べなくなったろ。だから、こういうの用意しようと思ってさ。考えはじめると結構楽しいのな。けどオレは食の細い子よりも、ガッツリ食ってくれる子のほうが好きだけどな。美味《おい》しいって言ってオレの作った料理を食べてくれるのがサイコーだからさ」

一瞬イッコの表情が強張《こわば》る。あちゃ……コータその言い方はダメだよ！　イッコは……コータが付き合ってきた歴代の女の子達を見て、ダイエットを決意したんだよ。どっちかっていうと、細くて可愛い子が多かったじゃない。

それに、そういう言い方をするから、イッコはコータがわたしのことを気にしてると思い込むんだよ。でもね、ほんとにそれはないから！　身内だし、どっちかっていうと同じ体育会系のノリで、話しやすいだけだから！

「なに言ってるの！　イッコもコータの作る料理、美味《おい》しくて大好きだよね？」

「う、うん」

「美味《おい》しくて食べすぎるから気を付けてるだけだって。ほら、コータの料理が美味《おい》しすぎてわたしも太っちゃったぐらいなんだから、ね？」

ひとり暮らしするようになってから、この店に足繁《あししげ》く通いだした。それも太った原因なのかなって思ってる。注文した料理以外にも、コータの新メニューを試食したりサービスの小皿食べたり。

「ええ？　じゃあチャーコが太ったのってオレのせい？　それじゃ責任取らなきゃダメじゃん」

「コ、コータ？」

ちょっと、なに言い出すのよ！　コータにとってはいつものジョークだろうけど、真面目《まじめ》なイッコは本気にしちゃうでしょ。後で気まずい思いするのはわたしなのに……。それじゃコータのために頑張って痩《や》せたイッコはどうなるのよ、鈍感野郎め！

まあ、コータは自覚してないからなに言ってもしょうがないんだけど。

「責任なんて取らなくていいわよ！　食べすぎたのはわたしなんだから。でもこれからは糖質制限して頑張ろうと思うの。こういうメニューなら大丈夫だよね、イッコ」

「そうね、ご飯さえ食べなければ大丈夫よ。おかずも野菜中心だし、タンパク質も取れるわね。でもコータ、ひとつ言うならもう少し歯ごたえのあるものがいいかな。すぐに飲み込めないもののほうが、よく噛《か》むから満腹感が出やすいよ」

「なるほど、年寄りの病人食と違って、ダイエット向けなら歯ごたえか」

「でも、こういうのがぱっと作れるって、さすがコータだよね」

「うちのおやじの糖尿病の相談に行った時に、イッコんトコの先生が単位とかの説明してくれて、それだったら俺でもできるかなぁってさ」

単位？　なに、それ……

「単位っていうのは糖尿病食の計算の仕方よ。ダイエットの時の食事の計算にも使えるわよ」

イッコがコータに教えたというのは、食べ物を一単位＝八十キロカロリーとして計算する方法だった。ご飯はお茶碗半分で一単位、パンなら六枚切り半分で一単位だそうだ。

「だったら、パンよりご飯のほうがたくさん食べれる感じがするね」

「そうでしょう。ねえ、これを見て」

イッコが鞄《かばん》から本を取り出し、糖尿食のメニュー表を見せてくれる。

「これ一食で五百〜六百キロカロリーで、栄養バランスもよくてこれだけ食べられるのよ」

カロリー計算は大変だったけど、こうやって単位に置き換えるとわかりやすい。

「でも野菜は山盛り食べても一単位よ。海藻、きのこ、こんにゃく類はいくら食べてもいいの」

おお、それは嬉しい！　お腹空《す》いた時にそれを食べればいいんだ……ノンオイルドレッシングとか使えばいいよね？

「この本貸してあげるから、しっかり読んでね」

その後はわたしのアパートに移動して、イッコのダイエット講座がはじまった。

「とにかくダイエットは、できることからはじめて続けることだよ。嫌々やるのが一番よくないから、楽しんでやってね」

「楽しんでか……」

チーフと一緒なら、楽しめる？　それとも緊張しすぎてダメっぽい？

「わたしが一緒に走ったりできればいいんだけど……家も離れてるし休みも合わないものね。遅くまでやってるジムなんてどう？」

「あ、それなんだけど……実は」

今日家まで送ってくれた上司が、トレーニングを手伝ってくれることになったと話した。

「えっ、それって……なんか親切すぎない？　もしかしてその人、チャーコのこと……」

「ないない、ありえないって！　その人も昔肥満児だったらしくて、わたしのことをすごく心配してくれてるの。きっと自分の昔を見てるようで同情してるだけだと思うの」

「でも、上司って前に言ってたけど、たしかすごいイケメンなんだよね？　格好いいんでしょ」

「バツイチだけど、イッコの好きな逆三の細マッチョ、元水泳選手だよ」

「そ、それは……ちょっと美味《おい》しすぎる！　そんな人と一緒にトレーニングするなら……恋愛パワーが使えるかもだね」

「恋愛パワー？　だから、チーフとはそんなんじゃないってば」

「いいのよ、擬似《ぎじ》でもなんでも。誰かを好きとか、好かれてるって時に出るホルモンはね、脂肪燃焼を上げると思うの。恋すると痩《や》せるとかきれいになるとかって、あながち嘘じゃないと思うわ」

それじゃチーフの言ってたトレーニングは……やっぱり効果があるってこと？　だったら、チーフの助けを借りるのもいいかもしれない。チーフに見られてるって考えるだけで痩《や》せそうな気がするし、チーフは太ってるわたしを馬鹿にしたりしないという安心感もある。それに、たとえ嘘でも、わたしでその気になれるって、言ってくれたから……

チーフとのトレーニングも悪くないかもって思えてきた。

「それじゃ行くか。俺が通ってるジムだが……」

「あ、はい！　よろしくお願いします」

約束通り、チーフは翌日曜の午後二時に車で迎えにきた。その姿を見て驚いてしまった。だってジーンズにシャツ姿のチーフって、すごく若く見える。髪だっていつもはうしろに流して固めてるのに、今日は軽く下ろしてあって……もしかしてチーフってそれなりに若い？　なんだかいつもより、歳が近いように思えてしまう。

「どうした、俺の顔になにか付いてるのか？」

あまりにガン見してしまい、チーフにも気付かれてしまった。

「いえ、あの……チーフっていくつなんだろうなって思って」

「俺の年齢か？　今年で三十二歳になるが……それがどうかしたか？」

「う、うちの兄よりも三つ上なんですね」

実はもう少し上だと思ってた。正直三十代後半かと思うぐらい、普段は落ち着いて見えたから。言われてみれば、車を運転する横顔は若々しい。サングラスをかけていても、整った鼻梁《びりょう》やキリッと引き締まった口元が際立《きわだ》って見えて、俳優かと見紛《みまご》うほどだ。

こうして助手席に座ってるのが、場違いな気がしてくる。間違っても彼氏彼女には見えないだろうけど、兄と妹って感じでもないよね。正解はただの上司と部下なんだけど……

そうこうしているうちに、車は目的地に着いた。ジムらしき建物の駐車場に入っていく。

「どうだ、ここ。結構きれいだし広いだろ」

入口で見学体験コースの手続きを取り、チーフに案内されて館内を歩く。

「そうですね。女性も多いし、ジムって言うよりもスポーツセンターみたいな感じですね」

距離的にも自宅と会社の中間地点。ここなら自宅から自転車でも通えそう。会社から行く時は、途中の駅で降りればいいよね。

「主婦も多いし、平日の夕方はスイミングスクールの子供達がプールを使うが、それ以外の時間帯なら使用可能だ」

「なんだか思ってたジムとは違うみたいです」

スイミングスクールに隣接した施設で、特別高級なわけでもない。料金も思ったほど高くなかった。最初は回数券にして、月に何度も通えそうだったら月会員になればいいらしい。器具を使うコーナーと、プールもスイミングスクールの時間帯以外は自由に使用できる。あと、エクササイズの教室も予約すれば参加できるらしい。ただし基礎を固めてからのほうがダンスエクササイズなどは楽しめるようだ。まずは基礎体力、ベースの筋肉づくりが必要だと言われた。

「最初はジョギングとプールがいいだろう。当分は走ったり泳いだりして全身の脂肪を落としたほうがいいからな。それから落ちにくい箇所に合わせて器具を使ったジムトレーニング、それと全身のスタイル維持ならダンスエクササイズだな」

チーフもダンスやるのかな。踊ってるところは想像できないけど……

「おい、俺は踊ったりしないぞ」

「あ、はい……そ、そうですよね。あはは」

笑ってごまかしたけど、想像していたのはバレていた。

それにしても、チーフはきれいな身体つきしてるよね。Tシャツの上からでもわかる筋肉の盛り上がり、袖《そで》から出ている二の腕や上腕二頭筋もすごい……周りの女性客がチラチラと視線を寄せるほどだった。

「今日は無理できないだろうから、簡単にマシンの使い方の説明だけでも聞いておくといい。まあ、アレの時は無理しないことだな」

今回は珍しく倒れてしまったけど、元々生理痛はあまりないほうだ。これから生理のたびにチーフに気を遣わせるのも申し訳ないけれど、ダイエットに付き合ってもらうならはっきり言っておいたほうがいいよね？　……一応、コーチなんだから！

「あの、こんなふうに体調を崩したのは今回ぐらいで……もう大丈夫なので、受けられるならレッスンを受けてみたいです」

メニューの中にヨガがあるのを見つけて、それを試しに受けてみたいと思った。今日はチーフの紹介体験でレッスンも無料だから、見てるだけじゃもったいないもの。

「無理するなよ。おまえが倒れると仕事が滞《とどこお》るからな。明日に響かない程度にやればいい」

「はい！」

なんか嬉しい……わたしの能力を認めてもらえてるんだ。

あの『裸になって男を誘う自信がつくまで』云々《うんぬん》って言葉が気になるけど、今は深く考えるのは止めておく。とにかく今は、体重を落とすことだけに専念しようと思った。

「おはよう、それじゃ走るぞ！」

「は、はい！」

翌日の朝から毎日、一緒に走ることになった。うちの近くで待ち合わせて、そこからふたりで。チーフは自宅からわたしのアパートの近くまで走ってきて、その後また自分の家まで走って戻る。わたしは最初、歩くところからはじめたけれど、歩きだとなにか話さなきゃいけない気がして……早々に『走れます！』と言って、ゆっくりだけど走りはじめた。

「ぜえぜえ……」

だけどそれは、まだ少し無謀《むぼう》な試みのようだった。最初はまったく走れなくて、ここまで体力が落ちているのかと思い知らされた。なかなか脚が前に進まないけれど、チーフは根気よく付き合ってくれた。

「無理しなくていい。自分のリズムで走れ」

そう言うチーフは自分のリズムどころじゃないのに、本当に感謝だ。サボりたい日も、チーフが待ってると思えば目が覚める。なにせ時間にきっちりしていて、遅れたら鬼より怖い人だから。

とりあえず雨の日は高架下《こうかした》の空き地で体操したり、帰りにジムのマシンで走ることになった。


そして次の週末は……そう、プールだ！　服着て入れないんだよ？　やっぱり水着を着るんだよ？　わたしは数年ぶりに水着を新調した。トレーニング用のセパレートタイプ。それも太ももをカバーするスパッツ付き。色気はないけど、これが一番細く見えると思ったから。少しでも細く見られたいじゃない？　……チーフと並んだら、恥ずかしすぎることこの上ないのは変わらないけど。

チーフの水着は競泳用で、パーカーを上に羽織《はお》っているけど、キュッと締まったおしりが半分くらい見えていた。上着のジッパーも下ろしているから、胸の筋肉も腹筋もばっちり見える。胸筋は予想以上で、腹筋も割れていて、思わず涎《よだれ》が出そうだった。脚はすらりと長く、ほどよい筋肉がついていていて、すごくきれい。そっか、この人は骨格がきれいなんだね。広い肩幅に引き締まったヒップ、どうりでスーツがよく似合うはずだ。それから体毛は普通にあったけど、処理するほどじゃないみたい。なんだか女性達だけでなく、男性までチーフを見てる。やだな……一緒に見られるのは。

「思ったよりもバランスが取れてるじゃないか、千夜子くん」

「う、嘘です」

水着姿でチーフの目の前に立ったわたしは、居心地が悪くてたまらない。だって、じっと見てるんだもの！　もうヤダ……恥ずかしくてたまらず、水の中に飛び込もうとダッシュした。

「なにやってるんだ!!」

「ひえっ！」

すぐさま抱え込むようにして止められた。うわぁ、チーフの素肌がっ！　腕とか腹筋とかが、直《じか》に触れるっ！　なんか目眩《めまい》がしそう……だけどそう簡単に倒れられない。もう前みたいに抱えられるわけにはいかないから。

「馬鹿か？　ストレッチしてから入るに決まってるだろう！」

そう叫んでわたしをマットの上に連れていく。今ので一気に代謝が上がった気がするよ。

「うう、でも……こんな身体晒《さら》しておけないです。早く水の中に隠したいです」

思わず泣きを入れる。

「そんなに酷《ひど》くはないぞ？　背筋はもう少し伸ばしたほうがいいが、おまえは背中が反り返り過ぎだから気を付けろ。腰痛があるだろう？」

ええ、どうしてわかるの？　確かに腰痛はバレーをやってる頃からあった。

「きれいに立つ、歩く、座る。背筋がぴんと伸びていてこそできるんだ。それだけで、見た目がぐんと変わるからな。意識してやってみろ」

姿勢のことは、イッコにも言われていた。悪い癖は直さなきゃ……そうだ、エクササイズにそういうレッスンの基礎があったら受けてみよう。

だって……思い浮かべてしまう。窓に映った自分と本城さんのシルエットの違いを。

「それじゃ、泳ぎのフォームのチェックからな」

見てもらった結果、わたしはクロールが一番マシのようだ。平泳ぎはいくら水を掻いてもなかなか前に進まなくて、チーフに思いっきり呆《あき》れられた。

「それでも一種目まともに泳げるのなら、教室には入らず自分のペースで泳げばいい。くれぐれも無理はするなよ。水から出ると倦怠感《けんたいかん》が出るからな」

「は、はい！」

確かに、調子にのってたくさん泳ぐと、水から出た後の疲れが半端ない。

「一緒にいる時はいいが、ひとりで来た時はちゃんと時間を計って泳ぐんだぞ」

まるで保護者のよう……ともあれ、こうやって色々指導してもらえて助かった。ひとりじゃなにをしていいかわからなくて戸惑うばかりだろうから。

それに水の中は体重の負担をあまり感じなくて済むので動きやすい。元々動くこともスポーツも嫌いじゃない。だけどひとりで目標もなくやるのが億劫《おっくう》だっただけ……サボり癖がついていたんだと思う。

こうしてはじめたダイエットは――思った以上に楽しくこなすことができた。

5　恋の兆《きざ》し？

「イッコ、ねえ聞いてよ！　今朝体重を測ったらね、マイナス十キロ達成してたんだよ」

一旦下降を止めていた体重の目盛りが、また少しずつ動きはじめた。チーフと一緒に運動をはじめてから、一ヶ月の間に五キロ減った。だけど今回は体調もいい上に身体のあちこちが締まってきた感じもするのだ。

「だからと言って、無理しちゃダメだよ。体調を崩すのが一番怖いからね」

「大丈夫。しんどい時は滋養強壮剤《じようきようそうざい》を飲んで、早寝してるから」

「よかった、それなら安心だよ。じゃあ今日はご褒美《ほうび》に美味《おい》しい物を食べようよ」

仕事帰りにふたりで、久しぶりにコータの店に来ていた。今日は金曜で、もちろん明日は休み。

「ほら、おまえらにはオレ様特製の低カロリー御膳《ごぜん》だ。デザートもたっぷり付いてるからな」

「うわぁ、ありがとう！　さすがコータだね、美味《おい》しそう」

「だろ？　もっと褒《ほ》めろよ。だけどもうちょいカロリーが高くてもいいなら、もっと美味《うま》いもん食わしてやるのになあ。なあ、チャーコもかなり痩《や》せたから、そろそろダイエットやめるんだろ？」

「ん……まだまだ。あと十キロは痩《や》せなきゃね」

この調子なら、あっという間にそのぐらい痩《や》せられそうに思える。そして痩《や》せた後もその体重を維持すること、それが目標だった。

「イッコはちょうどいい感じだよね、今の体型」

本当にきれいに痩《や》せたよね。わたしもイッコみたいに健康的に痩《や》せたい。

「チャーコは、無理ばっかしてないで、また俺の料理をもりもり食ってくれよな。おまえの『美味《おい》しい！』って言葉が聞けないと張り合いがないんだよ」

ああもう、どうしてコータはすぐにイッコの話題をスルーするのかな。こうも毎回だと、意図的に避《さ》けてるとしか思えない。

「コータ、チャーコに食べる話をしないで。最近本当にいい感じで体重が落ちてきてるんだから。身体もすごく引き締まってきたし。それもこれもチーフのお陰だよね。やっぱりいい男とのトレーニングは効果てきめんね。最近前よりも可愛くなってきたし」

あ、イッコちょっとキレ気味だね。やっぱりコータのあの態度には怒るよね。

「なぁ、それよりチーフって……男なのか？」

コータ、なんでそんな怖い顔して聞くのよ。そりゃわたしの周りには今まで男の人なんてまったくいなかったけど、別に構わないじゃない。

「そうよ。チャーコの上司で独身のイケメンなんだって。毎朝一緒に走ったりジムでのトレーニングに付き合ったりしてくれてるのよね。よっぽど大事な存在なんじゃないかな」

「違うって、チーフが協力してくれてるのは、ただの同情だって。これでも倒れたら困る優秀な部下だからね。でも感謝してるよ……ひとりだと、とっくにサボってたと思うから。毎朝早朝に走るのって意外と根気がいるもんね」

「俺が……俺が一緒に走ってやろうか？」

いきなりなに言い出すのよ？　コータ。ああもう！　イッコが泣きそうな顔してるじゃない。

「なに言ってんのよ、出社前だから五時半には走ってるんだよ。コータの店って夜は二時まで営業でしょ。店閉めてから後片付けしてたら寝るのは五時前だって、いつも言ってるじゃない。無理しないの！　そんなに走りたいなら、イッコの休みの時にでも一緒にやれば？　ふたりとも仕事柄、平日休みが多いじゃない」

「そ、それはそうだけどさ……ホントに大丈夫なのか？　そのチーフっていう奴。まさか、家に上げてなんかいないだろうな？」

「え、な、ないよ。もう……コータはなんの心配してんのよ」

コータは以前からこうだ。これはわたしのことを女として見てるわけじゃなくて、身内として心配しているだけなのだ。わたしがコータ以外の男性と親しくすることなんて滅多《めった》になかったから、少しでも知らない存在が見えると警戒してくる。いやいや、わたしももう二十五歳の大人なんだから、心配してもらわなくても大丈夫なのに。そんなこと気にかけるぐらいなら、いい加減イッコの気持ちを汲《く》んでやってほしい。

そのくせイッコが男と付き合うと言ったら、その男を店に連れて来させてはダメ出しして、何度も別れさせてるのにね。

「それにしても運動をはじめたら、身体の調子がいいんだよね。すっごく目覚めがいいの」

「それは、いい睡眠が取れてる証拠よ。ちゃんと寝ることもダイエットのひとつだからね。午後十時から午前二時の間に成長ホルモンが分泌《ぶんぴつ》されてるから、その時間はできるだけ寝たほうがいいの」

「なんだ、それでチャーコは最近うちの店に来なくなったのか?」

「毎朝早いからね。でも週末はこうやってストレス解消に来るから。ね、イッコも一緒に来るよね?」

「う、うん。コータ、あのさ……わたしひとりで来ても、このメニュー作ってくれる?」

「ああ……いいよ、また作ってやる。イッコは魚介類が好きだったよな。マリネとか添えてやろうか?」

「うん、好き! それ食べたいな」

「よ、よし……じゃあ次な」

イッコが珍しく積極的になってる! コータも意外と素直になってるし。ふたりがいい雰囲気になるのなら、しばらく邪魔にならないように店には来ないほうがいいかも。なんて少し寂しく思いながら、飲みかけのグラスに口をつけた。

「あの……チーフ、また体重が二キロ減ったんですよ！」

翌週の土曜日、さらに体重が落ちたのが嬉しくてジムで待ち合わせていたチーフに報告した。

「そうか、よかったな。身体も締まってきてるのがわかるぞ。特にこのあたりがな……」

「ひぇっ！」

チーフの手がわたしの腰に回り、軽く撫《な》でられる。わたしは色気のない声を上げて飛び上がり、後退《あとずさ》った。

「もう、チーフったら！」

彼はクスクスと笑って楽しんでいる。わたしもついつられて笑顔になっていた。そっか、こういうふうに楽しみながらダイエットするのがいいんだね。

職場ではただの上司と部下なのに。こんなふうにじゃれ合えるのは、ここがプールでふたりを知る人は誰もいないから……

それに触れられるのは恥ずかしいけど、嫌悪感はなかった。これ以上してこないことや本気でイヤラシイ目で見てるわけじゃないことがわかっているから、信用できるのだ。

今日もプールを何往復か歩いた後、ゆっくり泳いだ。フォームをチェックしてもらって無駄のない泳ぎを目指す。ただ泳ぐだけじゃ力が入りすぎて、疲れるだけだからって。さすがに泳ぎのこととなると本格的だった。そうして何本か泳ぎ続けて、そろそろ体力が底をついてきた。

「はぁはぁ」

「ちょっと無理させすぎたか？　すまん」

「いえ……教えてもらってるので、いい感じで筋肉が使えてきてると思います」

「おまえはちょっと休んでろ。俺は少し流してきていいか？」

「いいですよ、たっぷり泳いできてください」

息を整えながらベンチに戻り、プールを眺めた。

わたしが休んでる間に何本も泳ぐチーフのフォームは、本当にきれいだった。

ジムに通いはじめた最初の頃は、チーフがひとりでいるとスタイルのいい女性達が何人も声をかけてきた。だけどそのたびに『連れがいるから』と言ってわたしのほうを見るものだから、今やジムでわたしは彼の『連れ』として認識されている。『連れ』とは言っても……カップルだと思われている可能性はない気がする。釣り合いが取れてないとわかっているから。少々痩《や》せたぐらいではまだまだみっともない体型だった。水着だと誤魔化しようがなくて、必死でお腹を引っ込めてても限界があるから虚《むな》しくなる。

そんなわけでチーフの『連れ』として同年代の女性から敵視されているされているわたしは、彼女達とはなかなか仲よくなれないというか、声すらかけてもらえない。わたしに話しかけてくるのは子供と還暦《かんれき》に近いオバサマ方だけ……

「あなたのお連れさん、本当にきれいなフォームで泳ぐのね。おばさんながらに、思わずうっとりしてしまうわ」

「そう、ですね」

遠目で見てもチーフのフォームは美しい。水面に覗《のぞ》く肩や腕の筋肉も均整《きんせい》が取れている。激しい水しぶきが上がらないのは無駄のないフォームの証拠だ。水泳を本格的にやってたというのは本当で、どの種目でも完璧に泳げるのがすごいよね。あんなふうに泳げたら気持いいだろうな。

「男前だし、いい身体してるし……素敵ね。あなたの彼氏さんなんでしょう？」

「い、いいえ、違います！」

それはあまりにもチーフに申し訳ないから、否定しまくる。

「コーチを受けてるんです。わたし、こんな体型だから……痩《や》せたくて」

「あら、あなたはまだ若いし、ふっくらしてて可愛らしいのに。なにもそんなに痩《や》せなくてもいいと思うけれどねぇ。まあ、運動はしたほうがいいとは思うわね。わたしはここに来て泳ぎだしてから、身体の調子がいいのよ」

「わたしもです。気持ちいいですよね、泳ぐのって」

泳ぐだけじゃない、走るのも慣れてくると気持ちがいい。だんだんと身体が自由に動くようになってきた。夜は疲れるからバタンと寝てしまうけど、夕飯もきちんと取っている。コータから『また店に来いよ』ってメールがあったけど、最近はなかなか行く時間がない。

「悪い、待たせたな」

「いいえ、大丈夫です」

オバサマに会釈《えしゃく》して、ゆっくりと立ち上がる。とにかくチーフの隣に立つのはいまだに身体が緊張する。慣れろと言われても無理……だっていきなり腰とかに手を回してくるし。だから自然と背筋を伸ばして、下っ腹に力を入れて立つようになっていた。

「今日はどうしますか？」

「そうだな、いつも食べさせてもらってばかりで悪いから、この後、買い出しに付き合うよ。車だからたっぷり買い物できるぞ」

「うわぁ、助かります！」

実は……コータにはチーフを家に上げてないって言ったけど、それは嘘。

最初はトレーニングに付き合わせて申し訳ないと、ジムの後にうちで食事を振る舞った。わたしの食べてるメニューを確認してもらう目的もあって、ご馳走《ちそう》というわけではないけれど。その時に、チーフの朝ご飯はゼリーやスティックの栄養補助食品だと聞いて申し訳なく思ったのだ。やっぱりわたしのトレーニングに付き合わせてるから、時間がないんだよね？　チーフのお昼が、外食や社食が多いことにも気付いていた。

まったく料理しないわけではないらしいけど、ひとりだと手軽に済ませてしまう気持ちはよくわかる。だからつい……『お弁当を作りましょうか？』と、言ってしまったのだ。だって、朝ご飯を作る時に自分のお弁当も詰めているから、気軽な気持ちで。

『おい、無理してないか？　ただでさえジョギングするため早起きしてるのに』

そう言ってチーフは遠慮していたけれど、大丈夫だと言ったら納得してくれた。前の日に下ごしらえしていれば、自分の分を作るのと一緒だから、そんなに手間はかからないのだ。

それでお弁当を渡すようになったんだけど……よく考えたらジョギングして帰る人にそれを持たせるのは無理があった。チーフのマンションまでそこそこ距離があって、走るとお弁当は激しく揺さぶられて、中身が大変なことになってしまったらしい。

『申し訳ないが、ここで食べて帰ってもいいか？』

次の日からそう言ってお昼用のお弁当をその場で食べようとするので、だったらと朝食をふたり分作って一緒に食べるようになった。

だけど食事した直後に走って帰るのはさすがに辛いと、その翌日からはうちまで車で来はじめた。また、ランニング後にわたしが朝食の準備をしている間、チーフがあまりにも手持ち無沙汰《ぶさた》そうだったので、つい『シャワーでもどうぞ』と勧《すす》めてしまった。自分から提案しておいた後で失敗したなと悔《く》やんだ。だって、お風呂上りのチーフはあまりにもセクシーで、目のやり場に困るから……

それにしてもダイエットをはじめてからは、ジョギングやお弁当作りなどやることが増え、遅刻しそうになる日が出てきてしまった。そしたらチーフが会社まで一緒に乗せてやると言ってくれたのだ。最初の頃はわたしのアパートを出る時、チーフはまだランニングウェアを着ていたので、途中彼のマンションに着替えに寄っていた。でも、そのうちチーフが車に着替えのスーツを積んでくるようになり、うちで着替えて出社するようになった。車に乗せてもらうようになってからは、一時は中断していたチーフの分のお弁当作りも再開した。そんな朝のパターンに落ち着く頃には、体重も目標の半分以上落ちていたのだ。

「体重が順調に落ちてるってことは、きちんと食べて運動してる証拠だな」

買い物帰りの車の中、チーフにそう言われ褒《ほ》められているようで嬉しかった。

この後わたしのアパートに寄って、いつものように一緒にごはんを食べるのだけれど、それも功《こう》を奏《そう》しているのかもしれない。

チーフに作ってる分、料理に手抜きができないのはちょっとだけ大変だけど、お陰様でレパートリーが増えた。美味《おい》しいと言って食べてくれる人がいるのは作り甲斐がある。今日はたっぷり買い出しできたのでさらに気合いが入っていた。自分も食べるからって支払いはチーフが全部してくれたのが申し訳ないぐらい買い込んだ。

朝食にお弁当、休日のランチや夕食。ほとんど一緒に食べているので、こうやって週一の買い出しに付き合ってもらい、食材を提供してもらうようになったのだ。チーフも『悪いな』と言いながら、それを止めようとはしない。

コータが知ったら怒るだろうけど、これは彼が考えるようなのとは違う。トレーニングに付き合ってもらっているお礼でしているだけなのだから。それでも男性と食事すると緊張してしまうので、小食になった。よく考えたら、毎日男の人と食事してるってすごいことだよね。

チーフの食べ方はすごくきれいで、優雅《ゆうが》な箸《はし》遣いに、たまに見入ってしまう。仕草や動作にやたら余裕があって、オトナの男って感じ。モテるのがよくわかる。だけど、こんなに一緒にいて、彼女とか大丈夫なのかな？　一応女性の部屋なんだけど、そういう意識はしていないのかな？　妹の部屋にでもいる感じなのかもしれない。だけどわたしにとってチーフの存在は、兄貴やコータとはまた違っていて……やはり緊張してしまう相手だった。

今まで男の人と付き合ったこともないのに、自分の部屋に男性がいることに徐々に慣れてきてるこの現状は……少し奇妙だった。


「あれ？　細井さん、また痩《や》せた？」

翌週、出勤すると朝から本城さんに声をかけられた。

「あ、はい……少しだけですけど」

本当は少しどころじゃないけれど、痩《や》せてる人からすれば五〜六キロ落としたのと変わらないくらいだろう。今、十二キロ落ちたところだ。ダイエットをはじめて二ケ月、食べる量も無理はしていないからゆっくりだけど、身体が締まってきたからか、そう言われることが増えだした。

「身体は大丈夫？　前に倒れたから心配だよ」

心配そうに覗《のぞ》き込んでくる本城さん。優しいなぁ……相変わらず。この優しさは、わたしにだけじゃないって、わかってるけど。

「大丈夫です。ちゃんと体調管理してますから」

それはもうチーフが煩《うるさ》いので、体調なんて崩せない。もちろん元気でいられるのはイッコのおかげもある。

「そう、よかった。今日も無理を聞いてくれてありがとう。取引先に見積りがすぐに欲しいって言われたんだけど、別件で手が離せなかったから、本当に助かったよ」

「いいですよ。そのぐらい、いつでも」

本城さんは他の人と違って、余程のことがないとわたしに無理なことは頼んでこない。

「いつも申し訳ないよ。だって細井さんは仕事をかなり抱えてるでしょ？　皆川さんじゃ任せられない仕事が二班からも回ってくるし……それでも大事な書類は、細井さんじゃないとね」

「あ……ありがとうございます。そう言ってもらえるだけで、嬉しいです」

本城さんは、やっぱり気付いていてくれてたんだ。嬉しい……誰が見ててくれるよりも嬉しいよ。仕事仲間として認めてもらえてる。それだけで十分だった。

「だから、たまにはお礼がしたいんだけど……今夜、空いてない？　食事でも一緒にどうかな」

えっ、食事って……まだ全然自信がないよ。本城さんの隣に立っても恥ずかしくないスタイルじゃない。それに今日の服は太ってる時に買ったものでサイズも合っていないのだ。そんな格好で彼と食事なんて絶対無理だよ！

「あの、今ダイエットを頑張ってて……夜はできるだけカロリーの高いものを食べないようにしてるんです。ごめんなさい、せっかく誘ってもらったのに……」

「そっか、頑張っているのに邪魔しちゃダメだよね。それじゃ、今度、ヘルシーなランチでも一緒にしようよ。夜のごはんは、細井さんの都合がよくなったら声をかけて。もちろん、僕がご馳走《ちそう》するからね」

「あ、ありがとうございます！」

あーもう、すごくいいチャンスだったのに……。でも、嫌な顔ひとつせずに笑ってくれた。

ああ、皆川さんが向こうで睨《にら》んでるけど構わない。彼がわかってくれていた、それだけで……

「おい、どうして断ったんだ？」

本城さんが外回りに出かけた後、うしろから凄《すご》みのある低い声で呟《つぶや》かれた。思わずビビって飛び上がる。

「チ、チーフ。えっ、あの……見てたんですか？」

「せっかくのチャンスじゃないか、どうして断る」

怒ったように聞くのは止めて欲しい。もっともそれがデフォルトで、ほとんどの時は別段怒ってないっていうのはわかっている。だけど今日の言い方は、ちょっとわたしを責める感じだ。

「だって、まだ全然目標の体重じゃないし……」

「その目標を達成するのはいつのことだ？　それはおまえの中の目標であって、チャンスを逃す理由にはならないだろう。奴がいいと言うんだから、行けばいいんだ。一日食べたぐらいじゃ、体重は戻らないことぐらいわかっているだろう」

「それはそうですけど……」

まだ自信がないのだ。

「そっちも鍛《きた》えないとダメか」

「えっ、そっちもって？」

「自信がないんだろ、男と一緒に食事に行く自信が」

「あ……はい」

そう、隣に並ぶ自信も、一緒に店に入る自信もない。

「今週の土曜日は別々にジムでトレーニングしよう。夕方五時頃にアパートへ迎えに行くまでに戻って、着替えて化粧して待ってろ。おまえがいつ本城に誘われても大丈夫と思える格好で、だ。いいな？」

「あ、はい……」

相変わらず独断的な予定の立て方だけど、嫌なんて言えるわけもない。

「楽しみにしてるからな？」

ニヤッと笑うチーフ。楽しみって……格好のこと？　今まで一緒にトレーニングしてる時は、ジャージ姿やTシャツ姿ばかりだった。そりゃ水着姿も見せたけど……

普段から、できるだけ身だしなみには気を付けてきた。でも今までの体型だと服装が決まってしまうから、ろくにおしゃれができなかったのだ。流行《はや》りの服はサイズがなくて着れないし、ウエストの目立たない服や、もっさりした服ばかり着てきたからね。

それはそうと、男の人に迎えに来てもらって出かけるなんて……もしかしてデート？　相手はチーフでつき合っている人じゃないから本当は違うんだけど。男の人と食事なんて、部署の飲み会とか歓送迎会ぐらいしか経験がない。あとは全部友人とばかりで、それも大抵コータの店でだし。

どんな格好がいいんだろう？　言ってたよね、いつ本城さんに誘われても大丈夫な服って……そんな服、持ってるはずないじゃない！

退社後、ダッシュでデパートに向かった。なんでデパートかって？　ショッピングセンターやブティックだとサイズがない。その点デパートはサイズが豊富なので、わたしにも着られるものがあるはずだ。

ただ、今のわたしの体型は微妙なところだ。大きなサイズコーナーでは大きすぎるし、普通のコーナーではなかなかないサイズ。閉店時間まであと少し……とりあえず下は手持ちのスカートを使いまわすことに決め、カットソーやブラウスを探した。

「あ、これ……」

秋のこの季節だったら、上着のいらないおしゃれなチュニックでなんとかごまかせる。試着したら、サイズも大丈夫だった。着丈が長いけど、身長だけはあるから平気そう。

「これください！」

いつもならもっとゆっくり選んで買うけれど、値段も見ずに即決してカードで支払った。初デート……じゃないけど、誰かのために着る洋服を買うなんて、初めてのことだった。

「ほう、頑張ったな」

土曜日の夕方。わたしのアパートに迎えにきたチーフは、いかにもデートっぽいジャケット姿だった。わたしの格好を見たチーフの感想は……褒《ほ》め言葉かどうかは微妙だけど、それでも嬉しくなってしまう。もっとも、きれいだとかすごく似合うなんてお世辞《せじ》を言われても白々しく聞こえるだけだからいいんだけど。

「すぐに出かけられるか？」

「はい、大丈夫です」

急いで、よそゆきのサンダルに足を入れる。これは少しヒールが高くて、チーフとじゃなきゃ履けないけど。

「じゃあ、ほれ」

「はい？」

部屋の鍵を締めて振り向くと、目の前にチーフの腕。

「腕を組む練習だ。それとも手をつなぐほうがいいのか？」

手をつなぐって、チーフと？　いや、それは想像できない！

「腕、組むのでいいです……」

チーフの腕というか肘《ひじ》の内側にそっと手を引っ掛けた。これが精一杯だから！

「可愛いな、今日の格好」

「ひぇっ！」

耳元に、低い声で囁《ささや》かれて思わず飛び上がる。反則だよ、今褒《ほ》めるのは！

それにしてもチーフ、今日はなんだかいつもと違いますよ。こんなチーフ、初めて見た気がする。

いや、前にもあったっけ……最初に部屋に来た時。ああ、あとたまにプールで腰に手を回されたりするけど。とにかく、こんなふうに甘い雰囲気のチーフは、心臓に悪すぎる。

恐る恐る見上げると、呆《あき》れたようにため息をつくチーフの顔。

「おまえは……いい加減、少しぐらい褒《ほ》められるのに慣れろ」

「無理です、そんなの！」

そう言うチーフは、やっぱり女の人を褒《ほ》め慣れてるというか、扱いに慣れてる感じがする。わたしはこういう状況に慣れてないから、ちょっとのことでびくびくしちゃうんです！

「乗りなさい」

「あ、ありがとうございます……」

車の前まで来るとドアを開けてエスコートされ、助手席へ。

……それがまさか乗る時だけでなく、降りる時までドアを開けてくれるなんて思わなかった。目的地に着いて降りようとしたら『一呼吸待って、男がどうするか見てから自分でドアを開けるか判断しろ』と教えられたのだ。そんなことしてくれる男の人がいるのかなって考えたけど……本城さんならやりそう。でもって、コータは絶対にやらないよね。

「チ、チーフ、ここまでしなきゃいけないんですか？」

本城さんとごはんに行く時は、きっと車で迎えに来たりしないだろうし、腕組んだりとか、ありえない。もっと気さくな感じになると思う。

「まあ、経験だと思え。ワタワタしてるおまえを見てるのは楽しい。いざという時に対応できるように、いろんなパターンのデートを教えてやる。そうすれば、後で困らんだろうが」

確かにその通りだけど……こんなふうにエスコートされると、どうしてもトキメいてしまう。

それに、チーフの立《た》ち居《い》振《ふ》る舞《ま》いは無駄がなくてきれいなんだよね。そういえば前に、子供の頃から剣道場に通ってたって聞いた。袴姿《はかますがた》とか似合いそうだよね。

「あの、でもこれはやり過ぎなんじゃ……」

連れてこられたのは、フレンチの人気店。

その店に入る時、腰に腕を回されて、あまりの距離の近さに、緊張して倒れそうになった。

「フレンチと和食の店に慣れておけば、あとは大丈夫だ。食事ぐらい行ったことあるだろ？」

「こういうお店は夜に来たことはないです。せいぜい友人とランチぐらいで」

夜なんて……値段も高いしカップルが多かったりするから、女同士で来ることはない。イッコとはコータの店に行くのがほとんどだ。どうやらこの店は予約が必要なようで、チーフにそこまでしてもらったのは申し訳なかった。だけど、割り勘でと言いたくても値段が怖くて言い出せない。このところイッコに頼んでるものや、ジムの料金など出費がかさんでるから懐《ふところ》が寂しくて……だけど、やっぱり聞かなきゃね。

「あの、このお店って、もしかしてすごく高いんじゃ……」

「気にするな。普段おまえに、旨くて栄養バランスの整った低カロリーの食事をご馳走《ちそう》になってるからな。それに旨いものを食えば、美味《おい》しい料理が作れるようになるだろ」

「でも……」

「いいから、それよりも雰囲気に慣れて楽しめ。こういう店はコースがあるから、肉か魚を選ぶだけでいい。そのあたりはランチと変わりないから緊張するな。好き嫌いはないんだろう？」

「それはもう……残念なことに、なにひとつありません」

なんでもよく食べるし、そもそも食事を残すという考えがないため、出されたものは完食してきた。それも、おでぶになった原因のひとつなのかも。

そういえば、チーフも食べられないものはあまりないよね。最近は『これは旨い。また作ってくれ』とか『これは苦手なんだ』と教えてくれるようになったので、好みもわかってきた。毎日一緒にごはんを食べていれば自然とそうなるんだろうけど……あれ？　なんかこれって、一緒に暮らしている恋人同士か夫婦が言うことみたい。ちょっとおかしいよね。


「ご馳走《ちそう》さまです！　美味《おい》しかったです」

食事の途中からは緊張も消え、楽しく話しながら美味《おい》しいものを味わうことができた。最後のデザートは『俺の分も食べていいぞ。ほら、好きなのを選べ』と言われて、ふたつも食べてしまった。『今日ぐらい、ご褒美《ほうび》だからいいんだ』という言葉に甘やかされて。

とりあえず、初めてのディナーデートの予行演習は無事終了。車だからチーフはアルコール抜きで、わたしだけ食前酒とワインを飲ませてもらった。だけど普段飲み慣れてないから、三杯目でちょっとクラッときてしまった。

「おまえの場合はワイン二杯でアウトだな。それ以上は飲まないようにすることだ」

「そう、します……」

ふうと、車に戻って助手席に座り目を閉じる。お酒、そんなにたくさん呑んでないのに……最初、すごく緊張していたから回ってしまったようだ。

「あのな……男の前で目なんか閉じるなよ」

「えっ、あっ……はい？」

言われて大急ぎで目を開くと、チーフの顔が視界に飛び込んできた。それも超アップ！

「チ、チ、チーフ？」

「男の前で目を閉じたら、それは『キスしてください』と言ったも同然だ」

わたしの口のすぐ側で動いてる彼の唇。かすかに触れる吐息……

ダメ、無理！　直視していられず、思わず下を向いて目を閉じてしまった。

「馬鹿か？」

「えっ、んっ……」

下からすくい上げるように唇を塞《ふさ》がれた。彼の唇は、ちゅっと音を立ててすぐに離れていく。

「だから言っただろ？　今度俺の前で目を閉じたら、キツイのお見舞いするからな」

「そんな！」

ちょっと待って、これって……わたしにとってはファーストキスなんですけど？　今の……ああ、でもまさか言えないよね。バージンなだけでなく、キスまで未経験だったなんて。いくらなんでも恥ずかしすぎて文句が言えない。

「どうした、もっとして欲しいのか？」

「ち、違います！」

ふたたび覆《おお》いかぶさってくるチーフの身体から逃げようとして、急いで窓側に身を寄せた。

「だったら紛《まぎ》らわしい仕草をするんじゃない。次から目を閉じる時は、そのぐらいの覚悟をしておけ」

「そんなぁ……」

さっきのキスでわたしのドキドキは治まらない。だけど、チーフは至って平気そうだ。そうだよね、こんなちゅってぐらいの軽いキスは、彼にとってなんでもないことなのだろう。それに比べてわたしは……ダメだ、まともに顔を見られない！

「帰るぞ、シートベルトを諦めるんだ」

「あ、はい……」

そのまま熱い頬《ほお》を隠すために窓にへばりつき、家に帰るまでじっと外を眺めていた。

「なんだよ。おまえ、その上司の男と食事に行ったのか？」

昨晩、イッコにおくすりの注文をするついでに、チーフと食事デートの予行演習に行った話をした。すると、翌日仕事帰りに、『あずまや』へ寄るように連絡がきたのだ。カウンター席でイッコと話の続きをしていたら、コータまで話に割り込んできた。

「そうよ、それがどうかしたの？」

「おかしくないか、それ……練習だなんて」

目を瞑《つむ》った時に起こった、あの出来事は話していない。言ったのは、チーフの奢《おご》りで食事に行ったことと、行き先がこのあたりじゃ評判の有名な店だったことぐらいだ。それなのにこの反応……この分じゃ、朝のジョギングの後、一緒にごはん食べてるのとか、お弁当作ったりしてることも言わないほうがいいよね。

「優しいよね、チーフさんって。ダイエットのトレーニングに付き合ってくれて、ごはんまで奢《おご》ってくれるなんて！　その店は人気があって予約が大変だって聞いたことがあるわ。テーブル数もそんなにないから急に行っても席がないんだって。そんな店に連れて行ってくれるなんて……それってもう上司とかダイエットの手助けしてるっていう域を越えてるんじゃないかな。もしかして……脈ありかも！」

「ナイナイ、それは絶対にないよ」

実際にチーフを見ればわかるって。たまたまあんなことがあったけど……相変わらずチーフの態度は平然としていて、いつもとまったく変わりないままだった。

「そうかなぁ……あ、頼まれてたもの持ってきてるわよ」

そうそう、メインは頼んでた薬を受け取ることだ。別にわたしのアパートでもよかったのに、イッコが『あずまや』を指名してきた。ここのところわたしが忙しくて一緒に来られなかったからね。イッコはコータに逢《あ》いたくても、いまだにひとりでこの店には来られないから仕方ないけど。

それにしても、コータの前でわざとチーフの話題を出して牽制《けんせい》したのはやっぱり不安だったのかな？　わたしとコータのことなら心配しなくても大丈夫なのに。

「それじゃ、イッコおやすみ！」

「おやすみ。わたしが土日にお休み取れたら、今度一緒に買い物に行こうね」

コータが忙しそうだったので、わたし達は早目に店を出た。わたしとイッコの家は店を挟《はさ》んで反対方向にある。イッコは近いけど、わたしはここから電車なので、店の前で手を振って左右に分かれた。

「チャーコ！」

「コータ、どうしたの。わたし忘れ物でもした？」

イッコの姿が見えなくなった頃、コータが追いかけてきた。

「いや……なあ、オレともデートしてみないか？」

「へっ、なんで？」

なに言い出すの？　ああもう、イッコが見てない時でよかった。

「試しだよ！　オレ達が付き合えそうかどうかっていう」

「なによ、急に……わたし達が付き合うとかそういうのは有り得ないって、ずっと言ってたじゃない」

コータは友人としてはいい奴だと思う。明るくてお調子者で優柔不断。女の子と付き合っても別れたくなったら自然消滅《しょうめつ》かましちゃうようないい加減なところもある。だけど友達だから目を瞑《つむ》ってる。それに一応親戚だから気兼《きが》ねなさすぎて、いまさら男女の関係とか考えられない。

「もうっ冗談はそのぐらいにして早く店に戻りなさいよ。じゃあね、おやすみなさい」

「待てよ！」

背中を向けて帰ろうとすると、いきなりうしろから手首を掴《つか》まれた。

「ちょっと、コータ？」

「嫌なんだ……なんか、おまえが男と付き合うっていうのは」

「ちょっと待って。わたしはまだ誰とも付き合ってないわよ。そういうのはもっと頑張ってダイエットしてからだと思ってるから」

「これ以上痩《や》せなくていい！　もう結構痩《や》せただろ？　ていうか、元のままのチャーコでいいよ。無理してダイエットしたり、他の男と付き合ったりするなよ！」

そんな無茶苦茶な……痩《や》せなくていいって言われても、自分が痩《や》せたいから頑張っているのだ。痩《や》せて、自分に自信をつけたいだけ。

「あのね、わたしは別に……」

「なんかさ、おまえに彼氏ができたらって考えたら、嫌だと思ったんだ。うちにあまり来なくなるだろうし、来たとしても他の男を連れてるところは見たくない。オレの作った料理を美味《おい》しそうに食べてくれるおまえが大事なんだ。オレは、家の仕事を手伝ってても兄貴の次の二番手でさ、格好悪いけど、チャーコが最初にオレの料理が一番って褒《ほ》めてくれたのが嬉しかったんだ。これからも、オレの側でオレの料理をバンバン食って褒《ほ》めてくれよ！」

「あのね、ダイエットしてたって、コータの料理は好きだから食べに来るわよ？　でもあんたのわたしに対する気持ちって、彼女にしたい好きとは違うでしょ？　だからチーフに張り合ってデートとか言い出さないでよ。それよりも、イッコに彼氏ができてこの店に来なくなったらって、そっちのほうを心配しなさいよ」

「えっ、イッコ……あいつは、大丈夫だろ」

コータは、イッコの気持ちに気付いてるんだ。イッコが自分のことを好きで、離れていかないって思い込んでるから、そんなこと言うんだ。

「……それって、イッコは自分以外好きにならないと思ってる？」

「な、なに言ってるんだよ。オレは……そんな」

「コータはわたしが急に離れていきそうになって焦《あせ》っただけでしょ？」

図星だったらしく、コータは黙り込んでしまった。

「そんな……ことない。オレは……」

「わたしはいなくならないよ。友達だし、親戚だからね。でもイッコはわからないよ」

「えっ？」

「わたしが来続けたとしても、あの子はいつか来なくなるかもしれないよ」

「そんな、はず……」

「ないって言える？　コータが今の態度取り続けたら、そうなる可能性が高いんだよ」

また黙り込んでしまった。だから気付きなさいって言ってるのに。

わたしはコータを残したまま、駅に向かって歩き出した。

『さっきはごめん……悪かった』

部屋に帰り着いた頃に、コータから電話があった。

「コータは大事な友達だし身内だから、気まずい思いして店に行けなくなるのが一番寂しいよ……わたしはコータの料理が大好きなんだから！　ダイエットしてても、コータの料理が食べたいと思ってるんだよ」

『ありがとな。オレもおまえが来なくなったら寂しいよ。オレの料理の大ファンで、店の大得意様だからな』

「なによ、商売のため？」

『それもあるかもな。けどよ、食い意地張ってて、変なとこ頑固《がんこ》なくせに素直で純粋で……オレはおまえをそれなりに、女として意識してたんだよ』

「なっ、なによ……」

『さっきオレの気持ちを分析してきた仕返しだ。おまえはさ、友達思いでいい奴だ。なのに、誰も自分のことを恋愛対象にしないって勝手に思い込んでる馬鹿女だ』

「それ、褒《ほ》めてるの？　それとも貶《けな》してるの？」

『褒《ほ》めてんだよ。要するに、太ってたっておまえを好きになる奴はいる。確かに俺はちょっと焦《あせ》ってた……おまえが誰かのモンになるって考えたら、惜《お》しくなったんだ。それぐらいチャーコはいい女だってこと』

「あ、ありがと……コータ」

『また、店に来てくれよな。来てくれないと困る……』

「わかった。でも、わたしのことを気にするより、本気でコータのこと好きな子のことをちゃんと考えなさいよね。わたしは親戚だから一生縁は切れないけど、イッコはいついなくなるかわからないんだからね」

イッコが自分を好きだと知っていて、わたしを構うことでイッコの心がまだ自分にあるかどうか確かめようとしたりして、ホント狡《ずる》いんだから。わたしに変な気をまわしてる暇があるなら、正面からきちんとイッコに向き合いなさいよ。

『わかった……ちゃんと考えるよ』

コータは神妙な声で返事をしたので、わたしはそのまま電話を切った。

6　本当の好き

「乗りなさい」

「は、はい」

ふたりでディナーに出かけた日以来、仕事の帰りもチーフが車で送ってくれるようになった。実はあれから、本城さんだけではなく、同じ営業部の後藤《ごとう》くんにも食事に誘われた。彼は、目立つほうじゃないけど真面目《まじめ》な人。仕事を手伝ったお礼ということだったけど、やはりまだハイとは言えなかった。

「どうして断ったんだ。後藤なら緊張するような相手じゃないだろう？」

「そう、ですけど。チーフが……」

——あんなことするから。

ただの食事。そう思っていたけれど、先日チーフにキスされてから、ただの食事だけなんてことはないのかもしれないと考えるようになった。好きと言われたわけでもないし、付き合ってるわけでもない。なのに、触れてきた唇……とにかく、その気のない人と気軽に食事なんて行っちゃダメかなって。付き合ってもない人にあんなことされたのに拒《こば》めなくて、ただ呆然《ぼうぜん》としてしまった。普通に食事するだけでも、つい身構えてしまう。

「俺が？　どうした」

「なんでもないです……その気のない相手と気軽に食事に行くのは、やめたほうがいいのかなって思っただけです」

「なんだ、学習してるじゃないか」

そりゃあ学習しますよ！　目を瞑《つむ》っただけであんなコトしてくる人がいるなんて、思いもしなかった。チーフはそれを教えたくてキ、キスしたんですよね？　ちゃんとわかってますって。

だけど、あれ以来チーフとどう接していいのかわからなくなっていた。でも、このまま気まずくなるのは嫌だ。もう一度以前の距離感を取り戻さなければいけない。一緒にいすぎてわからなくなってしまっただけなのから。

その考えはどうやらチーフも同じなようで、できるだけ今までと同じに接してくれているようだ。あれからも毎朝一緒に走って、ごはんを食べて、仕事終わりもこうやって一緒に帰る。

ただプールの時、今まではあんなにわたしの身体に触れてきてたのに、まったく触れてこなくなった。先週はジムの時間をずらしたようで、会えなかった。その連絡はメールで『用事ができた』の一言だけ。

べつにいいけど……お互いのプライベートは大事にしなくちゃだし、チーフにもわたし以外に会う相手がいるはずなのだから。

「それで、どうするんだ。これからも本城や他の奴らからの誘いを断り続けるのか？　それだったら以前と変わらないじゃないか」

確かにこのまま断り続けていたら、いつまでたっても目標である本城さんとの食事には行けない。そろそろいいかなと思うのに、まだ踏ん切りがつかないのはどうしてだろう……

最近は皆川さんも二班の人達も、直接はなにも言わなくなった。

体型が変わるだけでこんなに扱いが変わるのかと思ったらバカらしくなってくる。痩《や》せて頑張れるようになった自分は好きだけど、同じ人間なのにこんなに対応が違うなんて。

だからと言って、太っていたわたしを好きになってほしいわけでもない。だって、コータに『元のままでいい』って言われた時、嬉しくなかったもの。もっとも、友情と恋愛はまた違うけど……

自分でもどう思われたいのか、わからなくなってきた。そりゃ自分でも下ばかり向いて視線を外してたあの頃より、にっこり笑ってる今のほうがいいとは思う。でも、あからさまに態度を変える人は、警戒してしまう。

だからこそ、痩《や》せる前から声をかけ続けてくれてた本城さんのことは信じていいはずだ。

「今度本城さんに誘われたら、行きます」

「そうか……頑張れよ」

なにを頑張るの？　初デート？　ううん、それは結局チーフとしちゃったよね。たとえ恋愛感情はなかったとしても、あの予行演習はわたしにとって初めてのデートだった。誰かのために着ていく服を選んで、迎えに来た車に乗せてもらって、腰に手を回されてエスコートされて食事をご馳走《ちそう》してもらって。おまけに帰りの車の中で……って、あのキスは忘れなきゃダメなのに！　あれはただ、油断してはいけないと教えてくれただけなのだから。

ぐるぐると悩んでいる間に、車はわたしのアパートに着いていた。


「細井さん今日もありがとう、助かったよ。今度こそ付き合ってもらえるかな。食事に」

数日後、本城さんから誘われた。

急ぎの書類作成の手伝いをした時から予感はしていた。

「ありがとうございます、ご一緒……させてください」

本城さんは、ほっとして優しい笑顔を向けてくれた。

ああ、この顔が好きだったんだ……なのに嬉しいというより、緊張が先に立つ。

本城さんとの食事はダイエットが成功したらやりたいことのひとつだった。まだダイエットが終わったわけではないけれど、少しだけ『やったー！』という達成感があった。

これでわたしは自信を持つことができるはずだったのだけれど……

「ちょっと誘われたからって、いい気にならないでよね。どうせすぐに元の体型に戻るんだから！」

自分の席に戻る途中、皆川さんに睨《にら》まれてボソリと言われた。

まだ言うんだ……最近は誰もわたしをデブ扱いしなくなったのに。十キロ以上痩《や》せたけど、変わったのは体型だけではない。痩《や》せたことで洋服も色々選べるし、おしゃれもできるようになったと思う。食事や運動も、身体のことを考えてバランスよく頑張ってるから、髪や肌の調子もすこぶるいい。お手入れもきちんとやってるし、メイクだってそれなりにできてると思う。最近、美容院に行って長めのゆるふわのボブにして首筋を出してみた。もう元の自分に戻る気はない。それなりの努力は続ける。だから、今までみたいに黙り込む気はなかった。

「あのう……そのことが皆川さんとなにか関係ありますか？」

今までのわたしは、太ってる自分が悪いと思い、言われるままだった。だけどよく考えると、こうして彼女がわたしを責めるのは太っているからだけじゃないんだよね。わたしが誰かに声をかけられるのが、気に食わないんだよね？

「皆言ってるんだから！　今はちょっと痩《や》せてるけど、中身は変わらないはずだって」

中身？　わたしは太っていた時でも、彼女に蔑《さげす》まれるような振る舞いはしたことがない。

「わたしの体型が、皆川さんや仕事になにか悪影響を与えたことがあるんですかって聞いてるんです。わたしはどんな体型でも、きちんと仕事してますよ。皆川さんにも他の方にも、仕事で迷惑をかけたことはないですよね？　それなのにそこまで言うのなら、皆の前で説明してください。それができないのなら、ただの中傷《ちゅうしょう》と取られても仕方ないと思います。ここは会社なんですから……とにかく皆川さんの許可がいるようなことじゃないと思います。それよりも一昨日回した書類はできてますか？　いくら急ぎじゃないといっても期日は今日です。困るのは二班の営業担当ですからね」

「なっ……なによ！　酷《ひど》い、酷《ひど》いわ！　わたしがなにをしたっていうの!!」

なにもしてません、というか仕事もしてないんですよね。なのにまた泣き落とし？　今まではそれで人が集まってきたけど……今はもう誰も寄ってこない。彼女の味方である二班の篠崎チーフも、席を外している。

「細井さん、あの……すみません！　これ、急ぎなんですけど」

二班の黒田くんだ。彼は無茶なことは言わない人だ。

「ごめんなさい、急ぎの場合は楢澤チーフに判断してもらっていいですか？」

なんでもかんでも仕事を引き受ける必要はないと言われて、二班の仕事を引き受ける場合はチーフの許可をもらうようになった。お陰で割り込み作業が少なくなったし、チーフから皆川さんに仕事を差し戻してもらえるので、二班の営業に悪態をつかれることもなくなった。

実はこれが一番嬉しかった。こちらも急ぎの仕事を抱えて断った時の、二班の人達の去り際《ぎわ》の言葉が酷《ひど》かったから。言われたくなくて今まで無理してきたところもあった。だけど今は状況が変わりはじめていた。二班の仕事を皆川さんがするようになったため、遅れが出て不満が募《つの》ってきているのだ。

「わかりました。楢澤チーフに確認とってきますね。これ、皆川にはできない仕事なので困ってるんですよ」

黒田くんはちらりと冷たい視線を皆川さんに向けた後、さっさとチーフのデスクに向かい許可を得て書類を回してきた。

「構わないそうなのでお願いします。助かりますよ、細井さん仕事できるし……最近は特にきれいになられましたよね？　すごく評判いいですよ」

面と向かって言われると恥ずかしい。まだ標準の体重にもなってないのだけど。

「なによ……それ、わたしが仕事ができないって言いたいの？　仕事してもらうために、細井さんにそんなお世辞《せじ》言わなくてもいいじゃない！」

まさか皆川さんが、黒田くんにまで怒鳴り散らすとは思わなかった。彼も目を丸くして皆川さんのほうを見ている。

「皆川、やめなさい。きみができない仕事をやってもらってる人に対して、なんて言い草だ」

いつの間にか近くに来ていたチーフが、皆川さんを見下ろしてきつい口調で告げる。今まで彼女の言動には、かなり我慢していたということは聞いていた。彼女は常務の姪《めい》っ子で、両チーフには常務直々に『よろしく頼む』と直接声がかかったという話だ。

「楢澤、チーフ……」

楢澤チーフではなく篠崎チーフの班に配属されたのは、篠崎チーフに常務の派閥《はばつ》に入りたいという思惑があったからという噂だ。

『俺は仕事ができればそれでいい。出世には興味ない』

どちらの班に配属するか決める際、チーフははっきりとそう言ったらしい。それで皆川さんは二班に配属になり、篠崎チーフは彼女を甘やかすだけでなにも言わなかった。楢澤チーフが注意しようとしても、口出ししないでくれと言われ、困っていたようだ。

「助けてもらっている人に感謝の言葉もなく罵《ののし》るとは、恥ずかしくないのか？　仕事に体型も容姿も関係ない。きみは社会人にもなって、そんなこともわからないのか！　努力しない奴はうちの部にはいらない。常務にもそう話しておくから」

「酷《ひど》い……チーフまで！　なによ、仕事がちょっとできるからってその人ばっかり……前はただのデブじゃない！」

「いい加減にしろ！　仕事と体型は関係ないだろうが！　努力している彼女に失礼だと何度言ったらわかるんだ！」

「悔《くや》しい……仕事ができるからって。わたしなんて、誰も仕事を任せてくれない。わからなくても聞けなくて……わたしがいるのに彼女ばっかりで。それが悔《くや》しくて……」

えっ、もしかして皆川さん仕事覚えたかったの？　だったら聞いてくれれば、いくらでも教えたのに！　そんなにわたしに教わるのは嫌だったのだろうか。

「わかった、こちらの部屋に来なさい。きちんと話を聞こう」

チーフはそう言うと、皆川さんの肩を抱いて隣の応接室へ入っていった。ガラス張りなので外からも見えるけど、なにを話しているのかは聞こえない。

「細井さん、大丈夫だった？　ごめん、僕が目立つところで誘ったりしたから……」

「いえ、大丈夫です」

本城さんも心配して駆《か》け寄ってきてくれた。

「ホント皆川のやつ、無茶苦茶言うからびっくりしたよ」

黒田くんもホッとした顔をしている。

「でも、皆川さんも仕事を覚えたかったんなら言ってくれればよかったのに……」

「細井さんは優しいね。今まであれだけ言われてきても、聞かれたら教えるんだろうね」

それは仕事だからね。当たり前のことだ。

「それにしても、皆川は細井さんにライバル意識を持っていたのかな？　でも四年もこの仕事をやってる細井さんに、新人の皆川がいきなり敵《かな》うはずないのに。だから他の面で勝とうと必死になりすぎたって感じかな？　相手より優位に立ってないと我慢できないタイプみたいだったしね。俺が余計なことを言って、細井さんに嫌な思いをさせてすみませんでした」

それじゃ、と急ぎの案件を抱える黒田くんはさっさとデスクに戻っていった。

「彼女は社会人として間違っていたね。やるべき仕事もやらずきみに押し付けて、その上あんな態度で……前から気にはなっていたけれど、ちゃんと言ってあげられなくてごめんね。チーフ達が対処しない限りは、僕達が口出しするわけにはいかなかったんだ」

「うん、わかってるから……」

そのあたりの事情はチーフから聞いていた。そのうちきちんと対処するって、こういうことだったのね。

こうやって本城さんと話をしていても、応接室が気になって仕方がなかった。いったいどんな話をしてるの？　楢澤チーフが彼女の話を親身になって聞いているのを見ていると不安になってくる。あの人は厳しいところもあるけれど、進むべき道を示してくれる優しい人だ。そんな彼のよさに彼女が気付いてしまったら？　あれだけ可愛い子に好かれて嫌な男性はいないだろう……

「それじゃ細井さん、今夜楽しみにしてるからね」

本城さんは、わたしの肩をポンと叩いてデスクに戻っていった。そうだ、今夜……食事に行くんだった。元々そのためにダイエットをはじめたようなもので、ようやく夢が叶って嬉しいはずなのに。今は応接室のふたりが気になってしょうがないなんて、おかしいな……

わたしは気を取り直して、大急ぎで書類の作成に取りかかった。

「今日は大変だったね。どうせならパーッと呑もうか？　帰りもちゃんと送るし」

「あ、はい……ありがとうございます」

パーッと呑んでと言われたけれど、ワインは二杯ぐらいにしておけというチーフの言葉を思い出して止めておいた。

本城さんが今夜連れてきてくれたのは、新鮮な魚介類を使った創作フレンチのお店だった。小さいけど温かくて肩肘《かたひじ》張らなくていい雰囲気だ。瓶《びん》に入った手作りプリンが人気らしい。こういうお店、好きだな。もしかして好みが合うかも……

「美味《おい》しい！」

「そう、よかった……元気になってもらえて嬉しいよ。この間はダイエットしてるからって断られたからどうしようかなって思ったんだけど、ここのプリンだけは絶対に食べさせたくてね。ほかは結構ヘルシーな魚介コースだから、全部食べても大丈夫だよ」

「はい、残すなんてもったいないです」

「ワインもっと呑む？」

「いえ、あまり量は呑めないんです……」

二杯以上呑んで酔っ払うと、失敗をしでかしそうだから自重《じちょう》しなくちゃね。

——そう思っていたのに、わたしは加減ができないお馬鹿らしい……


「すみません、つい……」

フレンチのお店ではあまり呑まなかったけど、その後に誘われたバーで少し酔ってしまった。皆川さんの話がでた時、昼間チーフとふたりでいた姿を思い出して、つい呑みすぎていたから……

応接室から出てくる時、ピッタリと寄り添って出てきたふたり。その際、彼女の甘い視線が、チーフに注《そそ》がれていた。考えたくないけど、やっぱりチーフも彼女みたいに見目のいい子がいいのかな。彼くらい包容力があれば、皆川さんのわがままも可愛く思えるのではないだろうか。わたしみたいな女にも、優しく接してくれる人なのだから……

「カクテル、気に入ってもらえてよかったよ」

「はい、本当に美味《おい》しくて……呑みやすかったです」

「カルアはミルクコーヒーみたいな味だし、その後に呑んだカクテルもさっぱりしてるけど甘さもあって美味《おい》しかったんじゃないかな」

「はい、とっても」

平気な振りをしていたけれど、店を出る時に少しふらついてしまった。

「大丈夫？　ショートカクテルはキツイから気を付けないとね。結構グイグイ呑んでたでしょ？」

「すみません、こういう店は初めてで……つい美味《おい》しくて」

「駅まで酔い覚ましに歩こうか」

「そうですね」

身体が熱いので夜風が気持ちいい。歩道を照らす外灯は少し暗いぐらいで、斜め前を歩く本城さんの顔はあまりよく見えない。時々通る車のライトが眩《まぶ》しくてクラクラした。意外と、長いんだよね……駅までの距離。

こういう時に、なにを話していいかわからない。食事中やカクテルを呑んでる間は色々話せたのに。

「ねえ、細井さん」

「あ、すみません」

急に本城さんが立ち止まって、こちらを振り返る。いつの間にか少し遅れてしまったようだ。

「次にまた誘ったら、こうやって食事やお酒を一緒に楽しんでもらえますか？」

「あ、はい。もちろんです！　あ、でももう奢《おご》りとかいいですから、割り勘にしましょう。わたしも自分の仕事をしてるだけなんですから、それで奢《おご》ってもらうのは気が引けます」

「ずっと前から、頑張ってる細井さんのことをいい子だなって思ってたんだ。でも、誘ってもなかなか来てもらえなかったから、好かれてないかもって、心配してた」

「そんなことないです！　わたし、あんな体型だったから……本城さんと食事なんて恥ずかしくて。一緒に歩くのも申し訳なくて、だから……」

「そんなの気にしないよ。でも、以前は細井さんが体型のことをとても気にしてたし、遠慮もすごかったから、仕事のお礼以外で声をかけるのを躊躇《ためら》ってたんだけど……最近は頑張って痩《や》せてきれいになったから、そんなの気にしてられないなって。他の男に先越されないか、ドキドキしてたんだ。この間も後藤さんに誘われてたでしょ」

どうしてそれを？　チーフといい、皆そういう情報をどこから仕入れてくるのだろう。

「そんな、わたしなんて……」

「皆、注目してるよ。どんどんきれいになってるって。他の社員達の見る目も変わったのがわかるでしょ？　それに最近チーフとよく話してるから……気になってたんだ」

よくって、チーフとそんなに話してただろうか？　会社では、できるだけ気を遣っていたつもりだったのに。

「僕は、いつも頑張って仕事してる君が素敵だと思う。よかったら、付き合ってほしいんだ」

「えっ？」

どうしよう？　本当なら万々歳《ばんばんざい》だ。だけど、なにか引っかかってる……

ダイエットの目標は、本城さんと食事をしても恥ずかしくない体型になることだった。それで、もし本城さんと食事することができたら、玉砕《ぎょくさい》覚悟で告白するつもりじゃなかった？　……なのに向こうから告白されて、嬉しいよりも戸惑いが大きくて。こんな時、どうしたらいいかわからない。

チーフ、この先はまだ教わってないです！

「前からいいなって思ってたけど、今のほうが話しやすくていいな。やっと僕の目を見てくれるようになったからね。以前はよく逸らされてた気がするんだ」

それは本城さんがあまりにもじっと見るから……恥ずかしくてたまらなかったからだ。

「頑張って、さらに自分をよくしようと努力する細井さんが好きだよ。今までそれを態度で伝えてきたつもりだったけれど、きみは自分に自信を持ってないから、ちゃんと言葉で伝えないとダメだって助言をもらったんだ」

「助言って……誰からですか？」

「楢澤チーフ……彼が僕に、そうアドバイスしてくれたんだ」

えっ、チーフがそんなこと言ったの？

そっ……か。わたしがいつまで経っても勇気を出せないでいたから、見かねて助け舟を出してくれたんだ。そのことにショックを受けている自分がいた。チーフにとってわたしは太っている、かわいそうな部下でしかなかったってことなんだ。

「返事はすぐでなくてもいいよ。だけど今日は少しだけ強引にならせて」

本城さんの顔が近付く……そうだ、目を瞑《つむ》っちゃダメなんだ！　でも、好きな人だったらいいんだよね。あれっ？　――わたしの好きな人って……誰？

「あっ」

目を開けたままでもキスされた。口じゃなくて、頰《ほお》に軽く触れるか触れないか程度のキスだったけれど、思わず頰《ほお》を押さえて後退《あとずさ》ってしまった。

「ごめん、嫌だった？」

思わず首を横に振って違うと言いたかったけど、驚きすぎて声が出せない。

「タクシーを拾おう。今のきみは真っ赤な顔して可愛すぎるから、このまま電車になんか乗せられないよ」

本城さんが素早くタクシーを捕まえてくれる。わたし達はそれに乗り込んだ。

甘い言葉、優しい笑顔に仕草。やっぱり王子様みたい……こんなに素敵な人が、わたしと付き合いたいと言ってくれたなんて嘘みたい。それに、いきなり頰《ほお》にキスなんて。意外と手が早かったりするのかな？　争うことを嫌う人だから、おとなしい人だと思っていた。だけど、思っていたよりもずっと……強気な人みたい。

以前のわたしだったら――もっとときめいて、キュン死にしそうなほど萌《も》えまくっていたはずなのに……この余裕はなんだろう？　心の奥底がやたら冷静で、なんだか他人事みたいに思える。

どうして、もっと喜べないんだろう？　わたしは、本城さんが好きなんじゃなかったの？

どうして、すぐに返事をしないの？

どうして、チーフの顔ばかり浮かんでくるの？

答えが出ないまま、タクシーはわたしのアパートに着いた。


「おはようございます」

「ああ、おはよう」

翌朝も、いつものジョギングコースをチーフと並んで走り出す。最近は脚力がついてきたので、なんとかチーフのペースに合わせて走れるようになってきた。最初の頃は這《は》うようなスピードでしか進めず、並走するチーフを何度も立ち止まらせていたのに……大きな進歩だ。

「昨日は、どうだったんだ？」

ジョギングを終えて、わたしのアパートで朝食を食べ終わると、不意にそう聞かれた。もともとチーフは走ってる時にはあまり話さない人だけど、今日は挨拶《あいさつ》の後、まともな会話はしていなかった。

「どうって……」

わたしは言葉を濁《にご》したまま、立ち上がって食器を片付けはじめた。チーフは側に来て、洗った食器を拭《ふ》いてくれる。シャワーを浴びた後なので、まだ髪が濡れている。普段は髪をなでつけ、しゃきっとしているチーフが、髪が乱れたままのジャージ姿でリラックスしているのを見ると、いつもはくすぐったくて幸せな気持ちになれるのに……今日は少し緊張していた。

「食事してきましたよ。手作りプリンの美味《おい》しい創作フレンチのお店でした」

「そうか。で、その後は？」

「バーに行って、初めて本格的なカクテルを呑みました。すごく美味《おい》しかったです。帰りはタクシーでアパートの前まで送ってもらいました」

なんだか父親にデートの報告をしてるみたい。変な緊張感がある。

「……それで、あいつはなにか言わなかったのか？」

やっぱりそこを確認したかったんだ。チーフが、アドバイスしたんだものね。

「帰り際《ぎわ》に……付き合って欲しいって、言われました」

「そうか、それじゃ本城と付き合うことになったんだな。だったら……」

「ま、まだ……返事してません」

わたしは慌ててチーフの言葉を遮《さえぎ》った。だったら、の先の言葉は聞きたくなかったから。

「なぜすぐに返事しなかったんだ？　本城のことが好きなんだろ？」

そう聞いてくるチーフの口調が怖くて、すぐ側にいる彼の顔が見られなかった。

「好きっていうか、憧《あこが》れてました。ダイエットしたら一緒に食事に行くのが夢で、玉砕《ぎょくさい》覚悟で告白しようって思ってました。たけど……わたしは本城さんと付き合うとかそういうことをまったく考えてなかったんです」

告白の先は本当に考えていなかった。

付き合うってことは、一緒に食事するだけじゃなく、キスとかそれ以上のこともするってことだよね？　本城さんが相手とか関係なく、そんなのまだ無理だ！　裸を晒《さら》したりとか絶対できないよ！　ジムで水着姿を見られることには慣れてきたけど、やっぱりそれとこれは別な気がする。よく見れば今でもお腹の辺りはたぷたぷだし、痩《や》せたと言っても十分ぽっちゃりだ。誰かと自信をもって付き合えるほど痩《や》せたとは、まだまだ思えない。

「まだ自信がないのか？　あいつははっきりとおまえに告ったんだろ？」

「はい……好きだって言ってくれて」

「そうか……で？」

「頬《ほお》に、キスされました……」

一瞬チーフがビクリと動いたような気がした。思わず隣を見上げたけれど、素知らぬ顔して食器を拭《ふ》き上げているだけ。

「でも、すぐに返事しなくてもいいって言われたので……」

本城さんに返事をするのが怖かった……チーフの顔が浮かんできて、頷《うなず》けなかった。もし、彼氏ができたら、チーフとのこの時間はなくなるんだよね？　——そう約束したから。これは彼氏ができるまでのトレーニングだって。チーフと過ごすこんな時間がなくなってしまう。それが怖かった。

本城さんのキスから逃げてしまった時……わたしは自分の本当の気持ちに気付いてしまった。チーフにキスされた時——逃げなかったのは、嫌じゃなかったから。それに……本城さんと一緒に過ごす毎日は想像できないのに、チーフとだったらいくらでもできてしまう。こうやって毎日一緒に走って、ごはんを食べて、それから……その先のことも。

だけどチーフは本城さんにアドバイスしていたんだよね？　今までずっとトレーニングに付き合ってくれたのも、わたしが本城さんと付き合えるようにするため。こんな面倒な部下の相手なんて、いつまでもやってられないからって。

『おまえがきちんと痩《や》せて、彼氏ができるまで……いや、裸になって男を誘う自信がつくぐらいまで付き合ってやるよ』

あの時チーフはわたしにそう言った。そんな日が来るなんて想像できなかったけれど、このまま本城さんと付き合えばその通りになる。いつまでもチーフの厚意に甘えてトレーニングに付き合わせるわけにはいかない。彼にはなんの得もないのだから……

だけど、もう少しだけでも側にいたいと思った。あの時、キスされるならチーフがいいと思ってしまった。そんな理由で返事ができなかったなんて、チーフには言えないよ。

チーフはそれ以上なにも言ってこなかった。会話が続かないことにいたたまれなくなって、シンクを離れようと窓際《まどぎわ》にかけている手拭《てふ》きタオルに手を伸ばした。角度的にチーフのいるほうだけど、いつもならスッと退いてくれるのに……

「えっ？」

その時、チーフの唇が頬《ほお》に触れた。チーフは動かないどころか、こっちに寄ってきたように思えたのは気のせい？

わたしはタオルからチーフのほうへ視線を移す。その顔はなぜだか少し怒ってるように見えた。

今のはわざと？　それとも……

「どうして逃げない？」

どうして……って、そんなのわからないよ！　ううん、本当はわかっていた。だけど、理由は言えない。チーフには、そんなつもりはないのだから。キスぐらいでうろたえちゃダメなのに、一気に体温が上がっていく。

「本当は、本城にこうされた時も逃げなかったんだろう？」

わたしはプルプルと首を横に振って否定した。

「嘘だ。今、俺がした時は逃げなかったじゃないか」

「本城さんの時も今も、ちゃんと目は開けてました！」

瞑《つむ》ったらダメと教えられたから。もしかして……目を瞑《つむ》ってたら本城さんは唇にキスしたの？

「教え子が優秀なのは嬉しいが、好きな相手にされた時は目を瞑《つむ》るもんだ」

やっぱりチーフにとって、わたしのトレーニングに付き合うこんな毎日は迷惑だったのかな。練習でもなんでもいいから続けたいと思っているのは、わたしだけなんだよね。

でも、もうしばらくは今のままでいたいと思ってしまっている。ずっと好きだった本城さんと付き合うよりも、こうやってチーフと過ごす毎日のほうが、もっと、もっと……

「あの、まだ自信がなくて」

泣きたい気持ちを堪《こら》えて、なんとかチーフが納得してくれそうな答えを探す。

「誰だって自信満々で付き合うわけじゃない。付き合ってから徐々に自信をつけていけばいいんだ。俺と一緒にいて、かなり自信が持てるようになったと思っていたんだがな」

それは、チーフがわたしのことを認めてくれたから。人として、部下として、それからほんの少しでも女として。最初に触れられた時に女扱いしてもらえたことがどんなに嬉しかったか。キスされた時も……驚いたけど、嬉しかったんだ。

「あいつと付き合いたいとか、キスしたいとか、抱きしめられたいと思わなかったのか？」

「そ、そんなこと考えたこともないです！」

ないない！　ただ王子様に憧《あこが》れていただけだもの。ニッコリと微笑《ほほえ》んでもらえるだけで、幸せだったのだ。それに、痩《や》せたといってもまだまだぽっちゃりの域を出てないと思う。こんな体型のわたしが細身でちょっと小柄な本城さんに抱きしめられるとか、そんなの考えられないよ。

「ただの憧《あこが》れで恋愛はできないぞ。付き合うってことは、こうやって一緒に過ごしたり、触れ合ったり、キスしたり、セックスしたりするんだからな」

「それは……わかってます」

だから返事ができなくなってしまったのだ。本城さんとそういうのことするのは、ホントに想像できなくて。

チーフとなら――って、思わず脳内に浮かんでしまって焦《あせ》る！　わたしって、そういうこと望んでたんだ……チーフの裸の胸に抱きしめられたい、だなんて！

「本城だって男だからな、付き合いはじめたらそういうことをしたくなるだろう。だけどおまえにその覚悟も自信もないんじゃ、困るよな。だったら……」

「だったら？」

「自信がなくても、とりあえず本城と付き合ってみるか、それとも……付き合う自信がつくまで俺と、ソッチのトレーニングをするか、だ」

もちろんチーフとトレーニングがいいに決まってる！　あのでも、ソッチのトレーニングってなんなの？

「あの……」

「教えてやろうか？　最初の約束通り。男が……付き合うとしたら、その相手にどんなことをしたいと思っているのかを。おまえは十分魅力的だ。少しはそれに気付けよ」

痩《や》せたらもっと自由に恋愛できるって思ってた。もっと自信がついて変われると思ったのに……本城さんと付き合いたいなんて思えなかった。

自分が魅力的だなんてとても思えないけれど、チーフに言われて喜んでいる自分がいる。

そう、痩《や》せる前からわたしは、恋してたんだ。一番信用していた人に、その気になれると言われたあの時から、わたしの心はもう……

「だったら、はじめるぞ」

「はじめるって、なにを？」

「決まってるだろ。トレーニングだ」

「って、まさか今から……ですか？」

「ああ、俺は今、その気になってるからな」

「あっ」

嘘……これって、抱きしめられてる？

わたしはいつのまにかチーフの腕の中に捕らわれていた。腰まで押し付けられて……なんだか、お腹の辺りに硬いモノが当たった気がする。

「千夜子」

チーフの大きくてゴツゴツとした手が頬《ほお》にかかる。それだけで感じてしまいそうになった。そっと撫《な》でられると、カラダがビクリと震《ふる》えた。

「あ、あの」

「俺はおまえに十分そそられている。プールやシャワーの後の濡れた髪、ジョギングの後の上気した頬《ほお》、美味しそうに食事する唇に」

「そんな……」

チーフは今、本気でその気になってるの？　違うよね、わたしに男の人との付き合い方を教えるためだよね……

「どうする？　逃げないならこのままスルぞ」

背中に回った指先がカラダのラインをなぞる。反対の手は、わたしの頬《ほお》の輪郭《りんかく》をなぞり、首筋へとゆっくり下りていく。

わたしは逃げることもせず、なすがままだった。だって、チーフなら怖くない。怖くないどころか、嬉しいと思っていた。彼に触れられて気持ちよくて、触れられることが嬉しくて——こんなに苦しいなんて、初めて知った。

「あっ……ん」

ヤダ、変な声が出る！　いくら我慢してもチーフの指先に反応して、はしたない声が出てしまう。

「やぁ……ダメ……っ」

「そんな声……出すなよ」

「んっ、だって……」

わたしの首筋にチーフの顔が埋まり、温かく濡れた舌が這《は》っていく。その途端《とたん》、カラダから力が抜けてしまった。そこに変なスイッチがあるようだった。ゆっくりと鎖骨へと移動する唇と舌。それに触れられるたびに甘い声を上げ、カラダを揺らして感じていた。その快感は脳天から背筋、そして腰の辺りまで痺《しび》れさせ、わたしをおかしくしてしまう。

「んっ……チ、チーフ」

何度も首筋を往復しはじめた舌先に翻弄《ほんろう》される。それだけでカラダに力が入らなくなり、頭が沸騰《ふっとう》してしまいそうだった。

「あっ……」

カクリと膝《ひざ》から崩れ落ちそうになったわたしを支えるように、チーフが腰を抱き寄せた。やっぱり、お腹の辺りになにかが当たってる。これって……やっぱり？

「時間……まだあるな」

眩暈《めまい》がして倒れそうな中、チーフの声が耳に落ちる。彼はわたしをベッドに連れていく。ワンルームのなせる業《わざ》で、ものの数秒後には、わたしはベッドに仰向けに寝転がされていた。なに、この体勢……めちゃくちゃ恥ずかしい。見上げるとチーフのドアップ。えっと、こういう時、目は瞑《つむ》っちゃダメなの？　ダメだ、動悸《どうき》が激しくなりすぎて、胸が破裂してしまいそうだ。

「チ、チーフ？」

「黙れ……」

キスはされなかった。だけどふたたびチーフの顔が首筋に埋まって、湿《しめ》った舌先がわたしの首筋と鎖骨を往復して舐《な》め尽くす。

「ひゃっ……ん」

くすぐったいような、おかしな感覚。カラダの力は抜けて痺《しび》れきっている。

両の手は彼の手に掴《つか》まれて、頭の上でひとつにして押さえ込まれているから身動きが取れない。逃げられないまま、耳もその中も嬲《なぶ》られて、気持ちいいのか悪いのかわからなくなるほどで……わたしはひたすら喘《あえ》ぐような声で鳴いていた。

どのぐらいの時間、攻め立てられたのだろう……そんなに時間は経っていないはずだ。だって朝だし、会社に行かなきゃいけないのだから。

そろそろ、放してもらえるかな……そう思っていたのに、予想は裏切られた。シャツの上から胸の先を探り当てられ、摘《つま》んだり噛《か》んだり舐《な》めたりされた。今まで経験したことのない刺激を受けて、わたしはぐったりとシーツにカラダを埋もれさせるだけ。敏感になりすぎたわたしのカラダは、触れられていない下着まで密《ひそ》かに濡らしてしまっていた。

「あっ、チーフ、ああっ……はあっ」

「いい、声だ」

褒《ほ》められているの？

触れられることで、身体中が敏感になっていた。その上、押し付けられているチーフの下半身の熱が、怖いような嬉しいような……

ようやくチーフが身体を起こして離れた時、ふたりの間にできた隙間の冷たさに一瞬寂しさを覚えた。あのぬくもりが嬉しくて、もっと欲しいと求めてしまうわたしは、どれほどはしたない女なのだろう。チーフに嫌われてなければいいのだけれど。

「チーフ、あの……」

「ここまで、だな……そろそろ時間だ。会社に出かける用意をしよう」

さっと身体を離して立ち上がったチーフは、洗面所に向かってしまった。

チーフはこのぐらいのこと、平気なのかな？　やっぱり慣れてるのかな……

見上げると、ローチェストの上に置いた鏡に映る、呆《ほう》けた女の顔が目に入った。

あれは誰？　自分だとは思えないほど上気した女の表情をしている。それに、乱された胸元に髪。

そして、激しい鼓動に熱く疼《うず》いて火照《ほて》るカラダ。

そんなふうになってしまった自分をどうしたらいいのかわからなくて、自分を掻き抱いたまま枕に顔を埋めて思いっきり呻《うめ》いた。

洗面所から出てきたチーフはいつもどおりだった。スーツ姿で髪をうしろになでつけて、いつでも出かけられるよう準備万端だ。それに比べてわたしは、まだ乱れたままだった。

「早く用意しないと間に合わないぞ」

「あ、はい！」

いつも仕事中に聞く声音だった。さっき耳元で囁《ささや》かれた甘い声じゃない……熱っぽいため息混じりの声は、もう何処《どこ》にもない。

急いで顔を洗って着替えようとして、ブラが濡れるほどシャツの上から舐《な》められていたことに気付き、全部着替えることにした。焦《あせ》ってストッキングを破りそうになったけど超特急で着替え、それからタオルで顔を冷やして……必死でメイクした。だけどいくら化粧をしても頬《ほお》の赤みが取れない。唇だって腫《は》れぼったいような気がして仕方がない。

「あの、できました」

なんとか自分の体裁《ていさい》は整えたけど、当然お弁当はできていない。だけどチーフはすでにいつもの顔で自分が淹《い》れた珈琲《コーヒー》を口にして待っていた。

「おまえも珈琲《コーヒー》、飲むだろ？」

差し出されたわたしのカップには、ミルクとダイエットシュガーが入っていた。

——ああ、いつもとおなじだ。

先ほどあんなコトされたのが嘘のようだった。あのぐらいチーフにとって、なんでもないことなのだろう。

珈琲《コーヒー》を飲み終わると、いつものようにチーフの車に乗り、会社へ向かう。

「千夜子。男がどんな目でおまえを見ているのか、わかったよな。自分は大丈夫だと思い込んで油断するなよ」

「……はい」

会社の駐車場に着き車を降りようとするわたしを、チーフはそう言って引き止めた。

「おまえは自信がないと言うが、随分《ずいぶん》と体重を落としてきれいになった。そのことで態度を変える奴に気を付けろ。そういう奴の誘いには安易《あんい》に乗るな」

「気を付けます」

「だがな、必要以上には警戒するな。そういう奴ばかりでもない。おまえの良さに、きちんと気付いている奴もいるんだ。自分に自信を持て、いいな？」

それは……チーフのことじゃないよね。本城さんのことだと言いたいの？　そんなに念を押さなくても大丈夫なのに。今朝のアレは、わたしが自分に自信が持てるようにするための荒療治《あらりょうじ》だってわかってるから。チーフはアレ以上のことをする気はないってことも。だから勘違いなんてしない……ようにします。

でもね、いくら自信を持てと言われても、チーフを本気にさせることができなきゃ意味ないよ。だってわたしがその気にさせたいのも、抱かれたいのも……全部チーフだけなのだから。

「それではお先に失礼します」

わたしは車を降りてお辞儀《じぎ》をすることで、答えを誤魔化し歩き出す。脚がガクガクするのは、カラダに受けた刺激が強すぎたせい。忘れたいのに忘れられない……今朝のこと。

ああ、もう！　わたしはこんなにおかしくなっているのに、チーフは全然平気そう。それはきっと、わたしが太刀打《たちう》ちできないほど素敵な人を何度も抱いているからなのかな。今も他に相手がいるから、今朝のことくらいで動揺したりしないのだろう。

そして――わたしが本城さんと付き合えばいいと、本気で思っているんだ。そうなれば、自分の責任を果たすことができるから。でも、そんなの……嫌だよ。

どうすれば、このまま側にいてもらえるの？　ずっと自信がないと言い続ければ叶《かな》うの？　そうすれば、あのトレーニングがずっと続いて……わたしは本音を口にせずにいられるだろうか――『チーフが好きです』と……

とにかく今はその気持ちを悟られないようにするしかない。好きだと知られてしまえば、きっと離れていってしまうから。

「今は仕事を頑張らなきゃ！」

パンッと自分の頬《ほお》を叩いて会社へ駆《か》け出す。わたしが唯一《ゆいいつ》自信を持てるのは、仕事だけなのだから！

7　捨て身のトレーニング

あの日以降も、変わらず朝のジョギングは続いていた。その成果かどうかわからないけれど、さらに体重は二キロ減っていた。シャワーを浴びた後にスキンシップが加わったけれど。

いつものようにジョギングの後、チーフがシャワーを浴びている間に朝食を作るわたし。するとバスルームから出てきたチーフが近付いてくるのだ。そっとうしろから肩を抱かれ、低くて甘い声で『千夜子』と名前を呼ばれると、それだけでわたしは身動きが取れなくなる。次いで首筋に唇が落ちてくると、腰が砕けてしまうのだ。

「あ……っ、んん……チーフ」

「どうだ？　そろそろ自分に自信が持てるようになってきたか？」

「まだ……自信がなくて……」

「そうか、ならこのままトレーニングを続けるか？」

頷《うなず》かないけれど、拒否もしない。……もう少しこのままでいたいから。チーフと一緒に過ごす時間が欲しかった。

「やぁあっ……ん」

触れられるたびに、自分でも信じられないくらい甘い声が漏れてしまう。

郵 便 は が き

1 5 0 8 7 0 1

料金受取人払郵便

渋谷局承認

7227

0 3 9

差出有効期間
平成 28 年 11 月
30 日まで

東京都渋谷区恵比寿4－20－3
恵比寿ガーデンプレイスタワー5F
恵比寿ガーデンプレイス郵便局
私書箱第5057号

株式会社アルファポリス
編集部 行

お名前	
ご住所 〒	TEL

※ご記入頂いた個人情報は上記編集部からのお知らせ及びアンケートの集計目的以外には使用いたしません。

アルファポリス http://www.alphapolis.co.jp

ご愛読誠にありがとうございます。

読者カード

●ご購入作品名

●この本をどこでお知りになりましたか？

年齢　　歳　　　　性別　　男・女

ご職業　1.学生（大・高・中・小・その他）　2.会社員　3.公務員
4.教員　5.会社経営　6.自営業　7.主婦　8.その他（　　　）

●ご意見、ご感想などありましたら、是非お聞かせ下さい。

●ご感想を広告等、書籍のPRに使わせていただいてもよろしいですか？
※ご使用させて頂く場合は、文章を省略・編集させて頂くことがございます。
（実名で可・匿名で可・不可）

●ご協力ありがとうございました。今後の参考にさせていただきます。

「可愛い声だ……ほら、もっと出してみるんだ」

「やっ……もう、そこ、ばっかり……んんっ」

Ｔシャツを着たままブラのホックを外してずり上げられ、薄い生地越しに何度も胸の先を攻められていた。同じところばかり攻められると、おかしくなりそう。

「可愛いよ、その表情も……すごくそそる」

「んんっ……ホント、に？」

「ああ、嘘はつかんよ」

最初の日以来、チーフはできるだけ下半身を押しつけないようにしているから本当にその気なのかどうかわからなかった。今もさり気なく腰を引いて、下半身は密着しないようにしている。

「そろそろだな……」

チーフはわたしとこうする前に、毎回ケータイのアラームをセットしているらしく、彼のポケットから振動が響いたら、そこで終了。それ以上はしない。

「支度《したく》を急ごう」

言われて急いでブラをつけようとするけれど、敏感になりすぎた胸の先がジンジンして動きにくい。下も……いつの間にか濡れてしまっている。

チーフは平気なのかな？　わたしがバスルームを使用している間にさっさと着替えて、出てきた時にはすでに平常モードだ。

「明日は……どうされますか？」

明日は土曜日。少し前まで休日は一緒にジムに通っていた。だけどチーフは最近時間をずらしていて、お昼ごはんも一緒に取っていない。

「用があるんだ」

「そう、ですか……」

仕事？　いや、同じ班で仕事しているけれど、土日出勤するほどの案件を抱えていない。だったら……やっぱりデートなのかな？

毎日あんなコトをされて、わたしは悶々《もんもん》とした日を過ごしている。けれどチーフにはそういう素振りが見られないってことは、他に相手がいるんだ。やっぱり、わたしなんかじゃ相手にならないんだよね……

いつまで耐えられるかな、わたし。

「チャーコ、元気ないね」

「そんなことないよ。イッコと買い物なんて久々だから楽しいし」

「わたしも」

数日前、イッコと夜に電話で話していたら、わたしの声に元気がないと心配された。どうやらその後、イッコは無理して土曜に休みを取ってくれたようだ。それで、今日は朝から一緒に買い物に出かけていた。

「今まで服とか買う気にならなかったんだけど、最近は楽しくて」

「チャーコってば、また痩《や》せたから買い直しなんでしょ？　すごいね、もうツーサイズもダウンしたんだ」

「うん、でももうワンサイズ頑張りたいんだけどね」

それでようやくバレーをしていた現役時代の体型に戻る。

「買い物終わったらさ……夕飯はコータの店で食べようよ」

ここのところ、わたしもイッコもコータの店に寄ってなかった。

「いいよ、でもわたしは呑まないからね。後でジムへ行くつもりだから」

もしかしてチーフは土曜の夜にジムへ行ってるのかなと思い、時間帯を変えてみることにした。

もちろん今日はイッコと出かけているから、夜にしかジムに行けないけれど。

「じゃあ、さっそく買い物しよう。あっ、お昼はなに食べる？　ふたりで出かけるのは久々だし、ランチはちょっと奮発《ふんぱつ》してホテルのイタリアンバイキングでも行かない？」

こうしてふたりで出かけると、ショッピングより食い気が優先されるのはいつものことだ。さっそくイッコは、通りかかったホテルレストランの案内ボードに見入っている。

「うーん、イタリアンより和食のほうがいいかな」

「そうだね……ホテルのバイキングなんて、高カロリーになりすぎるよね」

「そうだよ、バイキングは怖いんだから。食べなきゃ損って感じで、目一杯食べちゃってたからね、昔のわたしは」

「でも、ここのホテルバイキングはすごく美味《おい》しいらしいんだけど……」

どうやら今日はイッコのほうが食べたいモードのようだった。

「ダメダメ、バイキングは絶対危険だよ」

「それじゃ、ここのランチコースなんてどう？」

「うん、いいかも。コースなら量はそんなに多くないだろうし。あ、でもまだ十一時になってないから、もう少し街をウロウロしてから食べない？　予約して席だけキープしておこうか。実は今日、朝ごはんを食べてないから、お昼は早めでもいいんだ」

「ええっ、チャーコってば、どうしたの？　今までちゃんと取ってたのに……ダメだよ！　ちゃんと食べなきゃ」

「でも……今朝はあんまり走ってないから、お腹も空《す》かなくて」

だって今日はひとりだったから。少しだけ走ったけれど、ひとりでは気が乗らず、すぐに部屋へ戻った。

一緒にいることに慣れすぎたからか、今までよりも寂しいと感じてしまう……夜にひとりでいると、毎朝されていることを思い出して身体が熱くなって、思わず自分で触ってしまったりもする。ほんとにもう、恥ずかしいくらい感じやすくなってるのだ。経験もないくせに、チーフが欲しいと思っている自分が怖い。

「だったらお店に行って、何時からお昼のコースがはじまるのか聞いて、早めに食べようよ」

「そうだね、お腹が空《す》きすぎる前に食べたほうがいいよね」

「じゃあ上の階に……あ、でも今の時間はチェックアウトのお客さんが多いみたいだよ」

ホテルのエレベーターからは、さっきからひっきりなしにお客さんが降りてくる。その時——休日でカジュアルな服装のお客が多い中、見知ったスーツ姿を見つけてしまった。

「チーフ？」

どうしてチーフがホテルにいるの？　いつもより決めたダークカラーのスーツにおしゃれなネクタイ。休みの日なのにかっちりと固めた髪と、それから……隣にサングラスをかけたきれいな女の人。スタイルがいいその女性は、腰まである長い髪をかき上げる仕草がエレガントだった。一般人じゃなかなか着こなせないようなブランド物と思《おぼ》しきプリントのインナーに、タイトスカートのおしゃれなスーツ。そしてスラリと伸びた脚には高いピンヒール。いくら痩《や》せたとしても、わたしには到底なりえない抜群《ばつぐん》のプロポーションだった。

「え、あの人がチャーコのトレーニングに付き合ってくれてる上司なの？　すごい美人連れてるんだけど……でも、すごくお似合いだよね」

あの女性、どこかで見たことあるような……などと、イッコがブツブツ言っている。けれどわたしは、事実を受けとめるのに精一杯で、返事ができなかった。

きっと彼女だ。ああ、こんなきれいな女性がいるのに、今までわたしのトレーニングに付き合ってくれてたなんて。チーフって、本当に親切な人だったんだ。

そろそろチーフから離れたほうがいいんだろうね。毎日一緒にいて、トレーニングしたりごはんを食べたりするのが楽しかったから、ついダイエットを口実《こうじつ》に甘えてしまった。チーフが側にいてくれたおかげで、きれいに痩《や》せたいって意識できたし、毎日気分が高揚《こうよう》してすごく効果が高かったと思う。これがホルモン効果なんだね。恋してると痩《や》せやすいって、本当だったんだ。

——そう、わたしはチーフに恋してた。擬似《ぎじ》でよかったはずなのに、チーフだってそのつもりだったのに。わたしだけ本気になって……馬鹿みたい。でも、わたしが勝手に好きになっただけなのだから、チーフはなにも悪くない。……今ならまだ引き返せる。もっと好きになって、取り返しがつかなくなる前に、離れたほうがいい。

方法は簡単だ。『自信がつきました』と『本城さんと付き合います』と言えばいい。ただそれだけなのに……

「チャーコ、どうしたの？　さっきから黙り込んで……ランチ食べてる時もあんまり食が進んでなかったみたいだし」

イッコが心配そうに顔を覗《のぞ》き込んでくる。確かにフレンチのランチコースを奮発《ふんぱつ》したのに、楽しんで味わうことができなかった。ショッピングしていてもなにも買う気がせず、笑顔を貼り付けたままイッコについていくだけだった。

「大丈夫だよ。なんともないって」

「もしかして、さっきチーフがきれいな女の人を連れてたのがショックだったんじゃないの？」

必死で平静を装っていたけれど、やっぱりイッコには通用しなかったようだ。

「そ、そんなことないよ！　チーフに彼女がいるだろうってことは予想してたし……」

「それは前にも言ってたけど、実際に見て落ち込んでるふうにしか見えないけど？　ねえ、本当にあのチーフって一緒にトレーニングしているだけの人なの？」

「き、決まってるでしょ。上司だよ？　彼女もいる人なんだから……」

それ以上イッコは聞いてこなかった。その日はなんの収穫もないまま、コータの店にも寄らず早々に帰宅した。あのままイッコといたら、洗いざらい話してしまいそうで怖かった。

――話せるわけなんかないのに。……話せないようなコト、しているのだから。


「あっ……んんっ」

翌週もいつものように一緒に走り、アパートに戻るとまたあのトレーニングがはじまる。

『自信がつきました』のひと言が、どうしても言えなくて……わたしはまだチーフから離れられずにいた。逢《あ》えばこうやって、チーフに触れられたいと願ってしまう。

「どうして欲しい？」

言えない。もっと、全部触れて欲しいとか、服の上からじゃなくて直《じか》に触られたいとか、チーフに最後までして欲しいなんて。

「言えよ、千夜子。言ってくれなきゃ、わからんだろう？」

チーフの甘く聞き返す声。少し掠《かす》れて、息が荒くなってるように感じるのは気のせい？　彼の吐息のすべてに反応してしまいそうな、わたしのカラダ。いつの間に、こんなにいやらしくなってしまったの？　わたしがこれほどチーフを求めても、彼はそうじゃない。チーフの頭の中にはあのきれいな人がいて……あの人に覆《おお》いかぶさり、さらに甘い囁《ささや》きを落とす彼の姿を想像して、胸が苦しくなった。ぎゅっと瞑《つむ》った眦《まなじり》から、涙がこぼれていく。

急いでシーツに頬《ほお》を押しつけ、涙を拭《ふ》き取った。だって、チーフに知られると迷惑をかけてしまうから……

「あの、お願いです……」

「ん、なんだ？」

「お、おかしくなりそうなんです」

「どこがだ？」

「全部、です……」

心もカラダも全部、悲鳴を上げている。

「朝にこのトレーニングは、もう……」

いっそのこと夜とか……時間を気にせずされてみたい。離れなきゃならないなら、その前に一度だけでも最後までしてほしい。

「どういうことだ？」

身体を起こしてわたしを見下ろすチーフの顔は、冷静なものだった。

「ここのところ、一日中辛くて……」

イッコに会った時も言われた。『なんか仕草とか動きが、女っぽくなったよね』って。さらに数日前にも、会社で同僚達とお昼を食べてる時に……『なんか熱っぽそうだよ』って。それって、わたしが発情してしまっているからだよね？

「そうだな。確かに、社内の男どものおまえを見る目も変わってきてるしな。わかった……朝はやめよう」

やはり気を悪くしたのだろうか、チーフはわたしから離れるとすぐにスーツに着替えるためにバスルームへ行ってしまった。

「明日からはジョギングの後、いったん自分の部屋に戻るよ。それからまた、車で迎えに来るから」

きっちりと出社の準備を終えて戻ってきたチーフは、事務連絡でもするかのようにそう告げる。

「そんな……」

もう、この部屋で一緒に朝ごはんを食べないの？　それとも、このトレーニングも終わりなの？

「やはり朝はまずいからな……貴重な時間だし、仕事に影響してからでは遅い」

ここのところ色々と気になって、仕事のペースが落ちているのは自分でもわかる。やたらと周りの人達から話しかけられるようになったし。

「あの……朝のトレーニングを夜にするのは、ダメなんですか？」

「ダメだ！　夜は……ダメだ」

あ、そっか。夜はあのきれいな人とデートするんだ。そうなると、週末ももちろんダメだろう……だから朝だったんだ。

こんな気持ちになるのならチーフに彼女がいるか、最初に聞いとけばよかったなぁ。自分の気持ちに気付いてしまった今となっては、聞く勇気が出ない。

「すみません、無理言って」

それじゃあ、このままあのトレーニングはなしになってしまうのかな。チーフとは毎朝一緒に走る、ただのジョギング仲間になって、もう触れ合うことはなくなってしまう……

――だったら、最後に一度だけお願いしてもいいだろうか？

「あの……週末、一日だけでもダメですか？　ジムの帰りにでも……もちろん、チーフにご予定がない時でいいんです」

「それで……どうして欲しいというんだ？」

「ダメだ！　それは……付き合った男にしてもらえ。トレーニングじゃなくなるぞ」

「もっと、教えてください。その、最後まで……」

それでもいいと言いたかった。だけど、それはチーフが望まない。

だから、わたしは嘘をつく。

「だって、今のわたしはチーフが途中でやめられるぐらいの魅力しかないんですよね？　そのぐらいの魅力じゃ、わたし自信なんか持てません！　本城さんも同じように思うんじゃないかって考えてしまいます……」

「それは違う！」

「違いません！　チーフが止まれなくなるぐらい、魅力的なカラダになりたいんです。そしたら、たぶん自信もつきます。このままじゃ……いくら体重を落としても自信なんて持てないんです。こうやって痩《や》せることができたのはすごく嬉しいです。いろんなオシャレもできるようになって、少しは人前に出ることにも自信がつきました。でも、恋愛だと怖いんです……痩《や》せてから急に寄ってくる人ってなに考えているんだろうかとか」

「それは……俺が前妻の話を聞かせたからか？　いらぬ話をしてしまったな。誰もがそうだというわけではない。現に、本城は違うだろ？　ちゃんとおまえの前の体型も知っているし、それでも選んでくれたんじゃないか」

「そうですね……本城さんのこと、好きです。ずっと片想いしていました。彼のこと、憧《あこが》れのアイドルみたいに思ってたんです。アイドルって、相手からは自分の姿が見えないから安心できるんですよね。だから、いくらでも好きって言うことができたんです。まさか自分が一緒に食事に行ったり、隣に並んで歩くなんて、考えもしなかった。だから本城さんにいざ誘われると、怖気付《おじけづ》いてしまった……もちろん、彼が体型のことで人を傷付けるような人じゃないのはわかっています。誰にでも優しくて公平な人だから、痩《や》せてようやく隣に並べて嬉しかった。だけどまさか彼と付き合うなんて、チーフが教えてくださったようなことをするなんて考えてもみなかったから……」

そう、彼とは考えられなかった。いつのまにか彼とは別に、好きな人ができていたから。一番一緒にいたい人、離れたくない人、抱き締めてキスして欲しい人は、チーフだけなのだ。

「お願いします！　約束通りわたしを、本気で抱きたくなるような女にしてください！　自信を持って彼の前で裸になれるように……」

「おい、待て。俺の本気なんてどこで判断するんだ？　もし、本気になって……途中で止まれなくなったらどうするんだ」

「その時は……最後までしてくださって構いません。そうすればわたしは、自信が持てるようになりますから。ご安心ください、チーフに迷惑はかけませんから！」

だからお願いです。もう少しだけ一緒にいてください。一度だけでいいから、わたしを抱いてください。そうでないと、チーフから離れられないんです！

願いが叶《かな》ったら……その時はきっとチーフのことを諦《あきら》められる。こんな中途半端なまま終わったら、この先ずっと、チーフしかダメなカラダになってしまいそうだった。

一度だけ思い出をもらえたら、他の人に抱かれて忘れるなりするから、わたしを壊して欲しい。

チーフの手で……

「でないと、わたし前に進めません」

「無茶を言う」

「……すみません」

はあ、と深くため息をつかれてしまった。滅茶苦茶なことを言っているのはわかっていた。

それでも……彼が、チーフが欲しかった。

「本当に、いいんだな？　今以上のトレーニングをしても」

「はい」

「わかった……では、今週金曜の夜に。もう一度言うが、途中でやめられなくなっても知らないぞ？」

「覚悟しています」

——それが本望《ほんもう》だから……ごめんなさい、彼女さん。もう少しの間だけ、目を瞑《つむ》っていてください。

ああ、もう！　この間は、馬鹿なお願いをしてしまった……トレーニングを続けたとしても、チーフとどうこうなれるってわけじゃないのに。ただ単に、問題を先延ばししただけ。

「細井さん、おはよう。元気ないね、どうかした？」

金曜の朝、ため息をつきながら会社の階段を上っていると、下から駆《か》け上がってきた本城さんに声をかけられる。

「あ……おはようございます」

食事に行った日以来、本城さんとは少し気まずくて……仕事上必要なこと以外は話していなかった。もっとも、それはわたしが意識しすぎているせいで、彼はまったくいつもと変わらない態度なのだけど。

今も、せっかく声をかけてもらったというのに、わたしの頭の中はチーフのことでいっぱいだった。わたしが『最後までしてください』と言ったあの日から、チーフはジョギングの後、わたしのアパートには寄らず家に帰ってしまうようになったし、朝ごはんも一緒に食べていない。でも、スーツに着替えた後で迎えに来てくれるので、お弁当だけはお礼のつもりで渡していた。それも迷惑なのかもしれない……なんて考えだすとキリがなかった。

「いつも元気な君がそんなふうだと心配だな」

階段を上りきったところで、本城さんは立ち止まり振り返る。

「だ、大丈夫です。ちょっと疲れているだけで……」

「そう、だったらいいんだけど。無理しないでね。あ、よかったら今晩食事でもどうかな？」

あれほど好きだと思っていた本城さんからのお誘い。にっこりと微笑《ほほえ》む彼の視線は優しくて、いつもなら癒《いや》されまくっているはずなのに。

今わたしがなにを考えているかなんて、想像もつかないだろうな……チーフと一緒にいたくて、チーフに彼女がいることを知っていながら、触れてもらおうと脅《おど》すような真似《まね》をした。わたしがこんなに浅ましい思考とカラダの持ち主だってことを知ったら、本城さんは絶対引くはずだ。

「あの、すみません、今夜は……」

今日はチーフにトレーニングの続きをする約束をしてもらった日だった。土日は忙しいらしく、それなら金曜の夜にでもと無理を言った。

「あの、明日か明後日なら大丈夫ですよ」

断るのは申し訳ない気がして、ついそう答えてしまった。

チーフのことを諦《あきら》めるために本城さんを利用するようで気が引けるけど、彼に夢中になれれば一番理想的だった。

「それって、朝から誘ってもいいってことかな？　じゃあ映画にでも行きませんか。細井さんの観たい映画でいいから。その後、ごはんを食べて街をぶらつこうよ」

映画とかランチとか街をぶらっとって、まるでデートみたい。これは……彼女持ちのチーフとは一生行けそうもないデートコースだよね。

「いいですね、映画。それじゃあ、観たい映画を探しておきますね。恋愛物でも大丈夫なんですか？」

「うん、そうだね。映画はどんなジャンルでも観るほうだから、好きなの選んでおいて。それじゃ、明日の朝十時に駅で。楽しみにしてるね」

いつもの本城さんスマイルを残して彼は営業部のほうへ、わたしは制服に着替えるために更衣室へ向かった。

「映画……本城さんと行くんですか？」

「え、ええ。そうだけど」

更衣室で皆川さんと一緒になってしまった。どうやら先ほど本城さんと話しているのを聞かれていたようだ。

彼女はチーフに説教された後、わたしに謝ってくれた。渋々といった感じだったけど、それ以来どうしてもわからないことがある時だけ、バツが悪そうに聞いてくる。彼女がやる気になってくれたのは本当に嬉しいことだ。だから、できるだけわたしに聞かなくても仕事がわかるように、現在彼女のためにマニュアルを製作中だ。

「細井さんは……本当に本城さんが好きなんですか？」

「えっ、なに言ってるの……」

「だって、いつも違う人を見てますよね」

「そんなこと……ない、見てないもの。誰も……」

「嘘つかないでください！　わたしは本城さんが好きで、ずっと彼を見てました。だから彼が誰を見てるのか、彼の見ている人が誰を見てるのか、わかっちゃったんです。……本城さんに悪いと思わないんですか？」

「それは……」

「わたしは本城さんに嫌われてるみたいだから、何度も諦《あきら》めようかと思いました。だけどやっぱり本城さん以外好きになれないんです」

それって、わたしと同じだね……彼女も彼女なりに人を好きになってるんだ。

「皆川さん……本城さんはそう簡単に人を嫌いになったりする人じゃないわ。彼は頑張ってる人をちゃんと認めてくれるよ」

「細井さんは頑張ってましたものね、太ってた時はろくに化粧もしていなかったのに、本城さんや楢澤さんみたいにデキる人達ばっかりに好かれて……狡《ずる》いですよ」

褒《ほ》められてる気がしない言い方だけど、これも彼女なりの褒《ほ》め言葉なのかな？

「そんな……好かれてるんじゃなくて仕事で認めてもらってるだけだよ」

「本気でそんなこと言ってるんですか？　わたしなんて、いくらお化粧して頑張って可愛くしても、寄ってくるのはろくでもない連中ばかりだったけど。まあ、気が付いてないんならいいですけど」

「えっ、それってどういう……」

「さあ、わからないならいいですよ」

なにを言ってるのかよくわからなかったけれど……ふと時計を見たら始業五分前だったので、急いで更衣室から出た。

最近は営業部内で、わたしを責めてくる人はいなくなった。皆川さんも変わりつつあるのが、嬉しい。それもこれも、チーフのお陰だ。

「それじゃ、僕は外回りに行ってくるね。なにかあったら電話して」

「あ、はい……いってらっしゃい」

本城さんの背中を見送った後、ちらりとチーフのほうを見たけれども反応はなし。無駄なことだと思いつつ、ため息が出る。こんな調子で今夜は大丈夫なのだろうか、わたし。

視線を感じて皆川さんを見ると、わたしを睨《にら》んでいるようだった。

そっか、こうしてチーフのほうばかり見ていることに、彼女は気付いていたんだ。

ダメだ、チーフに迷惑をかけないようにしないと。

「おまえの部屋でいいか？」

終業後、会社の駐車場で待ち合わせ、チーフの車でわたしの部屋へ向かった。これから、先日の約束を果たしてもらうことになっている。

どうしたのかな……なんだか怒ってるみたい。

車中はずっとムスッとしていて、しゃべってくれなかった。車に乗せてもらってた時はいつも仕事のことや互いのことを話したりするのに。

わたしの部屋に入っても機嫌は直らないようで、だんだんと不安になってくる。

「あの、晩ごはんは？」

「いや、いらない。先に済まそう」

そんなに……嫌だったんだ。さっさと済まそうと言われて、急に自分のやってることが惨《みじ》めに思えてきた。

コーチを自ら引き受けてくれたということは、わたしに対して少しは好意があるものだと期待していた。だけどそれは同情でしかなかったのだ。

『男なら、そういう気になる』と言ってもらえて嬉しかった。ほんのひと時でも、その気になって、わたしを欲しいと思ってもらえたのなら……いっそのこと全部チーフのモノになってしまいたかった。でも一瞬だけでもチーフを独占したいなんて、チーフや彼女さんにしてみれば迷惑な話だったんだよね。

「あの……やっぱり、いいです」

「なんだと？」

チーフは苛立《いらだ》っているようだった。無理して来てもらったのに、直前に断ったのが気に障ったのだろう。

「ご迷惑そうなので……本当にもういいです。そうだ、晩ごはんだけでも食べて帰られませんか？無理言ったのに申し訳ないので」

わたしはカバンを置いてシンクの前に立った。手を洗おうと蛇口《じゃぐち》に手を伸ばした瞬間、うしろに気配がした。あれ……チーフ？

「いらないと言っただろ！」

シンクに押し付けられるカタチで、抱きしめられていた。

嫌じゃ……なかったの？　嫌だから、さっさと済ませたかったたんじゃないの？

「あ……の、チーフ？」

いつもの朝のトレーニングと違い、わたしもチーフもスーツを着たままだ。気が付くとわたしは、その分厚い生地の上から、抱きすくめられていた。よじるように上着を脱がされ、ブラウスの上から大きな手で侵略《しんりゃく》されていく。首筋に感じるチーフの唇からは熱い吐息が漏れ、彼のコロンの香りが背後から微《かす》かに漂《ただよ》ってくる。

もしかして……その気になってくれていたの？　チーフは熱く硬い下半身をグリグリと押し付けてくる。

「あっ、はぁ……」

そのままの体勢でブラウスのボタンとブラのホックを外され、初めて肌に直《じか》に触れられていた。胸を下からすくい上げては腰までを撫《な》で、上下する指先。今まではシャツの上からしか感じたことがなかった……チーフの指。

耳を噛《か》まれ首筋にキスされると、わたしは脚に力が入らなくて立っていられなかった。仕方なくシンクに手をついて崩れ落ちないように耐える。そうして、散々焦《じ》らされて、ようやく彼の指が胸の先を触る頃には、わたしは何度も甘い声を上げていた。

「あん……やっ……ん」

「すっかり感じやすくなったな」

そうさせたのはチーフなのに、その声音は少し低くて苛立《いらだ》っている。

胸の先を弄《いじ》っていた指先が下りていき、スカートの裾《すそ》をまくり上げ、忍び込んでくる。

「んっ……はぁ」

タイトスカートの裾《すそ》から這《は》い上がってきた彼の手は、わたしの腰の辺りを撫《な》で回す。朝はいつもスエットだったので、ストッキングの上から太腿《ふともも》をなぞられるなんて今までにない感覚で、たまらない気持ちになる。

「あっ……」

下着のクロッチの部分に彼の指がかかる。だけどストッキングにガードルの重ね穿《ば》きをしているから厚みがある。それに気付いたチーフが小さく舌打ちする音が聞こえたかと思うと、彼の手がガードルにかかり、そのまま床まで引き落とされた。

「邪魔なものは全部……脱がすからな」

その声はやっぱり怒っているようで……急に怖くなった。

「嫌っ！」

逃げようとしても腰を掴《つか》まれ、逃げられない。すると今度はストッキングの上からクロッチ部分を指で何度も撫《な》でられてしまった。

「ここは……もう濡れてるのか？」

「あ……ダメです、チーフ……そこは」

今日はまだお風呂にも入ってない。わたしは当然、食事をしてお風呂に入ってからスルものだと思っていた。朝はいつもそうだったから……。わたしは朝のあの行為しか知らない。

「大丈夫だ、汚くなんかない。それとも、触って確かめられるのが嫌なのか？」

「違います、お風呂……シャワーに」

「必要ない、来るんだ」

腕を引っ張られて、ベッドへ連れて行かれる。ワンルームなので、わたしはすぐにシーツの上に押し倒された。

見上げると、怒ったようにしか見えないチーフがバサリと上着を脱ぎ、ネクタイに手をかけながらベッドに膝《ひざ》をついた。

「おまえが望んだことだ……いまさら却下《きゃっか》なんてさせない」

「でも……あっ……」

嫌だったんじゃないの？　彼女と過ごす予定をわたしに使うことが……それとも明日明後日は彼女とゆっくり過ごすから、今日ぐらいはかわいそうな部下の相手をするつもり？

ぐちゃぐちゃと考える間も、甘い愛撫がわたしの思考を侵《おか》していく。わたしの弱い場所は、もう全部チーフに知られてしまっている。首筋に舌を這《は》わされ、はだけたブラウスの中へとチーフの頭が下りていく。胸をやわやわと揉《も》みしだかれ、先端以外を舐《な》め尽くされた。

もっと激しくされると思っていた。怒ったまま触れられるのかと。だけど、指先は優しくて……

焦《じ》らされていた。

「んあっ……チーフ、もう……」

もっと直《じか》に、触れてほしい、胸の先も、濡れはじめた下半身も……

「もう……なんだ？　どうして欲しいんだ。言っただろう、言わなきゃわからないって。口にしてみろ。口にできないなら、どこをどうして欲しいか、カラダで示すんだ」

カラダで？　どうすればいいの？　わからないから腕を伸ばしてチーフの首にしがみついた。

「っ、千夜子」

「もっと………して」

それ以上は恥ずかしくて、チーフの耳元にそう囁《ささや》くのが精一杯だった。

「わかった」

「んんっ！」

いきなり胸の先に吸い付かれて、敏感なそこを舐《な》め回され、強く吸われた。

「ああっん!!」

「いい声だ」

反対側の先を指先で摘《つま》まれて捏《こ》ねられる。そのたびにビクビクとカラダは震《ふる》え、下半身に刺激が走っていく。首筋が力の抜ける場所だとしたら、胸の先は電流が走るスイッチみたいなものだった。

「ここも、いいか？」

脚の付け根を下着の上から優しく擦《こす》られて、わたしはゆっくりと閉じていた脚を開いた。

チーフは起き上がるとスカートを脱がせ、ストッキングを奪って下着一枚にする。わたしは彼のその動作に逆《さか》らうどころか腰を浮かせて助けていた。

そう、して欲しいとカラダで訴えたのだ。

「キスを、してもいいか？」

「はい……」

キス……最中に口元にされたことはあっても、あの車中でされて以来、唇へのキスはなかった。

「本格的なキスだぞ？　唇と唇を合わせるだけじゃなく、もっと……いやらしいキスだ」

「……構いません、教えてもらえるんですよね」

「ああ」

覆《おお》いかぶさってくるチーフの顔。重なったと同時に柔《やわ》らかい粘膜《ねんまく》がわたしの唇を包み、激しく擦《こす》り合わされていく。何度も角度を変えて吸い付き、わたしの口内に侵入しようとする。

「口を開けるんだ」

言われた通りに口を開けると、チーフの舌が入り込んできた。

「ん……んっ！」

互いの粘膜《ねんまく》が深くつながり合うキスはとても官能的だった。この感覚って、セックスに似ているのだろうか。まだ経験したことのない行為を想像する。

わたしがそう考えている間も、口内を舐《な》め尽くされていた。わたしは入り込んだ彼の舌の動きに、必死で応《こた》えようとする。

「あふっ……」

流れ込んできたチーフの唾液を呑み込みきれなくて、わたしは口の周りをベタベタに濡らして溺《おぼ》れたように喘《あえ》いでいた。その間にもチーフの指先はわたしの腰から下をまんべんなく弄《いじ》り、時々焦《じ》らすように脚の付け根の敏感な芽を掠《かす》めていく。

「ひっ……ん」

そのたびにわたしは腰を揺らしてしまう。自分で触れたことがまったくなかったわけではないし、チーフにも今まで散々下着の上から触られて、何度か軽くイカされた。だけどキスされながらされると、ものすごく甘美《かんび》で、恐ろしいほど強い刺激だった。

「あっ……」

下着の横からチーフの指先が滑《すべ》り込み、初めて粘膜《ねんまく》を直《じか》に触られた。くちゅりと音を立てたそこは、彼の指の侵入を浅く許す。

「やはりな……中はかなり濡れていたんだな」

「やっ……言わないでぇ」

濡れていたことを知られたのが恥ずかしくて、わたしは思わず脚を閉じた。

「ああっ」

けれどその動きは、余計に彼の指先を深く呑み込ませる助けになっただけ。

「やっ、それ以上は……怖い」

さすがに指は挿れたことがない。タンポンだって怖くて使えない。二十五歳にもなってバリバリの処女じゃ、せいぜい上から擦《こす》って気持ちよくなるくらいが関《せき》の山だ。それだって、自分じゃ怖くて最後までできないのに……

「大丈夫だ、このくらいじゃ膜は破れない。最後までは……しないよ」

それじゃやっぱり……最後まではしてもらえないんだ。いくらこの身を投げ出しても、それだけは……ダメなんだ。

「気持ちよくなればいい……男を欲しいと、拒否しなくなるように」

そう言って、チーフはクチュクチュと浅いところで指を動かす。そして愛液に濡れた指で敏感な芽を擦《こす》りはじめた。

「やぁああ……んんっ……あっ……んだめ……イッ……」

『イッちゃう』と叫ぶ前にキスされて、その言葉はチーフに呑み込まれてしまう。

その瞬間、わたしは呆気《あっけ》なくイッてしまった。だけど、指先の刺激は続いており、カラダはさらにビクビクと震《ふる》えた。

「イッたか？　では、もっとだ」

不意にチーフが起き上がって、わたしの足元へと下りていく。下着を引き抜きわたしの足首を掴《つか》み膝《ひざ》を開くと、そこに顔を埋めた。

「やっ……ダメっ！　汚……んんっ!!」

突起に吸い付かれて舐《な》められて、そして生暖かな彼の舌が指の代わりに入っていくる。

「あっあっ……あああぁぁ!!」

もう一度、カラダを反らして昇りつめ、意識を飛ばしてしまった。

8　諦《あきら》めと妥協の結論

目を開けた瞬間、チーフの顔が間近にあったので驚いてしまった。

「千夜子、大丈夫か？」

「はい……」

そうは言ったものの、カラダは指の先まで痺《しび》れたみたいで動かなかった。今の自分のカラダの状態を想像するだけでも恥ずかしくてたまらない。全部は脱がされなかったし、当然最後までされてもいない。だけど、腿《もも》の内側まで漏らしたように濡れてるし、晒《さら》された胸の先も、敏感な突起もヒクヒクと疼《うず》いている。心臓はバクバクと激しく鼓動を打ち続けていて苦しい。

「まだ辛そうだな」

チーフの手が優しくカラダを擦《さす》ってくれる。そのことにさえ反応してしまいそうだった。

経験もないのに、こんなに感じてしまうなんておかしくないかな？

チーフの指先が触れた部分から、引き締まっていくような気がした。彼に触れられると、自分のカラダが愛しく思えて、触れられた分だけ、きれいになっていくように。

「あの……チーフ」

「ん？　なんだ」

わたしの上に覆《おお》いかぶさり、心配そうにわたしの顔を覗《のぞ》き込んでくる。眉間に皺《しわ》を寄せて辛そうで、声だっていつもより上擦《うわず》っている。そっと目線を下に向けると、彼の下半身がスラックスを押し上げているのがわかった。

「お願いです……最後まで、してもらえませんか？」

勇気を振り絞って、その言葉を告げた。こんなにカラダはチーフを求めている。昇りつめながら、何度も心の中で好きだと叫んでいた。声に出してしまえば迷惑がかかるから。でも、ここまで反応してくれているのなら、もしかして……なんて甘い期待を抱いていた。

「ダメだ……それだけは絶対に」

返ってきたのは、やはりその言葉。最後までなんて彼女さんに悪いものね。わたしのトレーニングのためだといっても、その一線だけは彼女のために越えないと決めているのだろう。

「だが、本気で抱きたいと思うほど千夜子は可愛かった。カラダも感じやすくて……肌も吸い付くようで、とても気持ちよかったよ。最後までしたくてたまらなくなるほど魅力的だった。だから自信を持つんだ、いいな？」

「……はい」

チーフに抱いてもらえないのなら意味はないけれど。

「でも……ソレ、辛くないですか？」

チーフの下半身に目線を落とすと『ああ、コレか』とため息混じりにつぶやく。そして身体を起こして、離れていった。

「あの、もう……帰るんですか?」

もうしばらく一緒にいたかった。できるなら震《ふる》えたままのこのカラダを、ぎゅっと抱きしめて眠ってほしかったのに……

「ああ、帰るよ……明日は朝から約束があるんだ」

デートかな? きっとそうだろう。

「す、すみません」

「おまえが謝ることじゃない。バスルームを借りるよ、コレをどうにかしてくる」

チーフは苦笑しながら自分の下半身を指さした。立ち上がると、寝転がっていた時よりもはっきりとわかってしまう……チーフがわたしで興奮してくれた証拠。

「あのっ!」

わたしは未だ震《ふる》えるカラダを無理矢理起こして、チーフを呼び止めた。

「ん?」

「ソレ……その、わ、わたしに……させてください」

いきなりの申し出にチーフは目を剥《む》く。そりゃそうだろう、わたしにできるわけがないと思ってるだろうし、実際できる自信もない。やり方も知らない。

「なっ、なにを言い出すんだ! おまえは……」

ああ、もう! 絶対軽蔑《けいべつ》されるに決まっているのに。言ってることがおかしいってわかってる。

でも、でも嫌だった。わたしで興奮したチーフが、もしかしたら今から彼女と逢《あ》ってえっちするなんて……身勝手な考えだってわかってる。わかってるけど、今だけ……彼の優しさも、熱い欲望も、全部わたしのものにしてしまいたい。抱いてもらえないのなら、せめて最後までわたしがやりたかった。

「最後までしてくれだの、俺のをしたいだの……いったいどうしたんだ?」

チーフはふたたびため息をついた後、ベッドに戻ってきてくれた。そして……

「なにを不安になってる?」

そっと抱きしめてくれた。そして子供をあやすように背中をさすりながら、頭をポンポンと叩いてくれる。

「おまえにそんなことはさせられない。これだけ教え込んでおいてなんだが、おまえはまだバージンだ。自信をつけさせるためにやっているが、なにもかも自分が初めてのほうが嬉しい男も多いんだぞ。本城だってそうだと思う。だから……無理するな」

「でもっ!」

それ以上言葉にならなくて、わたしはチーフに縋《すが》り付いた。

「はぁ……そんなに言うのなら、目を瞑《つむ》ってろ」

「え?」

「とてもじゃないが経験のない生娘《きむすめ》にコレは見せられんからな……」

そう言ってわたしに覆《おお》いかぶさると、カチャカチャとベルトを外す音が聞こえた。だけど、目の前にチーフの顔があるだけで、なにが行われているかは、まったく見えない。

「目を瞑《つむ》れと言ってるだろう？」

「は、はい」

急いで目を閉じると、お腹の辺りになにか温かいものが触れた気がした。

「……っ、触ってみるか？」

そっとソレに手を伸ばしてみた。

「きゃっ！」

な、なにこれ……熱くて硬い棒みたい。だけどすべすべしてる……わたしの手の上に、チーフの大きな手が重なる。

「おまえが自分でスルと言ってたモノだ。そう……握って軽く擦《こす》るだけでいい」

言われたとおりにした。この熱いのがチーフの欲望。わたしでその気になって、今わたしの目の前で感じてくれている。そのことが嬉しくてたまらなかった。

——チーフの顔が見たい。今、どんな顔しているの？

わたしがそっと目を開けると、チーフの顔は苦しそうに歪《ゆが》んでいた。それがやけに色っぽい。荒い呼吸には、時々甘い吐息が混じる。

「馬鹿、見るな……くっ」

「す、すみません」

「悪い、もう……」

「んんっ」

いきなり唇を塞《ふさ》がれ、目を開けていられなくなってしまった。

「千夜子……」

唇が少しだけ離れた隙に名前を呼ばれ、ふたたび唇を塞《ふさ》がれる。わたしはそれだけでカラダが変になりそうなほど感じていた。どこも触れられていない、キスされているだけだというのに……

「くっ!!」

きつく舌を吸われた瞬間、わたしのお腹の上に熱い飛沫《ひまつ》が飛び散った。


「すまなかった」

チーフはわたしのカラダに飛んだ体液を拭《ふ》きとった後、お風呂のお湯を溜《た》めてくれた。入浴するように勧《すす》められて湯船に浸《つ》かったものの、チーフが帰ってしまわないかと心配ですぐさま上がってしまった。

「それじゃ、俺も入らせてもらうぞ」

交代で、チーフもお風呂に入る。どうするのかな、この後。帰るのかな……でも帰ってほしくない。だけど、それはダメだよね？　トレーニングといえど、相手のいるチーフにとってこれは浮気に近い行為だ。最後までしなくても知られればそう取られるだろう。もちろん、わたしに彼氏がいたとして、他の女の人とそんなことしてたら嫌だ。でも……

「浮気とか不倫する人の気持ちって、こんな感じなのかな？」

好きな人に相手がいても、抑えきれない気持ちはなんとなくわかる。でも、わたしはそうでもチーフはそうじゃない。さっきの熱いアレだって、生理現象のようなものだろう。……いつまでもこんなこと続けていられないよね。チーフにも彼女さんにも迷惑をかけてしまう。

わたしが不毛な問いを繰り返しているうちに、チーフがお風呂から上がってきた。

彼の格好は、朝ジョギングする時に着ているのと同じスエットにTシャツだった。そういえば部屋に入る時、いつものスポーツバッグを持っていた。いつもと同じようにしただけ？　それとも最初からコトが終わった後シャワーを浴びて着替えるつもりで持ってきたの？　どっちなんだろう……

「あの、ごはん……簡単なものですが作りますから、食べていってください」

食べるとは言っていないのに、チーフがお風呂に入ってる間に食事の用意をした。帰れなくなってくれればと、買っておいた缶ビールを差し出す。

「いかがですか？」

「……ああ、もらおう」

えっ、いいの？　チーフ、車なのに……

「おまえの、卒業祝いだ」

「え……？」

「もう俺のトレーニングは必要ない。今のまま運動を続ければ、もう少し体重も落ちるし引き締まるだろう。俺的には今のおまえでも十分魅力的だし、触り心地も最高だった。どんな男だって、喜んでおまえを抱くだろう。おまえは自分を安売りせずに本当に好きになった男に、心もカラダも開けばいい」

　抱いてほしい人は、チーフ以外いないというのに。

「ありがとう……ございました」

　それでもお礼を言うほかない。もう大丈夫だと太鼓判《たいこばん》を押されたけど、嬉しくなかった。それは、トレーニングが今日で最後だということを意味しているのだから……

「俺はもう、この部屋には来ない。これはケジメだ、いいな」

「……はい」

　チーフはグビッとビールを呷《あお》る。わたしは彼の喉仏《のどぼとけ》が動くのをじっと見ていた。こうやって、うちで食事する姿を見ることもなくなるんだ。これからは元どおり上司と部下。……もう、これでおしまい。めいっぱいの勇気を振り絞って最後まで全力でぶつかった結果だから、悔《く》いはないと思うしかなかった。

　だけど、寂しい。もうチーフとこうやって一緒に過ごす時間がなくなると思うと、辛くて胸が苦しくなる。

「最後に、恋人同士っぽいことをしてみるか？」

「恋人同士っぽいこと、って？」

「一緒に飯を食った後、ＤＶＤで映画でも観るか。それから同じベッドで朝まで……眠ろう」

　それって……すごくやりたかったことだ。朝まで一緒に過ごしても、最後までえっちはしてくれないのだろうけど。でも、でも……嬉しい！

「いいんですか？」

恋人同士みたいに過ごせる喜びと同時に、彼女への罪悪感が募《つの》る。だけど、チーフから言い出してくれたことが嬉しくて、わたしはそれ以上彼女のことを考えないようにした。


「んっ……はぁ……チーフぅ」

少し前までは、映画を観ているだけだった。でも今は恋人っぽく寄り添って、時々チーフが唇をわたしの髪に押し付ける。くすぐったいような恋人扱いで映画を観ていて、作中の切ないラブシーンが終わった後……そっとチーフのほうを見た瞬間キスされた。それから、わたしの唇はたくさんのキスで埋め尽くされた。そのまま床に組み敷かれ、キスと愛撫が続く。わたしは自然に彼を受け入れようとしていた。

だけどやっぱり最後まではしてもらえなかった……

それでも、お風呂に入る前の行為より、もっと濃密な愛撫を繰り返されてしまった。床の上で何度もキスされて、それからベッドに運ばれる。その時、着ていたものを全部脱がされ、裸になったわたしはシーツの上で滅茶苦茶に感じさせられた。

「やっぁああ……」

足の爪先から膝《ひざ》の裏まで、チーフの舌が這《は》い上がっていく。そのまま彼の舌はわたしのカラダの中心に到達し、ぬかるみを丁寧に舐《な》め上げる。ゆるゆると感じさせられたまま、恥ずかしい場所を指で押し開かれて攻め立てられ、何度も達した。チーフは服を全部は脱がなかったけれど、スエットのズボンを少し下げて下半身の昂《たか》ぶりを露《あら》わにした。そして、自分の手にわたしの手を添えて果てたのだ。わたしは何度もイカされ、最後は頭が真っ白になったまま眠りに落ちてしまった。

そして翌朝、チーフの腕の中で目を覚ます。

――こんな至福は二度とない。たぶん、一生……だからこの想い出は宝物。


「それじゃ……チーフ、行ってきます」

さようならじゃない。こうやって逢《あ》う関係は終わっても、仕事は続くのだから。

「頑張ってこい」

「はい」

わたしは本城さんと会うために、チーフは彼女と会うために部屋を出た。もう、この部屋には来ないと言ったチーフ。最後の晩餐《ばんさん》ではなく、朝食を一緒に取った。本当にこれが最後。これからはひとりで走ってひとりでジムに通って、朝ごはんもひとり、お昼の弁当を作るのもひとり。

元に戻ったんじゃなくて、わたしは確実に変われた……外見も、カラダも心も。


「今日こそ、返事を聞かせてもらえるんだよね？」

映画を観て食事をした後、本城さんに問われた。

「すみません……あの、わたしはずっと本城さんに憧《あこが》れてました。だけど、それは付き合うとかの好きとは違っていて……他に好きな人がいて、その人のことが諦《あきら》めきれないんです」

彼には自分の気持ちを正直に伝えた。もうチーフ以外の人は考えられなかった。心もカラダも未練だらけ……

いつかチーフが再婚して、きれいな奥さんを迎えても、それでもわたしは……ずっとチーフを想い続けるだろう。本城さんを好きになれたらいいのにと思う。今の寂しい心の穴も虚《むな》しく疼《うず》くカラダもきっと彼は優しく埋めてくれるだろう。だけどそんな訳にはいかない。そんな卑怯《ひきょう》なこと……わたしにはできない。

「そっか……やっぱりね。実は、わかってたんだ。そう言われるだろうって」

「えっ……？」

「細井さんの視線、以前は僕に向いてたのに……最近は違う人を見てるでしょ？」

「あの、それは」

「いいよ、仕方がなかったと思うんだ。僕も狡《ずる》かったから」

「本城さんが、狡《ずる》い？」

「ああ、もう……悔《くや》しいな。もっと早く伝えていれば、両想いになれたのに。いや、これは勇気がなかった僕のせいなんだけど。僕は王子様なんかじゃない。いつも笑顔を振りまきながら、うまく立ち回っていただけだよ。誰からもよく見られたくて、精一杯余裕があるように振る舞ってきた。だから、周りの目が気になりすぎて……すごくいい子だってわかっていても、細井さんに付き合ってほしいって言い出せなかったんだ」

本城さんがそんなことを考えていたなんて、知らなかった。

「もしかしたら君は、無意識に僕のそういう部分に気が付いていたのかもしれないね。だから僕から気持ちが離れていった……そして、僕よりも君のことを考えてくれる人に惹《ひ》かれていった」

「……あの人は、誰よりも先にわたしのことを認めて、わたしがなりたい自分になる手助けをしてくれました。でも、わたしは本城さんのことがずっと好きだったんです。優しくて周りを気遣える、そんな本城さんに憧《あこが》れていました。あなたの横に並べるようになりたくてダイエットをはじめたんですから」

「そう……ありがとう。これからもダイエットを続けるの？」

「はい！　ダイエットもそうですが、自分磨《みが》きも頑張ろうと思います。この先、誰を好きになっても恥ずかしくないように……勇気が出せるように」

「あれ？　楢澤さんと付き合うんじゃないの？」

「なに言ってるんですか。チーフにはすっごくきれいな彼女さんがいるんですよ。わたしはただの部下です」

「……そう、それじゃ僕は諦《あきら》めるのをやめようかな」

「えっ？」

今度はこっちが聞き返す番だった。

「もう少し足掻《あが》いてみることに決めた。格好悪くても、本気で奪いにいくよ」

「えっ、あの……」

「君が誰とも付き合わないなら、もう一度振り向いてもらえるように頑張ってみるよ」

「……本城さん？」

ニッコリと笑う表情が、いつもの柔和《にゅうわ》なものではなかった。えっ、本城さんって……こんな顔もするの？

「悪いけど、楢澤さんには後悔してもらおうかな。というわけで、君がその気になるまで僕と付き合ってみませんか？」

「あの……でも」

「君が誰を好きか、知ってて言ってるんだよ。僕は」

これは本当に本城さんなの？　いつもとまったく違う強気な物言いに、たじろいでしまう。

「キープでいいから僕と付き合いませんか？　細井さんの嫌がることはしないと誓《ちか》いますから」

なんて答えればいいのだろう。こんな都合のいい話があるの？

「なにも好きで好きでたまらなくなってから付き合うんじゃなくてもいいと思うんだ。いいなと思って付き合って、それから先を決めていけばいい。こうやって一緒に出かけるのは、嫌じゃなかったでしょ？」

「それは……」

もちろんだ。本城さんはいつも優しくて、エスコートもスマートだ。わたしの考えを先読みして汲《く》んでくれる。頬《ほお》にキス以来……手も出してこないし。

「それじゃ、いいね。今日から僕達は正式に付き合いはじめよう。ダメになった時は別れればいいんだ。なにも付き合うからって一生添い遂《と》げなきゃいけないわけじゃない。お試しでいいんだよ」

少し強引になった本城さんに詰め寄られて、わたしは思わず「はい」と返事をしてしまった。


『本城さんと付き合うことになりました』


その日の夜、チーフにそう伝えた。直接は言えなくてメールにした。返事は予想通り『おめでとう、頑張れ。応援している。約束通り部屋にはもう行かないから、安心しろ』というものだった。

ああ……もう一緒に過ごすことはないんだ。そばにいることがくすぐったくって、でも慣れてくるとあったかくって。抱きしめられた時の肌の熱さも、指の優しさも、教えられた快感も……まだ全部鮮明に覚えているけど、もうおしまい。

これからは本城さんと過ごす時間を大切にしていくのだ。そう、本城さんはわたしの『初めての彼氏』なのだから。

本城さんは、お試しでいいと言ってくれた。続くか続かないかやってみればいいと。そう言ってもらえて少しは気が楽だった。本城さんを好きな皆川さんの気持ちを考えると、騙《だま》すみたいで申し訳ない気がするけど……あのままひとりでいたら、きっと寂しくて耐えられなかった。

「今日は僕も残業がないんだ。一緒に帰らない？　晩ごはんでも食べに行こうよ」

「そうですね、わたしもこの後なにもないので嬉しいです」

定時に仕事を終え、帰り支度《じたく》をはじめていたわたしに、本城さんが声をかけてくる。

付き合いはじめてからは、残業のない日は一緒に帰るようになった。

食事だけでなく、お酒を呑みに行ったり、週末には映画を観に行ったり。水族館や公園など、デートスポットらしきところにも出かけた。

本城さんは優しくてとても気が回る人だから、わたしの嫌がることも困ることもしなかった。彼と過ごす時間は、チーフと一緒にいた時とは違うドキドキがあった。まるで王子様にエスコートされるお姫様のように大事にしてもらえた。そんなふうに扱ってもらう価値がわたしにあるのかなって、思うこともあるけれど、いつだってそんな考えは、本城さんの笑顔に流されてしまう。

それに、一緒に歩く不安はまだ少しあった。恐ろしく不釣り合いな体型ではなくなったものの、特別美人でも可愛くもないわたし。身長だってたいして差がないし、まだ本城さんのほうが華奢《きゃしゃ》に見える。時折、陰でコソコソと『似合わない』とか言われているのも耳にした。だけど、そのたびに彼は『気にしないで』と励《はげ》ましてくれた。

それでも並んでいると知らず知らずのうちに背中を丸めているようだった。今もまた、廊下の窓に映る自分達を見て落ち込んでしまう。

「ほら、また背筋が曲がってる。気にしないでって言ってるのに。それに僕だってこの身長はコンプレックスだよ。一七〇センチもないんだ。でも、僕が好きになるのはいつも背が高くてカッコイイ娘《こ》なんだ。もちろん外見だけで選んだりしないけど、背筋を伸ばして一生懸命仕事している細井さんが素敵だって思う。なのに僕は自分の身長が低いのを気にして告白すらしなかった」

ごめん、馬鹿だよねって言いながら、胸の内を話してくれた。実はわたしも、背が高いのに、今まで好きになる男性は可愛いタイプの人ばかりだった。チーフを好きになるまでは……

「なんだかわかる気がします……わたしもそうだったもの。そういう人を好きになるくせに、側にいたらコンプレックスを感じて嫌だって思ってしまって」

「同じだね」

「そうですね」

顔を見合わせて微笑《ほほえ》み合った。本城さんといると、彼氏っていうよりも同志って感じがする。

「これからもっと、いろんなところに一緒に出かけて楽しもう！　前から思ってたんだけど、僕達は価値観が似てないかな？」

「あ、そういえば……」

この間、映画デートした時も観たいものは同じだった。

「ところで、今日はどこに食べに行く？」

「そうですね……」

そういえば、最近またコータの店に行ってないなぁ……だからといって、まだ付き合いはじめたばかりの本城さんを、いきなり連れていったら迷惑じゃないかな？

「あのですね、わたしのはとこで幼馴染《おさななじみ》のやってる居酒屋があるんですけど、そこに行ってみませんか？　その店はダイエット向きのメニューとか出してくれるんです」

「へえ、すごいね。そこ、僕も行ってもいいの？」

「もちろんです！　もしかしたら友達が来るかもしれないですけど……」

「ぜんぜん平気だよ」

　実はあの日以来、コータの店には行ってなかった。告白らしきものをされて、後で電話で誤解は解けたというか仲直りはしたと思うんだけど、なんとなく行きづらかった。対してイッコは、珍しくひとりでコータの店に行ったようだ。あれから幾度《いくど》かチーフとのことを聞かれたけど、さすがになにも言えないままだった。どうやらイッコはわたしとチーフの間になにかあったと薄々勘付いているみたいだ。でも問いただされるのが怖くて、本城さんと付き合いはじめたことも、チーフとのトレーニングを辞めたこともメールで伝えることしかしていない。

　その時にイッコから、コータと何度か出かけたことを聞いていた。どうやらコータから誘ったらしい。もしかして、この間わたしがコータに言った『イッコはいなくなるかもしれない』っていう言葉が効いたのかな？

「それじゃ、行きましょう」

　エレベーターを降り、会社の外に出る。雨が降っていたので、お互いに傘を出して並んでビルを出た。ちょうどその時、前の道路をチーフの車が通り過ぎたのに気付いたけど、ワイパーが激しく動いていたので表情はまったく見えなかった。

　――チーフ、これでいいんですよね？

　本城さんとなら、このままうまく付き合っていけそうに思う。えっちな気持ちにはなかなかならないから、キスもしていない。たまに手をつなぐぐらいだ。だから、チーフに教えられたことはもうしばらく活《い》かせそうにないけれど、いつかそういう気になれたら、その時は……。本城さんは、わたしに経験がないと思っているだろうから、待ってくれているのだと思う。だけど、本当はそうじゃない。カラダは知ってしまっている。どこをどう触れられると気持ちいいか、どうすれば堪《こら》えきれなくなってしまうかを。

あの日、チーフに最後のトレーニングをしてもらってから……何度も自分で慰《なぐさ》めた。だけど自分で触れれば触れるほど、余計にチーフを思い出して泣きたくなってしまった。

さっきも、車を見ただけで駆《か》け出しそうになってしまった。チーフのもとへ行きたい。一緒に部屋に帰って、ふたりでごはんを食べたり、それから……ダメだよね、まだこんなことを考えてちゃ。

「そうだ、きみの知り合いの店に行くんなら、彼氏としてだよね？　それじゃいつまでも苗字で呼んでるのは彼氏っぽくないから、千夜子さんって呼んでいいかな？」

「あ、はい。もちろん」

「それじゃ、雨がすごいからタクシー拾おうか。千夜子さん」

本城さんの問いかけに、走り去った車の影を追うのをやめて振り向くと、優しい笑顔で返事を待ってくれていた。

「そうですね……」

名前で呼ばれることに戸惑いながらも、会社の前でタクシーを拾い乗り込んだ。その時ちょうど、会社から出てきた皆川さんが視界の隅に入る。彼女は、引きつった表情を浮かべて立ち尽くしていた――

「はじめまして、千夜子さんとお付き合いさせていただいている本城です」

にこやかな笑顔で挨拶《あいさつ》されて、コータはかなり面食らっていた。イッコにはメールで彼を連れて行くと伝えていたから、驚かれはしなかったけれど、コータには同僚を連れて行くとしか言ってなかったからなあ。

「おい、なんだよこの笑顔のキラキラした男は！」

慌ててコータが耳打ちしてくるけど、そっか……男の目から見ても本城さんはキラキラしてるんだ。わかってるわよ、釣り合わないいって言いたいんでしょ？

「一応、その……彼氏、です」

うわぁ、なんか急に緊張してきた。こうやって紹介してはじめて彼氏ができたんだなと実感する。お試しでもなんでも、こうやって紹介するってことは……ホンモノだってことだよね？　いいのかな……わたしまだちゃんと踏ん切りついてないのに。

「チャーコが言ってた通り、ほんと王子様って雰囲気で素敵な人だね」

これでよかったんだよ、とイッコはわたしにだけ聞こえる小さな声で言った。

えっ、それってどういうこと？　聞きたくてもこの場では聞き返せない。

「なあ、本城さん。ホントにマジでコイツがいいの？　無理してるとかじゃなく」

「はい。千夜子さんとはずっと同じ部署で働いてて、もともと好きだったんです。無理なんてまったくしてないですよ」

「コータ、それチャーコだけでなく本城さんにも失礼だよ」

「あ、悪い……」

あれ、イッコがコータに注意してる？　そしてコータが素直に謝ってる？　それって今までじゃ、ありえない光景だった。イッコはコータに片想いしてたから、コータに対してすごく控《ひか》えめというか遠慮してるところがあった。それにコータもイッコの気持ちに薄々気付いてるっぽくて強気だったのに……って、あれ？

「チャーコ、ちょっとお化粧直しに付き合って」

不思議そうな顔してたら、イッコに化粧室に連れて行かれた。

「イッコ、もしかしてコータと？」

「う、うん……そのね、言おうと思ってたんだけど言いそびれちゃって」

イッコは目を逸らして言い淀《よど》んでいた。どうしたんだろう、おめでたいことなのに？

「ねぇ、いつからなの？」

「いつからって……チャーコとショッピングに出かけた次の週から、かな？　でもね、まだ正式に付き合いはじめたってわけじゃないのよ」

「どういうこと？」

「コータから、チャーコが最近店に来なくなったって相談されてたの。その流れで店の定休日に、ここに呼び出されて……その、一緒に呑んでて、まあ、そういうことになっちゃって」

ちょっと待って！　付き合ってるわけじゃないのに、そういうことになっちゃったの？

「コータとチャーコがなにかあったっぽいな、っていうのは薄々気が付いてたの。だってチャーコ、コータのこと避《さ》けてたでしょ？　そのことをコータは随分《ずいぶん》気にしてて、相談に乗ってたら、コータがチャーコに告ったってことを聞かされて……で、すっごく腹がたって、キレたの。わたし」

「ええっ、イッコがキレた？」

ちょっと頑固《がんこ》なところもあるけど、おとなしくて人と争うことが嫌いなイッコが？

「もう、自分でもなに言ってるのかわかんなかったわよ。だけどね、そういうことを平気でわたしに言ってくるコータの無神経さが我慢できなかったの。だって、アイツはわたしの気持ちを知ってたはずなのに！　なのにあの馬鹿は……それで、もう嫌いだとか、知らないとか、二度と逢《あ》わないって言いまくって暴《あば》れて……なだめようとするコータに抱きしめられて、それからキスされて……後は……まあ、ね？」

「イッコ……」

まあねって、まさかその先って……

「そりゃ、他の男と付き合ったこともあったわよ？　だから初めてだったわけじゃないし。ただ、彼氏ができても店に連れてきてはコータに貶《けな》されて、そうやって気にしてくれることが嬉しくてすぐに別れてたのよね。でもそれだけだった……コータにとってチャーコのほうが大事な存在だってわかってた。だからチャーコがデートしたって聞いた時に『付き合わないか』って言ったんでしょ？　ホント腹が立って、縁切る覚悟でキレたの……なのに、コータが泣くのよ」

「コータが、泣いた？」

またもや信じられない。コータが女の前で泣いたって。

「嫌いにならないでくれ、見捨てないでくれって。おまえまでいなくなったら俺はもう立ち直れないとか言って、そのまま押し倒されて……」

えっちしちゃったの？　それも、ここで？

「最初はちょっと無理矢理っぽかったけど、わたしも途中からは拒《こば》まなかったから、それはいいのよ。なのにあいつ……終わった後、土下座して謝るのよ？　やった後に謝られたら、その場限りのつもりだったのかって思うじゃない？　だから今度はわたしが泣いたの。そしたら、ごめんって……そんなつもりはないって。無理矢理こんなとこでやっちゃったってことを反省してたらしいんだけど。それ以来、なんだかわたしのほうがコータに対して強気になっちゃって……それでコータはあんな感じなのよ」

「じゃあ、それから付き合ってるの？」

「ううん、まだ返事してない。この際、焦《じ》らさせてもらおうかなって。主導権は握っておきたいじゃない。でないとコータは、またふらふらしそうだし」

うわぁ……ちょっと生々しいけど、さすがにイッコ、しっかりしてる。いやでも、コータ、阿呆《あほ》すぎるでしょ！

「だから、わたしのほうは心配無用よ。ちゃんと経過報告もするから。で、チャーコはどうなの？メールで報告はもらってたけど」

「う、うん……うまくいってると思うよ。付き合うのって初めてだから、これでいいかどうかわからないけど、デートしたり……でもキスとかそういうのはまだ。手をつなぐくらい」

「あの人のことはもういいの？」

「あ、あの人って？　さっきからなによ、イッコ」

「チーフのことよ」

「なに言ってるの。わたしは本城さんと付き合うことになったんだよ？　チーフは関係ないじゃない」

「本当に関係ないの？　チーフとトレーニングはじめてから、痩《や》せてきれいになったけど……この間から元気ないし」

ああ、やっぱり見透かされている。コータみたいに騙《だま》されてくれないのね。

「でも、違うの。チーフとはそんなんじゃないの。わたしのためにトレーニングを手伝ってくれてるだけだから！」

毎朝一緒に走っているだけじゃなく、朝ごはん食べたり、一緒に出社したり、お弁当作ったり、土日は一緒にジムに通っていたことも話した。だけど、まさか彼女のいる人を好きになって、あんなコトしてたなんて言えない……男の人に慣れるためとはいえ肌に触れられ、抱かれたいと言ってしまったなんて。そして惨《みじ》めにも抱いてもらえなかったなんて。

いっそのことイッコにすべて話してしまいたかったけど、こうして口にしようとして思い知ったのだ。いかに自分が恥知らずな真似《まね》をしたのかということを。誰にも言えないようなことをしてしまったという事実を。

「それじゃ、本当にこのまま本城さんと付き合うんだね？　それでいいんだね？」

「うん……」

いいはずなんだ。そう決めたんだから。

「チャーコが自分で決めたんならそれでいいけど。初彼があんなに素敵な人だったら、これ以上贅《ぜい》沢《たく》は言えないよね。なんか笑顔がまぶしすぎて怪しいけど」

「もう、イッコったら。いい人だよ、本城さん」

「いい人っていうのは友達に使う褒《ほ》め言葉だよ？」

「あ……」

イッコの指摘に思わず口をつぐんだ。今のふたりの関係は、口ではカレカノと言っていても中身はまだ友達の域を出ていない。わたしの心の中にはまだ、チーフの時のような激しい感情は生まれていなかったから。

「わたしにとって、コータはずっと諦《あきら》めきれなかった人だけど、今は諦《あきら》めた途《と》端《たん》飛びついてきた馬鹿な男なの。でも、離れられないかなって思ってる。もう、恥ずかしいけどそういうことだから。じゃあ、そっちもちゃんと経過報告してきなさいよね」

「うん、わかった。報告する。イッコも、あんまりコータいじめないで早めに返事してあげてね。不安そうな顔してるコータなんて、らしくないよ」

「少しは反省してもらわないとね。でも、相変わらず人に失礼なこと言っちゃってるからさ。後でちゃんと叱《しか》っておくね」

よろしくと言って化粧室を出てカウンターに戻ると、コータと本城さんがなにか話し込んでいた。

「ああ、おかえり」

にっこりと笑う本城さん。コータは気まずそうな顔をしているから、またなにか言ったのかな？

「浩太くんお薦《すす》めのセットをお願いしておいたよ。楽しみだね」

「料理は文句なしですよ。あ、コータの言ってることは、真に受けなくていいですからね。昔っから考えなしにしゃべるとこがあるから」

「そうなの？　浩太くん、あんなこと言われてるよ」

「いや、あの、その……」

「コータはこれ以上余計なことを言ったら、自分のこともバラされるから困るんだよね、チャーコ」

「そうそう、困るのはどっちかなってこと」

「あーもう、わかったってば！　おまえらふたりには太刀打《たちう》ちできないって……俺のほうが色々とまずいとこ、いっぱい見られてんだからさ」

ちらっとイッコのほうを見て、小さくため息をついてる。

大丈夫……かな。イッコはつんと横向いたりしてるけど、わたしには嬉しそうに見える。そりゃそうだよね。長年想ってきた相手に、ようやく振り向いてもらえて……だけど、いくら長い間想っていたとはいえ、コータが本気じゃなければケジメを付けてきっぱり諦《あきら》める気でいたんだよね、イッコは。

それなのにわたしは——チーフを想ったまま本城さんとつきあい続けていて、いいのかな。

「浩太くんの料理、美味しかったね。また来たくなるなぁ。話すと面白い子だったよ。一子ちゃんはおとなしそうなのにしっかりしてるから、ちょっと子供っぽい浩太くんとお似合いだと思うよ」

『あずまや』からの帰り道、本城さんとコータ達のことで話が弾んでいた。ちなみに本城さんがイッコのことを『一子ちゃん』と言うのは、コータが『一子』と呼んでいたからだ。付き合いはじめた途端、下の名前で呼ぶようになるなんて、ふたりの関係が変わった証拠だよね。自分も『千夜子』とチーフに甘く呼ばれた記憶が蘇《よみがえ》ってきて胸が苦しくなる。

「でしょ？　コータの奴はもうちょっと中身が成長してくれないと困るんだよね」

「まぁ、今日の一番は、素の千夜子さんを見られたことだけどね」

「え？」

「チャーコって呼ばれてるんだね。ふたりともいい人だった。君のことが、前よりもっとわかった気がしたよ」

「本城さん……」

「あ、もう着いたね」

彼は遠回りなのに、わざわざアパートの前まで送ってくれた。

どうしよう。お茶でも誘ったほうがいい？　だけど、その気もない時は男の人を部屋に上げちゃダメだよね。男はそれでＯＫかどうか判断するんだって、チーフに教えられた。よく考えたらチーフって、いつだって自分のことは棚に上げてたんだ……

「今日はこのまま帰るよ。無理強《じ》いはしないって言ったでしょ」

「すみません……」

「そこで謝らないでほしいな」

少し悲しそうに微笑《ほほえ》まれてしまった。申し訳ないことしてるんだって、自分でもわかってる。

「千夜子さん」

名前を呼ばれドキリとしながら顔を上げる。すると本城さんは、コートのポケットに手を入れたまま、軽く唇に触れるだけのキスをしてきた。

「おやすみのキスだよ。それ以上は急がないから……」

優しく笑い、本城さんは駅に向かっていった。

いいのかな……本当にこのままで。

わたしは唇を指先で押さえながら、チーフの熱く激しいキスと比べてしまっていた。

9　言えなかった言葉

「おめでとう。ホントよかったね、イッコ」

「あ、ありがと。恥ずかしすぎるけどね……」

あれからしばらくして、イッコとコータは正式に付き合うことになった。

二週間ぶりに会ったイッコは、照れながらもすごく嬉しそう。長年の想いが叶《かな》ったんだもんね。

イッコからの報告を聞くため、今日はわたしの部屋でまったりおしゃべりの予定だ。

「で、チャーコのほうはどうなの？」

「こっちは……そのままだよ」

本城さんとはたまに一緒に出かけて、ごはんを食べたりお酒を呑んだりしていた。あれから何度かキスをしたけれど、部屋の前まで送ってきてくれた時にする軽いものだけ。

部屋に誘えば、そこからふたりの関係が変わるかもしれない。だけど本城さんのキスはいつだって穏やかで、その先を求めるようなものじゃない気がして、部屋の前で別れていた。

それに……この部屋にはまだ、チーフとの思い出があちこちに残っている。それが消えてしまうのが怖くて、本城さんを部屋に上げてその先の関係に踏み出せずにいた。

「本城さんて草食系なのかな？　だって男の人って、すぐにえっちしたがるじゃない？　つきあい方は色々だと思うけど、本城さんだって男だから、そういう気持ちはあると思うけどな。我慢してくれてるんじゃない」

「そう……なのかなぁ」

本城さんと一緒にいて楽しいけど、少しだけ別れ際《ぎわ》のキスには違和感があった。チーフにキスされた時のような、熱っぽさがあまり感じられなかった。比べちゃいけないんだろうけど……彼は本当にその先に進みたいと思っているのだろうか？　無理強《じ》いはしないと言った手前、我慢している可能性もあるけれど。

「コータはあのとおり、そのまんまだからわかりやすいけどね。本城さんって王子様みたいで素敵だとは思うけど、ずっと笑顔でなにを考えてるか見えにくい人だよね」

確かに彼の優しい微笑《ほほえ》みや紳士的《しんしてき》な振る舞いは、ある意味本心が見えにくいと言える。

「やっぱりそう見えるんだ……」

「で、実際はどうなの？　迫ってきたりとか、本城さんの部屋やホテルに誘われたりしないの？」

「な、ないよ……そんなの、まだだよ。それに、すごく気を遣われてるのもわかるんだ……」

だって、彼は知ってるから。わたしがチーフを好きだったこと。

「そうなんだ……我慢強いのか、それとも淡泊《たんぱく》なのかわからないけど、今のチャーコにはそれくらいのほうがいいかもだね」

「それは……思うよ。でも、ずっと憧《あこが》れてた人だからって無理して付き合ってるわけじゃないよ。一緒にいて楽しいもん」

「それならいいんだけど。わたしも今までずっと片想いしてきた相手と、チャーコのお陰で一緒にいられるようになって、楽しくってさ。少し前まで、もう一生友達でいいかなって思うようになってた。でも、今回情けないトコいっぱい見せられて、可愛いって思っちゃった。泣きながら迫られて、ほだされたんだろうね」

「そ、そうなんだ……」

「強引に来られるのも悪くないよ。相手の本音がわかる気がするから」

「そんなもの？」

「少なくとも、コータはね。ただ、わたしを好きになる予定はなかったみたいだけど、わたしが離れるのは耐えられなかったみたい。今までわたしに好かれてるってことが、アイツの自信の源《みなもと》だったらしいから。ねえ、チャーコが言ってくれたんでしょ？　コータから聞いてるよ。ありがとう、それと、ごめんね。あいつ、馬鹿で」

「ホント、馬鹿だよね。イッコみたいないい子が目の前にいたのに、ずっとほったらかしにしてたんだもん。で、失いそうになって初めて気付くんだよね」

「馬鹿だけど、これまでわたしのことも友達として大事にしてくれたんだよね……チャーコのことだって、コータなりに大事に思ってたんだよ」

「大事にか……。ね、イッコ。男の人ってさ……どういう時にしたくなるものなの？」

「えっちのこと？」

「う、うん」

こんなこと聞けるのはイッコしかいない。

「そんなの、いつでもといえばそうだよ。周りに誰もいないとか、あと雰囲気が盛り上がったらそうなるでしょ？　逢《あ》ってふたりっきりになれば自然とね。盛《さか》ってくるというか迫ってくるというか」

それって……当てはまるのはチーフの時ばかりだ。本城さんってそういう、性欲とかなさそうな感じで、そんな雰囲気にはなかなかならない。キスされる時も……触れるだけ。ぎゅって抱きしめられることも、あまりない。

「強引なやり方かもしれないけど、一度本城さんと寝ちゃえば？　そうしたら見えてくることもあるんじゃないかな？」

「そんな……」

でもそれもひとつの手なのだろうか？　チーフのことを、きちんと諦《あきら》めないと本城さんに悪い。チーフは……最後のトレーニング以来、会社でもほとんど目を合わせてくれなくなった。仕事は今までどおりだけど、会社でも挨拶《あいさつ》や仕事の話をする時でも、微妙に目線を外されてる気がする。当然、余計なことはなにひとつ話さなくなっていた。

――イッコと話していても、思い出すのはチーフのことばかり。本城さんとチーフを比べてばかりいる。わたしはそれ以上話す気になれず、イッコ達のノロケ話を夜通し聞かされた。


「千夜子くん、これの入力と、データの分析を頼む。それから来週の会議で使う、去年の売上品目との対比表を作ってくれ。全体と取引先ごとに分けてな」

「はい、わかりました」

こうして仕事の話をしている間も、チーフは今日も書類に視線を落としたままだった。

あれ？　チーフ……少し痩《や》せた？　でも、顔が少し浮腫《むく》んでるみたい……ごはんはあまり食べてないのかな？　お酒を呑んでるのかもしれない。一緒にトレーニングする前は、食生活が乱れていると気にしていた。付き合いで呑むことも多いし、ついひとりで呑んだりもしてしまうって。一緒に走ってごはん食べてる間は、食事もきちんと取って、お酒も呑まなくなったと言ってたのに。

「あの……」

「なんだ？」

声をかけても、チーフは顔すら上げずに返事をするのみ。

「いえ、なんでもありません」

聞いてどうする気だったの？　『毎日走ってるんですか？』とか『ごはんをちゃんと食べてますか？』とか『お酒を呑み過ぎてませんか』なんて……わたしが心配することじゃないのに。

チーフと話ができない日々は、想像以上に辛い。まさか、目も合わせてもらえないほど嫌われてしまったなんて……

「うっ……」

思わず嗚咽《おえつ》が漏れそうになり、手のひらで口を押さえながら給湯室へ飛び込んだ。泣きだしてしまいそうになるのを、必死で堪《こら》える。

チーフは、わたしのカラダに触れたことを悔《く》いてるのだろうか。まさか、わたしがチーフを好きになってしまったことに気付いて迷惑してるとか？

「こんなのやだよ……」

普通に仕事していた頃に戻りたい。こんなことならダイエットしないほうがよかった？

「千夜子さん、大丈夫？」

給湯室に様子を見にきてくれたのは、本城さんだった。

「あ、すみません……すぐにお茶を淹《い》れて席に戻ります」

急いで涙を拭《ふ》き、シンクに向き直る。そんなわたしを本城さんは引き寄せ、ぎゅっと抱きしめた。

「ほ、本城さん？」

ここは会社なのに？　二人っきりの時でも、こんな風に抱きしめられることはなかったのに……

「泣いてたんだね？」

やっぱり見られてたんだ、さっき泣いていたのを。

「そんなに辛い？　楢澤さんのこと……」

「………」

答えられなかった。そんなにわかりやすかったかな……わたしの態度。

「違います、これは……」

「楢澤さんが千夜子さんを避《さ》けてるのは、僕も気が付いてたよ。だけど……まったく見てないわけじゃない」

「え？」

「心配そうな顔して千夜子さんを見てる時があるよ。君が違うほうを向いてる時に」

「まさか……そんなことないです」

「ほら気が付いてない。もしかして……楢澤さんに、ちゃんと好きだって告白してないの？」

「……それは、迷惑になりますから」

彼女がいるのに……同じ職場にいる部下が、それも善意で肌を重ねた相手が本気だと知ったら、すごく迷惑だろう。

「そんなことだと思ってた。だけど、まあ、僕はそこに付け込んだんだけどね」

ふうと深くため息をついた後、本城さんはわたしを抱きしめる腕を緩めた。

「楢澤さんに、ちゃんと好きだって告白しておいで。それからにしよう……僕達のことは」

わたしはプルプルと首を横に振った。ダメだよ、これ以上甘えちゃ！

「そんな都合のいいこと、これ以上できません」

「それは……別れるってこと？」

「……はい。本当はずっと心苦しかったんです。本城さんに、とても失礼なことしてるって。なのについ本城さんの言葉に甘えてしまって。告白するにしてもしないにしても、一度ちゃんとケジメをつけたいんです」

「そう、無理させてたのはわかってたよ。だけど一緒にいて楽しかったから、僕も君に甘えてしまってたかな」

本城さんはいつもの極上王子様スマイルで、わたしの罪悪感を取り除こうとしてくれる。

「わたしも、楽しかったです。本城さんと一緒にいられて」

「そうだね……趣味も合ったし、気も合った。だけど……ぜんぜん、えっちな雰囲気にはならなかったよね、僕達」

「それは……」

「君がそうならないようにしていたのもあるけれど、僕も……だんだんそんな気持ちじゃなくなったのも事実だよ」

一緒にいても安心できた。まるで気の合う女友達と一緒にいるみたいに楽しくて……だから余計に思い知らされた。チーフへの想いと、本城さんへの気持ちの違いを。

「僕も楽しかったから、このままでもいいと思ってたんだけどな。君はそうじゃなかったんだね。正直に言うと、僕が告白する前から、楢澤さんと君の関係が、ただの上司と部下じゃなくなってることもわかってたんだ。それでもいいからと、僕は付け込んだ。だから利用してくれて構わなかったのに……君は狡《ずる》い自分を許せないと言うんだから、仕方ない」

「ごめんなさい」

「いいよ。ただ、僕は……これからも君のよき同僚、友人でいたいな。コータ君の店にもまた食べに行きたいしね」

きっと後で後悔するんだろうな……こんな優しい人の手を離したことを。

「わたし、ちゃんと告白してケジメを付けてきます。今まで……ありがとうございました！」

わたしは深くお辞儀《じぎ》をして、本城さんにお礼とさよならを告げた。

本城さんに背中を押してもらったのだから、頑張らなくちゃ。でも、どうやってチーフに話しかけようか。この間から取り付く島のない態度だから、どうしていいかわからない。こうなったら真正面から行くしかないかな。

わたしはしばらくひとりで気持ちを落ち着けた後、意を決してチーフに声をかけに戻った。

「チーフ」

「どうした？」

やっぱり顔も上げてくれない。

「ご相談したいことがあるのですが、今晩お時間空けてもらえませんか？」

「……今日は用事がある」

「明日でもいいです。無理なら明後日でも。大事な用件なんです！」

「それは、仕事のことについてか？」

「……はい」

「わかった。明後日の金曜の夜なら時間が取れる」

「よろしくお願いします」

きっちりとお辞儀《じぎ》をしてチーフのデスクに背を向けた。

仕事のことと言うのは嘘でもない。告白してチーフが迷惑そうだったら、この後の仕事のことも、きちんと考えていたから……


その後もチーフに目を合わせてもらえないまま、金曜の夜が来た。

「こういう時は、近くの喫茶店にでも行って話を聞いたほうがいいんだろうな」

そう言ってチーフは、ロビーに向かった。車でどこか話ができる場所に移動すると思っていたけど、もう助手席にも乗せてもらえないらしい。チーフとの間にますます距離を感じてしまう。

「ん、本城はいないのか？」

「……え？　いませんけど」

「そうか……」

本城さんと別れたことは、さすがに会社のロビーでは言えないよ。

「あの、できれば誰にも話を聞かれることがない場所がいいのですが」

喫茶店って、大事な話をしている最中に店員さんが来るとすごく気まずい。かと言って、お互いの部屋というわけにはいかないし。

「歩きながら……この近くの公園でもいいですか？」

「公園？」

だって他に思いつかなかった。会社から少しだけ歩いた住宅街の中に、小さな公園があるのだ。

「あの、こっちです」

ここでウジウジしててもはじまらない。きっちり告って、きっちり振ってもらおう。拒否されるのが怖いからって、遠まわしに言ったりしない。――覚悟は……もうできてるから。


チーフとふたり、並んで公園まで歩く。そういえば一緒に歩いたのって、一度だけ食事に連れて行ってもらった時ぐらいだ。あとは……トレーニングで走ったり、ジムに行ったり、わたしの部屋で過ごしただけ。

「あの……チーフ」

立ち止まって呼んでも振り向いてはくれず、チーフの背中はわたしを拒否するように冷たかった。

「話って、なんだ？」

ようやく振り返ったチーフに、苛立《いらだ》った口調で問いただされ、一瞬口ごもってしまう。

やっぱり……そこまで嫌われてしまったんだ。なのに今さら告白しても……そんな迷いが脳裏《のうり》をよぎる。ううん、言わなきゃ！

「あの、実は……わたし、本城さんと……」

別れたんです、と口にしかけたその時、チーフの携帯が鳴り、そこで話が中断されてしまった。

チーフはひと言わたしに断って電話を取り、相手と話しはじめる。

「どうした？　アキ、泣いてちゃわからないだろ？　なんだって……わかった、すぐに行く」

こんなにも焦《あせ》ってるチーフは、初めて見た。アキさんって、この間見かけた、あのきれいな人のこと？　そうだよね、彼女からの電話のほうが優先に決まってるよね……

「悪い、急いで帰らなければならなくなった。……そうだ、このまま一緒に仕事しづらいなら部署異動願いを出したほうがいいだろうな。おまえは仕事ができるから、どこでもやっていけるし。俺からも推薦《すいせん》しておく。その、頑張れよ。それじゃ」

そう振り向きざまに告げ、チーフは足早に立ち去ってしまった。

部署異動……このまま本城さんやチーフと同じ部署で働くのは少し気が重いから考えてはいたけど、やっぱりそうしたほうがいいのかな？

いっそのこと、そうやって職場を離れてしまえば、チーフのことを忘れられるかもしれない。

「でもそれってわたしには……側にいてほしくない、顔も見たくもないってことなんだよね？」

異動願いを出せと言われるほど嫌われていたら、もうなにも言えない！　もう……迷惑をかけたくない。これ以上、チーフに嫌われたくないよ！　やっぱり告白なんてできない。

だけど……この想いは、どうすればいいの？　胸の中でとぐろを巻いて、出口を求めて暴《あば》れている。この想いを全部呑み込めというの？　全部忘れればいいの？　無理だよ……そんなの！

「好き……大好き、でした。チーフ」

言えなかった想いを口にして、わたしはその場に座り込む。

「チーフ……恭一郎さん」

今まで一度も呼んだことのない、チーフの下の名前。一度だけでも呼んでみたかった……なんて叶《かな》わぬ願い。

好きだという気持ちを伝えたところで、自己満足でしかないこともわかっている。自分が振られたことを自覚すればいい、そして忘れられればいいだけのこと……

なのに、まだ心もカラダも覚えている。

初めてわたしを女として見てくれた人。

わたしに自信をつけさせてくれた人。

愛される喜びをカラダで教えてくれた人。

そんな大切な思い出を忘れるなんて……

「そんなの、無理……」

忘れられないと心が叫んでる。想いが溢《あふ》れて、嗚咽《おえつ》が込み上げてくる。

――泣いていいかな？　泣けば少しは気持ちが収まるかな？

立ち上がる気力もなく、地面に突《つ》っ伏《ぷ》してしまいそうだった。

その時、カバンの中でケータイが震《ふる》えた。この着信音はイッコだ……

『チャーコ、今どこにいるの？』

「……イッコ。会社の……近くの、公園」

『ちょっと、どうしたの？　なにかあったの？』

わたしの声の調子に気付いたイッコが、電話口で声を荒らげる。

「ダメだったの……全部、ダメだった……うぐっ……うっ……」

後はもう嗚咽《おえつ》で言葉にならない。説明したくてもできない……

『ちょっと、今コータと合流してそっちに行くから、動かないで！　いい？』

それから十五分ほどすると、コータの運転する四駆が公園の入口に停まった。

「チャーコ！」

駆《か》け寄ってくるイッコの姿が、ぼやけて見える。

「イッコ……」

わたしはずっと、公園に座り込んでいた。

「なにやってるのよ！　こんなとこに座り込んで……もう、こんなに手を冷たくして」

抱え上げられて、手と膝《ひざ》の砂を払われた。

「ご、めん……コータと、デート……だったんじゃ……」

「そんなの今はいいの！　コータもわたしもチャーコの友達だよ？　こんな状態の友達を、ほっとけるわけないでしょ！」

見上げるとコータも車を降りて来てくれていた。ふたりとも心配そうに顔を覗《のぞ》き込んでくる。

「誰だよ、おまえを泣かしたのは！　あの優男《やさおとこ》か？」

「ち、違う……本城さんじゃない……」

彼は違う。むしろわたしが迷惑をかけて傷付けた人だ。

「じゃあ誰なんだよ！」

必死で首を振るけれども、コータは納得していない様子だった。

「わ、わかった」

コータのでっかい四駆の後部座席に押し込まれ、その横にイッコが乗り込んでくる。

「コータ、わたしのうちに連れて行って」

イッコがてきぱきとコータに指示を出す。

「チャーコ……」

わたしは嗚咽《おえつ》を堪《こら》えて、冷たい指先を握りしめていた。その手を包むようにして、イッコがわたしを優しく抱きかかえてくれる。

「ねえ、いくらでも話を聞くから……お願いだから、そんな、震《ふる》えるほどひとりで苦しまないでよ」

イッコの腕にしがみついて、わたしは必死で涙を堪《こら》えようとしていた。

だってわたしに泣く資格なんてあるの？　彼女がいる人を勝手に好きになった愚《おろ》か者なのに。忘れるために他の人を利用して、諦《あきら》めきれずに告白しようとした。だけど告げる前に拒《こば》まれてしまっただけなのに。

そんなの……身勝手すぎるよね？　ダイエットのためだとか理由を付けて、彼女がいる人に肌を許して快感に喘《あえ》いでいたなんてこと……イッコにだって言えない。

「泣きたいなら泣きなさいよ！」

「イッコ……」

「どしたの？　うん？」

優しく背中を撫《な》でられる……ごめんね、コータとデートするはずだっただろうに。やっと付き合いはじめて、どちらも大切な友人だから邪魔したくないのに……ごめんね。今は、自分の部屋に帰りたくない。チーフとのことを思い出してしまうから……

「イッコ……わたしね、わたし……本城さんにはすごく悪いことしたの……本当は他に好きな人がいるのに、なのに本城さんと付き合って。でもやっぱりその人のことが忘れられなくて……だから別れたの」

「そう……やっぱりチーフのこと好きだったのね？」

ああ、やっぱりイッコにはわかっていたんだ。

「うん……でもね、嫌われちゃったの……告白もさせてもらえなかった。きれいな彼女がいるってわかってたけど、でも……わたし、わたし……好きだったの、チーフのこと」

「うん。すごく恋してたの、見ててわかってたよ」

「言いたかった……好きですって、伝えたかった。だけど、もう……嫌われて……うぐっ、うう……うわぁああ……ん」

とうとう堪《こら》えきれずにイッコにしがみつき、わたしは声を上げて……泣いた。

人前で、声を上げて泣いたのなんか初めてだ……しゃっくりのような泣き声で泣き続けた。車から引きずられるように降ろされ、イッコの部屋に連れて行かれてもまだ泣いていた。

イッコの部屋のソファに並んで腰掛けて、ようやく泣き止んだわたしは、イッコにもたれてぼーっとしていた。

「これ飲め」

コータは手慣れた様子でカフェオレを淹れて、わたしに差し出してきた。その後ふたたび台所へ戻ってゴソゴソとなにかを作っている。もうすでに、この部屋のどこになにがあるか、わかっているようだった。

そっか、コータは実家暮らしだから、ふたりきりで過ごす時にはイッコの家に来るんだ……なんてことを考えられるぐらいには思考能力を取り戻していた。

「それじゃ、オレは帰るから。鍋の、温めて食えよな？」

「ありがと、鍵締めておいて」

「ああ」

そう言って出て行くコータ。そっか、もう鍵まで渡してるんだ……

「ちょっとは落ち着いた？」

「う、うん……ごめんね。コータと出かけるとこだったんでしょ？」

「いいのよ、久しぶりにチャーコを誘って三人で呑もうって話してたんだ。実は最近、コータはここによく泊まってるの……でないとお互い仕事の都合が合わなくて逢《あ》える日が限られちゃうから」

「そ、そうだったんだ」

なんかすごく進展が早くない？　台所は自由に使ってるし合鍵持ってるし……もうすでに半同棲ってやつ？　まあ、恋人になったのは最近でも、付き合いは長いからね。

「それで、泣いてる原因はチーフのことなんだよね？」

「うん……」

「やっぱりね……おかしいと思ってたんだ。本城さんと付き合うって『あずまや』に連れてきてた時も、なんかこう、らぶらぶオーラが出てなかったんだよね。前にダイエットのコーチをしてもらってるチーフさんの話をしてた時のほうが、すごく恋してるって感じだったから」

「いつの間にかね……好きになってたの。チーフはわたしに同情していただけで、そんな気はないってわかってたのにね。ほら、前に見たきれいな恋人がいたでしょ」

「ああ、ホテルで見かけた……」

「チーフのこと、好きなままでもいいから付き合ってみようって本城さんに言われて……だけど無理だったの。どうしてもチーフのことが好きだってわかったから。せめて気持ちだけでも伝えようと思って……本城さんとは別れたの。これ以上、甘えられないから」

「そうだね、ちょっともったいない気もするけど、こればっかりはしょうがないか……好きな人がいるのに他で間に合わせるような付き合い方は、相手が本気だと結構苦しいよね」

イッコはわかると頷《うなず》いてくれた。彼女がコータのことを諦《あきら》めようとして、何度か他の男性と付き合っていたことはわたしも知っていた。

「結局、本城さんとは最後までいってなかったんでしょ？」

「あ、うん……」

イッコはしちゃえばいいって言ってたけど、お互いにその気になれなかったのが事実だ。

「ねえ……まさか、チーフさんとはしたりしてないよね？」

「……最後まではしてないけど、何度か途中まで」

「ちょっと、それって……確認するけど、チャーコってまだ処女だよね？」

「そ、そうだけど……」

「途中までって、それは……いや、聞かないでおくけど、向こうはその気になったんだ。それで、どうしてあの公園にいたの？」

「ダメだってわかってても、告白だけでもしたいって思って。あの公園まで来てもらったの。会社や近くのお店とかで話すのは無理っぽかったから。だけど……話す前に、彼女さんに呼び出されて帰っちゃった」

「なによそれ！　話ぐらい聞いたってバチ当たらないでしょ！　手を出してるんだったらなお

さら」

「違うの！　……チーフは、わたしが本城さんのことを好きだと思ってるの。女としての自信をつけさせるためにって、わたしが頼んでしてもらったの。そのお陰で、わたしすごく自信がついた……わたしでも女として見てもらえるんだって、……痩《や》せてきれいになることができたし」

「チャーコ……」

「せめて伝えたかったんだ……わたしが好きなのは本城さんじゃなくてチーフだって。いつの間にか好きになっていたこと、本城さんと別れたことも。彼女がいるのはわかっているから、答えはわかっているけど、せめてその気持ちとお礼が言いたかったの。あなたのお陰で自分に自信を持つことができました、ありがとうございますって……でもね、部署異動すればいいなんて言われるほど、嫌われてるって思わなくて……もう側にもいられないんだなって思うと……ううっ」

冷たいチーフの態度を思い出すと辛くて、またしばらくイッコの胸で泣いた。


「で、どうするの？　これから」

ようやく泣き止んだ後、膝《ひざ》を抱えたまま黙り込んだわたしにイッコは優しく問いかけてくる。

「部署異動願い……出すよ。もうチーフの側にも、本城さんと同じ営業部には居づらいから」

「そっか……ねえ、無理して忘れなくていいからね。チーフのこと」

「……忘れなくていいの？」

「忘れようと思うと余計忘れられなくなるから。離れていたほうが、きっと忘れやすいよ。側にいたら無理」

「イッコも……コータから離れようと思ったことあった？」

「そりゃ何度もね。でも、コータはいつも彼女と長く続かなかったから、離れ損《そこ》なっちゃった。別れるたびに期待してたんだろうね」

「……そっか。しばらくはコータとふたりのとこ邪魔しちゃうかもだけど……いい？」

「もちろん、いいよ」

「ごめんね、イッコ」

「なに謝ってるの。そのうちコータの愚痴《ぐち》を聞いてもらうからいいのよ」

「うわぁ、なんだか怖そう」

「そ、だから覚悟しておいてね」

少しでもわたしの気が楽になるように言ってくれてるのがわかる。

そうだ、この場合はごめんねじゃなくて……

「ありがとう、イッコ」

「どういたしまして。落ち着いたら、コータの作ってくれたごはんを食べようよ。なんだかお腹が空《す》いてきちゃった」

「あ、わたしも……でも、こんな時間に食べたら太っちゃうかな？」

「大丈夫、安心安全の低カロリー食だから。少々食べ過ぎても大丈夫なはずよ」

そう言ってイッコは台所へ向かい、料理の入った鍋を温めはじめた。

10　さよならの後

翌日の土曜日はイッコもコータも仕事だった。だから辛いけれど、ひとりで過ごさなきゃならないかと思って悩んでいたら――コータの店に連れて行かれた。

「ほれ、手伝え」

「ちょっと待ってよ、コータ！」

何度か人手がない時に手伝ったことがあるけど、いま手伝えって言うの？

仕込みにはじまり、店内の掃除に、洗い場。客が入りはじめると、フロアにも出された。

「いらっしゃいませ！　ほれ、皿下げてこいよ」

そう簡単に笑えない、そう思っていたのに……忙しいのはホント助かる。

「ありがとうございましたー！」

周りの活気につられて声を出してるうちに、もうどうでもよくなってきた。身体を動かすのって、こういう時すごくいい。接客は嫌いじゃないし、洗い物だって無心でやってたらなんだかスッキリする。

そっか、落ち込む暇を与えない作戦だね。

ひとりでいたら、ストレスで食べまくってしまっていたかも。最悪、それがきっかけでリバウンドしていたかもしれないし……助かった。

滅多《めった》に落ち込まないわたしだけれど、一度落ち込むと、部屋から一歩も出なくなる。出てもやたら食べ物を買い込んできて吐くまで食べるとか……以前にやったことあったからなぁ。イッコが先読みして、コータに頼んでくれたんだろうと思う。

「ただいま！　ああ、疲れた……」

「おかえり、今日は忙しかった？」

くすりやさんに勤めるイッコが疲れた様子で帰ってきた。といってもここはコータのお店だけど。

「お疲れさん、なにか飲む？」

「んーそうだね、桃サワーもらっていい？」

イッコはすでに、家族のようにカウンターの端に座っている。お店が忙しい時は奥に入って手伝ったりもするそうだ。今の時間はそれほど混んでいないので、座ってサラダとか豆腐とか軽めのものを頼んでいた。

「チャーコも今日はもういいぞ。一子と一緒に呑んでれば？」

「え、いいの？」

「ほれ、今日は好きなだけ注文していいから。店を手伝ってくれた礼だ」

「やった！　それじゃ……ウーロン茶で」

「なんだよ、なんでもいいって言ってやってるのにウーロンかよ！」

アルコールはあまり呑まないようにしていた。カロリーも気になるし。

「あ、でもやっぱり今日は呑もうかなぁ……もう元に戻ってもいいかなぁ」

体重だけはしっかり減っていた。ここ数日で、すでに目標の二十キロを一キロ下まわっていた。

「馬鹿なこと言わないでよ！　せっかくきれいになったんだから、もったいないでしょ！　健康にもなったんだし。今のチャーコならすぐに素敵な彼氏ができるんだから、ヤケクソにならないの」

「彼氏なんて……」

本城さんみたいに素敵な人が好きだと言ってくれても、応《こた》えることができなかった。勇気を出してチーフに告白しようとしても、それすらさせてもらえなくて……もう当分恋愛はいらないって思っていた。

「大丈夫、また好きな人ができれば忘れられるって！」

「……それをイッコが言うかなぁ」

他の人と付き合っても、今までずっとコータが好きで、十年以上諦《あきら》め切れずにいたくせに。そんな人に言われたって全然説得力ないから！

「ごめんごめん。でもさ、もしかしたらその人、チャーコが他の人と付き合うの見たら気が変わるかもしれないいじゃない？」

「わたしが本城さんと付き合ってるのは知られてたけど……」

「あ、そっか……ごめん」

「本城って奴、いい男だったのにな。なに考えてるかわかんないとこあったけど」

ドリンクを運んできたコータが、口を挟《はさ》む。

「自分のやってることわかってなかった人がよく言うよ。イッコに酷《ひど》い真似《まね》したこと、わたしは許さないんだからね」

今までイッコの想いに応《こた》えなかったこと、告白する前に店で無理矢理やっちゃったこと、反省しなさいよね！

「なっ、一子。まさか、話したのか……」

「それ抜きで、わたし達の馴れ初めをどうやって説明するのよ」

「……スミマセン」

一喝《いっかつ》されてコータは素直に黙る。イッコがしっかり尻に敷いてるんだ……こういう態度を取れるのは、想われてる自信があってこそだよね。コータも今までのことを反省して、ちゃんとイッコを大事にしてるみたいだし。

「あれ、これって……」

「なに？」

イッコがパラパラとめくっていた週刊誌を差し出す。

「この女の人、前にチャーコと出かけた時に見かけた人じゃない？　っていうか、この写真に一緒に写ってるのって、チーフじゃないの？」

渡された雑誌を覗《のぞ》き込むとそれは、男女の姿が写ったスクープ写真だった。画質が悪くてわかりにくいけれどモデルである彼女に負けない身長とびしっと決まったスーツ姿は、わかる人にはわかる……間違いなくチーフだった。

「あ……本当だ」

その記事は『モデル・アキナのお泊まりデート？　お相手は会社員Nさん／十三歳年下のモデルRYUKIは話題作りのフェイクだったのか？』という、すごい見出しだった。

「どこかで見たことあると思ったらモデルのアキナだったんだ。それにしてもすごい相手と付き合ってるんだ」

「そうだね……」

チーフがこの間、電話で呼んでた『アキ』さんって、モデルのアキナだったんだ。確かに彼女が相手だったらしょっちゅう会えなかっただろうな。

「芸能人が相手だと、付き合いを公《おおやけ》にはできないよね」

スキャンダルになってしまうから、チーフは彼女のことを公言してなかったんだ。だけど呼ばれたら直《す》ぐに駆《か》けつけるんだから、やっぱり本当なんだ。

「チャーコ、チーフのことはもう忘れなよ。部署異動の希望を出すんでしょ？」

「うん、そうすれば顔を合わせることはなくなるだろうし」

「だったら、これから新しい恋に向かってゴーだよ！　なんだったら合コンとか飲み会に参加すればいいじゃない」

「おい、一子。おまえはその合コンとやらに、付添いで行くとか言い出すなよな」

横からコータがヤキモチ発言をしてくる。

「あら、どうして？　チャーコが心配だから付いて行ってもいいでしょ」

「ダメだ、おまえには……俺がいるからいいじゃんかよ」

言葉の最後のほうは尻すぼみになってるけど。

「そういうのはまだいいよ。こうやってイッコ達といるほうが楽しいし」

「チャーコ……よし、今夜もうちに泊まっていきなよ」

「えっ？」

驚きの声を上げたのはコータだ。

「今日も泊まるのか？」

「いいじゃない、チャーコひとりにしておけないでしょ？　それで明日の日曜も、コータの店を手伝えばいいじゃん。そんでもって当分うちに泊まればいいよ。着替えは適当に取りに帰ればいいし、会社もうちから行けばいいじゃない」

正直その申し出は嬉しかった。自分の部屋には当分帰りたくないというか……こんなことになるのなら、チーフを自分の部屋にチーフを招いたりしなければよかった。想い出が部屋中に残ってしまって辛いから。

「う、うん……でもいいの？　コータも泊まりたそうなんだけど」

かなりショックな顔してたわよ？　しょっちゅう泊まってるって言ってたし、コータの荷物もたくさんあった。もしかしてコータは付き合いはじめてからずっーとイッコのとこに入り浸ってたんじゃないのかな。

「いいのよ。たまには我慢させないと際限《さいげん》ないから、あいつ」

なんか怖いこと言ってるけど、そこはスルーした。

次の日も働いて多少クタクタになりながらもコータの美味《おい》しいごはんとイッコの優しさに包まれて過ごし、なんとか週明けには立ち直ることができていた。


「おはよう、細井さん」

「おはようございます、本城さん」

本城さんがわたしを下の名前で呼ぶことはもうない。ほんの少しの間だけ付き合ってみたけれど、元の同僚に戻ったんだよね。

「どうだった？　結果は」

「……ダメでした」

告白すらさせてもらえなかったことは、情けなさすぎて本城さんには言えなかった。

「そうなの？　うまくいくと思ったのに……」

「なんか今、付き合ってる人が大変みたいで、うまく濁《にご》されました」

「……本当なの？」

「ええ、その人から電話かかってきたら、直《す》ぐにそっちへ行っちゃって」

「なんだ、それなら僕は諦《あきら》めるのが少し早かったかな」

「えっ？」

本城さんは『もう一回付き合ってみる？』と片目を瞑《つむ》ってにっこり笑いながら軽く聞いてくる。

「あの、それは……」

それを受けるのは、あまりに身勝手すぎる。

「あはは、冗談だから気にしないで」

「あ、はい」

びっくりした……でもこうやって前みたいに話せるのは嬉しいな。本城さんやコータとはそうなれたから、チーフとも元通りになれればいいんだけど……それは無理だものね。これだけ拒否されていたら、どうしようもない。

視線はやたらと逸らされるし、仕事の指示もメモで渡されることが増えた。人をはさんでの依頼も多くなった。ついぼーっとチーフのほうを見ていたとしても、決してこちらを振り向くことはなかった。

わたしはいまだにチーフを意識してしまって……諦《あきら》めなければと思うほど、態度はぎこちなくなっていく。


「チーフ、これ……お願いします」

相変わらず視線は向けてもらえなかったけど、今日はチーフの前に立って封筒を差し出す。すると、さすがに顔を上げてくれた。

「あ、ああ……わかった」

中身は、部署異動願い。きっとこれがチーフに迷惑をかけない一番の方法なんだ。

まった。

数日前、チーフの会議中に女性から会社に電話があった。わたしは運悪く、その電話を取ってし

『すみません、楢澤と急ぎ連絡を取りたいのですが、携帯がつながらなくて』

凛《りん》とした、少しハスキーで艶《つや》のある女性の声。直《す》ぐにホテルで見た、アキナの美しい顔が思い浮かんできた。

「楢澤はただいま会議に出ております。戻り次第、折り返し連絡するよう伝言いたします」

『お願いします。急ぎ確認を取りたいことがあると……式場の件でアキから連絡があったと伝えていただけますか?』

やっぱりアキナさんだ。式場ってことは、結婚が決まったのだろうか?

「かしこまりました。必ずお伝えします」

『ありがとう。あなたのお名前を頂戴《ちょうだい》できるかしら?』

「細井です。では、失礼致します」

その日の夜、わたしは異動願いを書いたのだった。

「正式に辞令が出たんだって?」

次の週、予想していたよりも早く、わたしの異動は決まった。机の片付けをしていたわたしのところへ、本城さんがやって来た。

「はい、来月から経理部に異動します。ちょうど結婚退職で人員が減ったところらしくて、急ぐそう

なんです」

「代わりにうちの部には、以前勤めてた社員がパートで来るらしいね」

「そうらしいですね。育児が落ち着いたので復帰するみたいですが、無理できないのでパートタイム勤務だそうです。仕事はきちっとできる方だと聞いていますよ」

「引き継ぎは順調？」

「はい……皆川さん用に作ってた資料が役に立ちました。それにわたしも、同じ社内にいるのでいつでも聞いてもらえますし」

「なるほどね。そういえば皆川さんも、最近は頑張ってるよね」

「はい、もうびっくりするぐらい」

以前とは見違えるように仕事をこなしていた。熱心に質問されることも多くなった。

「そう……で、チーフはなんて？」

「今までご苦労様。経理部でも頑張れよ、って」

本当にそれだけだった。その時だけ笑ってくれたように見えたけど……あれは、安堵《あんど》の笑みだったのかな？　わたしがいなくなることがそんなに嬉しかったのだろうか？

「そうか。僕は寂しくなるな。しばらくは仕事にも支障《ししょう》をきたしそうだよ」

「そんなこと言ってくれるの、本城さんだけです」

「そんなことないよ。今まで細井さんが皆のために仕事しやすいように取り計らっててくれたことを、たぶんこれから身に染みて感じると思うな」

「もう、そんなことないですって。……本城さんには、一杯ご迷惑をかけてしまってすみませんでした」

「じゃあ、あとしばらくはよろしくね」

「はい、こちらこそ」

酷《ひど》いことをしたはずのわたしにも、優しい笑顔を向けてくれる本城さん。そんな彼に、わたしも微笑《ほほえ》み返した。

翌月からわたしは、経理部に移った。同じ社内だからということで、歓送迎会は辞退した。

「よろしくね、細井さん」

経理部には、同期の野村《のむら》さんがいた。しばらくは彼女に教わりながらの仕事になるけれど、元々同じような仕事をしていたので慣れるのは早かった。

営業部のほうは大丈夫だろうか……チーフも、本城さんも、皆川さんも……営業の皆とは同じ社内なのになかなか顔を合わせることがなかった。食堂にでも行けば会えるのかもしれないけれども、わたしは相変わらずお弁当だし、たまに行っても他の営業の人を見かける程度だった。外回りが多いから出たついでに食べて帰ってくる人も多くて、前からあまり出会う確率は低かったのだけど。チーフの姿も、随分《ずいぶん》見かけていない。

それでも精算書類の提出がてらの雑談で、なんとか仕事は回っているようだと知ることができた。わたしがいなくても大丈夫なんだ……そう思い知らされると、少し寂しかった。

『君がいなくてなかなか大変。それに寂しいよ。皆川さんは奮闘中《ふんとうちゅう》。パートの野島さんは曲者《くせもの》だけど使える人です』

本城さんは、たまにメールで営業部の近況を教えてくれる。彼ぐらいだよね、わたしがいなくて寂しいなんて言ってくれるのは。

『こっちは女の園《その》で楽しいですよ。三時のおやつがわたしを誘惑して大変です』

おやつは少しなら食べていたけれども、あまりに多い時は残すようにしていた。今やってる食事制限はキツイものではなく、バランスのとれた食事と、よく噛《か》んで食べるというもの。運動もできるだけ自分で続けるようにしていた。ジョギングとジムの水泳、それから意外と楽しかったのでヨガやエアロビなんかも。ある程度痩《や》せてからは無理せず、維持することを心がけている。

目標よりもさらに三キロ落ちて身体は学生時代よりもきれいに締まって見えた。

だけど不思議なくらいジムでもチーフと顔を合わせることはなかった。

そんなことを少し寂しく思いながら過ごしていたある日。本城さんから、驚くようなメールが届いた。

『先に報告。もしかしたら僕、皆川さんと付き合うかもしれない。今少し彼女を見直し中です』

ええ？　それって……マジで？

本城さんと皆川さんが？　彼女が本城さんを好きなのは知っていた。それに皆川さんも今はかなり頑張っているらしいし、本城さんは頑張っている子は、ちゃんと認める人だものね。よかった……彼女の頑張りが届いてるんだ。

『おめでとうございます、でいいのかな？　わたしは経理部の人から一緒に合コンに行かないかと誘われました。とりあえず楽しんできますね』

『それはなにより。僕よりいい男がいたら頑張って。チーフは相変わらず不機嫌そうだよ』

本城さんよりいい人なんて、なかなかいないのに。チーフは……結婚式の準備とかで忙しくて大変なのかな。

こうやって話の端々にチーフのことを聞くと、胸が痛むけれど、こうやってたまに営業部の様子を聞けるのは嬉しかった。

チーフの結婚の報告なんてまだ聞きたくないけれど、知りたい気持ちもある……式はいつだとか、営業部の皆は披露宴《ひろうえん》に呼ばれるのかとか。わたしはもう営業じゃないから、招待されることはないだろうけど。

そういうことを考えると、やっぱり異動してよかったのだと思う。もしかしたら、自分の結婚式のことを見越して、チーフはわたしに異動したほうがいいと言ってくれたのだろうか？

もう、忘れたつもりだった。諦《あきら》めたはずだった……だけどまだ次の恋に踏み切れないだけ。そう思いたかった。

『皆川さんと付き合いはじめたよ。まずはお試しというか、彼女の再教育中です』

本城さんからそんなメールがきたのは、『付き合うかも』メールからわずか一週間後だった。またお試しなの？　というか、再教育ってなに？　ちょっと怖い気がするんだけど。本城さんって読めない部分あるからなぁ……見たままの優しいだけの人じゃないっていうのは薄々勘付いてたけど。

くわしく聞くのが怖かったので『うまくいくことを祈っています』とだけ送り返しておいた。

それからはあまり彼からの連絡は来なくなってしまった。もっとも、つきあってる人がいたら、当然なのだけれど……

わたしのほうは、誰かと付き合うでもなく、また元の自信がない女に戻ってしまいそうだった。たまに、教えられたカラダの快感を忘れることができず、何度か……チーフの指を思い出して、ひとりでシテしまったり。その後は必ず寂しくて情けなくて涙が出てきてしまう。

それでも、さすがにイッコとコータに甘えっぱなしじゃ申し訳なくて、コータの休みの前日には自分の部屋に戻るようになった。まあ、自分からというよりも、コータに懇願《こんがん》されたんだけどね。

『オレの休みの前の日だけは、頼む！　自分のアパートに戻ってくれ。でないとヤバイんだ……』

ってね。一方イッコからは『お願い、毎日うちに来ていいから！　むしろ来て！』ってメールが来てたけど、怖くて行けなかった、ごめん。


そんなふうに、毎日が慌《あわただ》しく過ぎていった。経理部の仕事は今までの仕事とあまり変わらなかったので、すぐに慣れることができたし、顔見知りの人や女性が多かったので、すんなりと打ち解《と》けることができた。どうやってダイエットしたのかと何度も聞かれるのには少しだけ困ったけれど。口にするたびチーフを思い出して、泣きそうになってしまう。それから、例の週刊誌を見た女性社員達の間で、チーフとアキナのことが噂になっていて、それも聞かれると辛かった。

「なんか人事部のほうに雑誌記者から楢澤さんについて問い合わせがあったらしいよ」

「すごいね、モデルと付き合ってたなんて……細井さん同じ営業だったんでしょ。アキナに会ったことはないの？」

「遠目に一度だけ……チーフと一緒にいらしたとこを」

「やっぱり本当なんだ！　すごいなぁ、きれいだったでしょ」

「うん、すごく……」

「楢澤さんって、バツイチだけど男前だし出世頭だもんね。あれだけいい男だったらモデルまでついてきちゃうんだ。でも、どこで知り合ったんだろうね」

「……さあ、そこまでは」

「どうなんだろ、結婚するのかな？」

「たぶん……」

　式場の件って電話があったものね。

「アキナって結構、年齢いってるよね。たしか今年で三十六歳のはずよ。それであのスタイルに美《び》貌《ぼう》だもんね。やっぱり芸能人は違うよね」

　三十六歳ってことは、チーフよりも四歳上になるのね。それでもほんとうにきれいで若く見えて……こんなに素敵な彼女がいるのに、よくわたしなんかに手ほどきする気になってくれたものだ。……って、ああ、またチーフのことを考えてしまっていた。だめだなぁ、全部終わったはずなのに。

「細井さん、今日はこの後なにかある？　ごはんでも食べに行かない？」

週末、仕事帰りに仲のいい同期の子が声をかけてくれた。

「あー行きたいんだけど、今日は友達と約束してて」

今日はこれから、イッコと一緒にコータの店に行くことになっていた。

「そう、残念。じゃあ、また今度。たまには一緒にごはんを食べて呑みましょうよ。元気ないから、ちょっと心配で。話なら、いつでも聞くからさ」

「ありがとう、大丈夫ですよ！　かなり元気になってきたし」

「そう？　ならいいんだけど……」

元気のないわたしを心配して、わざわざ誘ってくれたようだった。話を聞いてもらえるのは嬉しいけど、イッコ以外には本当のことは言えない。会社で知れ渡ってチーフに迷惑をかけるわけにはいかない。他に相手がいるのだから。

「それじゃ、また来週ね」

同期の子と別れて駅に向かおうとすると、会社の前の路肩にハザードランプをつけて停められた車が目に入った。車にもたれかかり人待ち顔で立っていたのは……チーフだった。

「千夜子」

もう二度と、そんなふうに呼ばれることはないと思っていたのに……近付いてくる彼を見て、わたしは思わず後退《あとずさ》りしていた。

11　願いが叶うなら

「……チーフ」

「すまない、聞きたいことがあるんだが……ちょっと来てくれないか」

なんだろう？　いつもより余裕のない感じだけど、もういまさら話すことなどないはずだ。もしかしてわざわざ結婚の報告とかするつもり？　そんなことしなくてもいいのに……

「あの、ここじゃダメなんですか？」

「すぐに済む話じゃない。悪いが俺の車に乗ってくれないか？　ここには長く停まっていられない」

急いでいるのだろうか、それとも他の社員に見られたくないからなの？

「わかりました」

仕方なく彼の車の助手席に乗り込む。あ、よかったのかな……ここは彼女であるアキナさんの指定席じゃないの？　毎日一緒に車で会社に行っていたあの頃が、随分《ずいぶん》前のことのように思える。

「あの、どこへ行くんですか？」

「すぐ着く」

車は近くの公園の側で停まった。この公園はあの時……わたしが告白しようとしてできなかった場所だ。

なにもここに来ることないのに……こんなところに長居したくないよ。

「あの、チーフ」

「もう、チーフじゃないだろ！」

車を停めても降りようともせず、前を向いたままだったチーフがシートベルトを外してこちらに向き直る。

「そうですが、あの……」

いたたまれない。なんでそんなに怖い顔して睨《にら》みつけてくるの？　わたしなにか機嫌をそこねるようなことをしたのだろうか？　迷惑をかけるようなことは、なにもしていないはずなのに。

「どういうことなんだ！」

「な、なにがですか？」

いきなり声を荒らげて、チーフがわたしの肩を掴《つか》んできた。やだ、怖い……なんでそんなに怒るの？

「本城は皆川と付き合いはじめたって言うじゃないか！　おまえと……結婚するんじゃなかったのか？」

「えっ？　結婚って……」

「本城と付き合うと言ったのはおまえだ。その後すぐに異動願いを出してきたから、てっきりそうだと思っていたのに」

「あの、前にこの公園で、本城さんとお付き合いするのをやめたってことをお話ししようとしたんです。でもチーフは急がれてて、すぐに帰ってしまわれたので……」

「あの時に？　そう、だったのか……すまない。急な連絡が入って、どうしようもなかったんだ」

それはわかっている。わたしのことよりも、アキナさんのほうが優先に決まっているもの。

「それは仕方のないことですから」

「それじゃ、言おうとしてたのに俺が聞かなかったというのなら……もしかして、他にもなにか言うことがあったんじゃないのか？」

「いえ、もういいんです……」

あの時、わたしは精一杯の勇気を振り絞ってここに来た。チーフにきれいな彼女がいることもわかっていたけど、せめて想いだけは伝えたくて。本城さんと別れたこと、わたしが本当に好きなのはチーフで、キスするのも触れてもらうのもチーフじゃないと嫌だということを。一時でもいいから、最後まで抱いて欲しかったのだということを……

そんな馬鹿な願いを抱いてしまった自分が痛い。でも、実際は告白すらさせてもらえず、望みなんて欠片《かけら》もないことに気付いて、ようやく諦《あきら》めることができたところだった。

「いいわけがない！」

ドンと背中を助手席に押し付けられた。近付いてきたチーフは怖いぐらいに切羽詰《せっぱつ》まった表情で……避けられていた頃と違って、強い視線がわたしを真正面から捕らえて離さない。

「チ、チーフ？」

なにがよくないのかなんてわからない。どうして怒鳴られるの？

「やり直したいんだ」

やり直すって……なにを？　あの時の告白を？

「なあ、あの時おまえはなんて言おうとした？　お願いだ、言ってくれ」

「わたしは……」

言ってもいいの？　あの日、呑み込んだ想いのすべてを……

「チーフが、好きでした。本城さんでなく、わたしが好きなのはチーフだけだって。キスしたいのも、触れて欲しいのも、全部チーフだけだって。あの時はそう伝えたくて……」

「千夜子！」

「あっ……」

いきなり抱きしめられていた。背中に回された腕は力強く、痛いほどの圧迫感がある。触れ合っている互いの身体は、泣きたくなるほど温かい。鼻腔《びこう》をくすぐる、チーフのコロン。スーツに強く顔を押し付けられて、息もできずクラクラした。

「本当……なのか？」

「はい」

たとえあなたに彼女や奥さんがいても……きっとこの想いを止めることはできなかったと思う。たったひとり、わたしが本当に好きになったのはチーフだけなのだから。

欲しい——わたしはこの人が、この人だけが……欲しくて焦《こ》がれて、諦《あきら》めようと足掻《あが》いても結局忘れることができなかったのだから。

「だったら、俺は我慢しなくてもよかったのか？　あの夜も、あの朝も……俺は」

「我慢……しないでください、今も」

苦しいほどの力で彼の胸に抱きしめられ、わたしは顔を上げて懇願《こんがん》する。我慢なんてしてほしくない。理性の箍《たが》を外して、なにもかも忘れてわたしを求めて欲しい。一時の感情だったとしても構わないから……

「そんなことを言うな、抑えが効かなくなるだろ」

人って手に入らないものほど欲しくなるのかもしれない。トレーニングの名目《めいもく》で触れられたりしなければ、わたしも期待しなかった。おそらくそれは、チーフだって……

諦《あきら》めて離れて、このまま言葉もかわせなくなってしまうのなら、いっそ行き着くところまでいってしまいたかった。愛人でも浮気でもかまわない。今一瞬の情けでも、この後便利に使われてもいい。

——奪ってほしい。わたしからなにもかも、跡形も残さないほど。その後、惨《みじ》めになるほど手ひどく振って、捨ててくれればいい。そうすればわたしはチーフを憎《にく》んで、想いを残さず先に進めるようになる。

「抑えないでください。チーフがしたいように、してくださっていいんです」

ガクンとシートがうしろに倒され、シートベルトを外される。そしてゆっくりとチーフがこちらのシートに移動してきて、覆《おお》いかぶさるように抱きしめられた。

「いいのか？　おまえを……俺の思うままに抱いてしまっても」

「はい……お願いします。わたしがそうして欲しいんです」

それがあの時も今も、わたしの望み。その先の未来なんて望んだりしない。責任なんか取らなくてもいい。叶わないはずの望みが叶うのなら、悪魔にだって魂《たましい》を売る。彼女に恨《うら》まれても構わない。罰なら全部わたしが受けるから……だから、わたしにすべてを教え与えてほしい。

「千夜子、おまえは俺を虐《いじ》めたいのか？」

「そんな……」

いつも冷静なチーフの胸が、激しく上下している。彼の熱い吐息が、わたしの首筋を湿《しめ》らせる。彼の手がわたしの腕や脇腹を撫《な》でていく。そして、チーフの下半身の熱くて硬いモノがわたしの下腹部に押し当てられた。

「この場で俺のモノにしてしまいたいほど……すぐにでもおまえが欲しい」

「チーフ、わたしも……んんっ」

噛《か》み付くようなキスは舐《な》め取るような濃厚なキスへと変化していき、わたしの唇は濡らされていく。長い長いキスが苦しくて、彼の下でもがく。するとようやく唇が離れ、彼はわたしを抱きしめた。

「くそっ！　今までずっと我慢してきたんだ！　おまえには本城がいるから、俺なんかが触れてはいけないと！　朝まで抱き合って過ごしたあの夜のことは、俺がおまえにしたかったことのほんの一部だった。なあ、本当に俺は、もう我慢しなくてもいいのか？」

「はい、今すぐにでも」

「それは、無理だろ……ああもう、くそ！」

チーフは名残惜《なごりお》しそうにわたしから離れると、運転席に座り直し、苦しげな表情で、ハンドルを握った。

「もう止まらないからな。いまさら嫌だとか言わないでくれ」

そう言ってエンジンをかけてアクセルを踏み込むと、ふたたび車は走り出した。


「あの、ここは？」

てっきりわたしの部屋に向かうものと思ったけれど、車はマンションの地下駐車場らしきところへ入っていった。

「俺のマンションだ」

「えっ……あの、いいんですか？」

まさかチーフの部屋に連れて来られるとは、思ってもいなかった。わたしのアパートへの道とは違っていたから、てっきりホテルに行くのかと。もっとも、わたしの部屋は壁が薄いので、そのほうがいいと思う。だけどわたしなんかを自分の部屋に招いて、彼女と鉢合《はちあ》わせとかしないのだろうか？　逢《あ》う時はいつも彼女の部屋だから大丈夫なの？　そんな、いらない心配ばかりが頭の中を回っていた。迷わないと決めたはずなのに、罪悪感とわずかばかりの躊躇《ためら》いが生まれる。

チーフは車を降りると、わたしの腰を抱いたまま部屋まで急ぐ。

「おまえの部屋では、声が漏れて隣に聞こえてしまうだろ？　誰にも聞かせたくないからな」

その言葉に喜びを感じる間もなく、わたしは室内に引きずり込まれ、玄関の壁に押し付けられていた。

「んんっ！」

押し込まれた舌先は口内を駆《か》け巡《めぐ》り、奪い尽くされる。

「千夜子……本当に、いいんだな？」

両手でわたしの頬《ほお》を挟《はさ》んで、覗《のぞ》き込みながら聞いてくる。それは彼女がいるけど抱いてもいいのかという意味なのか、それとも初体験の覚悟ができているかという意味？　そのどちらでも、わたしは構わない。

わたしはチーフの首筋にしがみつき、何度も頷《うなず》いて返事をした。

「好きです……チーフ」

「俺もだ、千夜子。ずっと我慢してきた……悪い、おまえは初めてなのに優しくできないかもしれん」

「か、構いません」

優しくしてくれなくてもいい。途中で辞められるのはもう嫌だった。

わたしは自らチーフの唇に吸い付く。教えてもらったキスのやり方を真似《まね》て、口を開き舌を絡める。

「んっ……千夜子」

そしてキスをしながらも、わたしは待ちきれずにチーフのスーツの上着に手をかけ肩から落とそうとした。すると彼は自らスーツを脱ぎ捨てる。わたしが着ていたジャケットも脱がされ、ブラウスの上からチーフの手が這《は》い回りはじめる。背中、腰、それから胸元へと、その手は移動していく。

「んっあ……チーフ」

首筋にキスされて、ビクリとカラダが揺れる。ブラウスのボタンが外され胸元を開かれると、肩が外気に晒《さら》された。そのままブラも引き下ろされ素肌を露《あら》わにさせられる。チーフの骨ばった手が、わたしの胸を掬《すく》い上げ、強く揉《も》みしだく。

「ああっ」

胸の先が、期待で硬く尖《とが》って痛いほどだった。首筋から下りてきた彼の唇は、胸の周りを舐《な》め回して焦《じ》らした後、ようやく先端に到達する。強く吸い付かれた瞬間、腰が砕けて崩れ落ちそうになるのを、チーフの腕が支えてくれた。

「好きだ……おまえが欲しかった。これ以上自分を抑えるのはもう……限界だった。だから、避けていたんだ」

ホントに？　チーフもそう、思ってくれていたの？

チーフに彼女を裏切らせたとしても、その報《むく》いはわたしが受ける。だから、もう途中でやめたりしないで。好きなように抱いてほしいの。チーフが『好きだ』と言ってくれたから、わたしはもう……どうなっても構わない。

「千夜子、千夜子……」

スカートも上へ上へとまくり上げられ、下半身が露《あら》わになる。ガードルを引き下ろされ、ストッキングの中へと彼の指先が忍び込む。そうして薄い布地の上から割れ目をなぞり、敏感な芽を探し出して何度も擦《こす》り上げられる。そのたびに、わたしのカラダを快感が迸《ほとばし》る。

「やぁ……」

わたしはチーフにしがみつきながら、その快感の波に耐えた。

「我慢できない……いっそここで抱いてしまいたい」

こんな玄関先でどうやって？　チーフの荒い息遣いは治まらない。それに呼応するかのように、わたしのカラダは触れられた先から侵食され、彼のものになっていく。お腹にはチーフの硬いモノがグリグリと押し当てられ、わたしを欲しいといってくれる。まだ靴も脱いでいないのに、わたしもここでもいいと思えるほど彼が欲しかった。だけど悲しいことに、わたしには経験がない。こんな場所で、どうすればいいのかわからなかった。

「悪い、おまえは初めてなのに……こんなにがっついてしまって」

「いいんです、わたしは……」

「部屋に、行こう」

靴を脱いで部屋に上がろうとしたけれど、足に力が入らずガクリと崩れそうになってしまった。

「あっ……」

「危ない！　ちょっと掴《つか》まってろ」

自分の靴を脱いだチーフが、わたしを抱き上げる。

「きゃっ！」

まさか……お姫様抱っこされる日が来るなんて、思わなかった。

「軽いな……また痩《や》せたのか？」

チーフとトレーニングしていた時よりもさらに痩《や》せていた。特にチーフに冷たくされはじめてからは、あっという間に体重が落ちた。でもそれはダイエットの成果ではない。失恋して痩《や》せるなんて初めてだった。チーフに告白すらさせてもらえなかったあの日から、苦しくてなにも食べられなくて……イッコ達がいなかったら間違いなく倒れていたと思う。今では目標の二十キロよりさらに四キロ減……学生時代より痩《や》せていた。

「あの、チーフ……く、靴」

わたしはまだ靴を脱いでいなかった。それが気になって告げようとしたけど、チーフは構わず一番奥の部屋のドアを足で開け、わたしを部屋の真ん中にあるベッドへ降ろした。とても広いベッドだ。ダブル？　もしくはそれ以上？　ここで彼女や前の奥さんも抱いたのだろうか？　ちらりとそんな思いが脳裏をかすめた。

わたしはまったく経験がないけれども、チーフはきれいな女の人を何人も知っている……比べられたりしないだろうか？　ダメだ、想像してたらきりがない。今、彼がわたしを求めてくれていることを信じて、抱かれればいいだけなのに。

「チーフ、わたし……あの」

「黙って」

キスの合間にそう言い、わたしのパンプスを放り投げる。ブラウスもスカートも剥《は》ぎ取られ、あっという間に下着だけの、いやらしい格好にされてしまう。

「やっ……ん」

ブラをずらして晒《さら》された胸の先を口に含まれ、反対側の胸も激しく揉《も》まれ、その先はきつく摘《つま》まれた。そのたびに痺《しび》れて、おかしくなりそうな感覚が全身に広がっていく。

「声、出していいから」

いつものように手の甲を口に当てて声を押し殺していたら、その手を掴《つか》まれ引き剥《は》がされた。わたしの部屋では声が漏れてしまうけれど、きっとここは大丈夫なのだと思う。

「痛かったら痛いと言ってくれ」

今日のチーフは、獣のように息が荒くて怖いぐらい。

「あまり余裕がなくて……すまない、優しくしてやれそうに、ない」

ハアハアと肩で息をしながらわたしの下半身に手をかけ、あっという間に穿いていたものをすべて抜き取られてしまった。わたしも、と思って、チーフのシャツのボタンを外しベルトに手をかけたら、さすがにそれは押し返された。

「んっ……」

キスしながら、チーフが自分でベルトを外す音が聞こえていた。その間もわたしの口内に入り込んだ舌は何度も角度を変え、離れては侵入してわたしの中を蹂躙《じゅうりん》した。

「千夜子、舐《な》めて」

唇は離れていき、彼の指をあてがわれる。恥ずかしいけど、言われるままその指を舐《な》めた。

「はぁっ……」

わたしの唾液で濡れた彼の指が、下着の中に滑《すべ》り込む。

「んんっ、んーっ」

繁みの奥に潜《もぐ》り込んで、ソコを直《じか》に触れられると声も上げられず、ただひたすらカラダをびくつかせた。外の蕾《つぼみ》を撫《な》でていた指先が、ゆっくりとわたしのナカへ潜《もぐ》り込む。十分に潤《うる》んだソコをかき回されると、はしたない音が聞こえて酷《ひど》く恥ずかしくなってしまう。

「濡れてる……千夜子」

「やぁん」

彼は優しく笑うと、恥ずかしくて目を伏せるわたしの顔を覗《のぞ》き込んでわずかに微笑《ほほえ》む。それから、わたしの片脚をひょいと担《かつ》ぐ。そして下のほうへと自分の身体をずらし、わたしの脚の付け根に顔を埋めた。

「チーフ、ヤです……それ」

「ダメだ、しっかり濡らさないと。痛い思いはさせたくないんだ。だけど、時間をかけて解《ほぐ》してる余裕は……わかるだろ?」

彼はいったん顔を上げ、わたしの様子を窺《うかが》う。それと同時に、ズボンと下着を下ろし彼の欲情を取り出した。熱くて硬いソレでわたしの濡れたソコをゆっくり擦《こす》られると、おかしな気分になってしまう。まだ経験もないくせに、それが欲しいと願ってしまう。

「早く……」

チーフの気が変わる前に、その欲望をわたしにぶつけてほしかった。

「ああ……俺ももう、我慢できそうにない」

チーフはベッドサイドからなにかを取り出し、口にくわえて破る。

あ、避妊具……そっか、避妊してくれるんだ。その慣れた仕草にまで嫉妬してしまいそうだった。

自分は彼女のいる結婚間際《まぎわ》の男性に抱かれようとしている最低の女だというのに……

「力を抜いて、千夜子」

「んっ……」

「俺を受け入れてくれ」

「あああっ……んっ……っ！」

引きつるような痛みを感じられることが嬉しくてたまらなかった。やっと、好きな人と結ばれる喜び。鮮烈な痛みは、それを実感させてくれる。

キスされながら入り込んできた異物は、すごい圧迫感でわたしのナカを押し広げて進んでくる。

「いっ……」

痛い！　メリッと裂《さ》けるような感覚。ズンと押し込まれると、串刺《くしざ》しにされたみたいで動けなかった。声も出せないほど苦しくて……痛くて、幸せだった。

これがセックス？　こんなに痛くて苦しいなんて……でも甘い痛みだった。

チーフが、そっと頭を撫《な》でてくれる。

「千夜子、大丈夫か？」

「は、はい……」

まぶた、目尻、それから頰《ほお》に、ちゅっとキスが降ってくる。そのまま、耳を舐《な》められ嚙《か》じられて、首筋を吸われる。ゾクゾクとした感覚に背中を反らしてしまう。

「はうっ……ん」

だけどチーフはわたしのナカに入ったまま動かない。そっと目を開けると、彼は汗を流しながら苦しそうに笑っていた。

「動いて……いいか」

肩を揺らして荒い息をしつつ漏らされた言葉。寄せられた眉。

「チーフ……あの、苦しいですか？」

「ああ、気持ちよすぎてヤバイよ。キツくて……もう少し力抜けるか？」

わたしは必死で首を横に振る。どうしたら力が抜けるかなんてわからない。

「ああもう、動きたくてたまらないよ」

切なげな声と表情が艶《つや》っぽく、少し頼りなく見えて愛しくなる。痛くても、チーフを楽にしてあげたかった。

「……構いません、動いてください」

「だが、まだ痛いだろ？」

ふたたび頭を振ってそれを拒否する。これ以上チーフを苦しませたくない。

「じゃあ、動くぞ？　言っとくがもう……止まれないからな」

その言葉通り、だんだん腰の動きが激しくなり、わたしはますます翻弄《ほんろう》される。

「やっ……あっ……あっ……ん、ひっ！」

濡れた音と、肌がぶつかる激しい音が部屋に響く。何度も意識が飛びそうになり、彼の背中にしがみついていることしかできなかった。

「くっ……」

「……チーフ。気持ち、いい……ですか？」

チーフが自分でしていた時よりも、すごく苦しそうで心配になる。

「ああ、くそ……すごくいいよ……っ」

時々苦しそうに動きが止まる。本当に気持ちいいのだろうか？　わたしみたいに痛いわけじゃないだろうけど……。その痛みも少し治まってきた。

「煽《あお》るな、そんな目で」

「あっ」

ビクリと、わたしのナカでチーフが跳ねた。

「こらっ……くっ」

同時に自分がビクンとチーフを締め付けたのがわかった。彼のモノによる圧迫感と、擦《こす》れる部分が気持ちいいような気がして……これってわたしも感じてるの？

「そんな真似《まね》して、ただで済むと思うなよ？」

「ひっ！」

脚を高く持ち上げられ、深く貫かれた。圧迫するような苦しい感じが増して怖くなる。

「やっ、チーフ！」

「こんな時ぐらい名前で……呼んでくれ」

名前、呼んでもいいんですか？　恋人同士のように……

「恭、一郎さん……恭一郎さん！」

呼びながら手を伸ばすと彼はカラダを寄せ、抱きしめてくれた。

その温かさが気持ちよくて嬉しくて、わたしはぎゅっと彼にしがみついた。

「ああ……くっ、千夜子、千夜子……」

グリグリと奥にまで深く押し込まれ、それから擦《こす》りつけるように突《つ》き上げられる。その繰り返しに、だんだんカラダが痺《しび》れたように感じてくる。これは痛み？　それとも……

「もう……ダメだ、出る……くっ」

出るって、アレ？　生々しい光景を思い浮かべ、カラダがゾクリと震《ふる》える。

「ああっ……」

「ひっん！」

押し付けられたまま奥で激しく擦《こす》られると、どんどん痺《しび》れが増していき……

「うっ……くう」

ビクビクとチーフの腰とわたしのナカが震《ふる》えるのがわかった。その瞬間わたしは、カラダにのしかかるチーフの重さを感じながら、意識を遠のかせていた。

「あっ……」

ゆっくりとチーフがナカから出て行く感覚で、意識が戻る。

「大丈夫か？」

「……は、はい」

チーフはそっと抱きしめてくれる。チーフの腕の中に、すっぽりと収まるようになれたのが嬉しかった。でも、こんなに広い胸なら以前のわたしでも余裕だったんじゃないだろうか？　恥ずかしくて晒《さら》せなかったあの身体も、チーフなら……平気だったかもしれない。

「無理させたな……すまない」

無理なんてしていない。破瓜《はか》の痛みも、好きな人が与えてくれたものならば嬉しいものだ。初めてを未来のない人に捧《ささ》げたことにも悔いはない。ただ、チーフに彼女を裏切らせてしまったことだけは、冷静になればなるほど罪悪感が込み上げてきてたまらなかった。

「っ……」

「どうした？　千夜子」

「あのっ……シャワー、お借りして……いいですか？」

「ああ、こっちだ」

立ち上がろうとするわたしを支えてくれたチーフは、歩けなさそうだと思ったらしくバスルームに抱えて連れて行ってくれた。

「バスタブに湯を張っておくから後で入りなさい。なんなら、一緒に入るか？」

わたしは必死で首を横に振る。そこまでしてもらってはダメだ。

「それじゃ、なにかあれば呼びなさい。そのボタンを押すとこっちに聞こえるから」

お風呂場についたインターフォンを教えられたけれども、それを鳴らすつもりはなかった。

「うぐっ……」

シャワーを浴びながら、嗚咽《おえつ》を必死で堪《こら》える。

ごめんなさい、ごめんなさい……自分が悪いのだ。チーフは悪くない。こんなこと、もうこれっきりにしなくては……これで終わりなのだと自覚したら、涙が溢《あふ》れて止まらなかった。


本当はその後すぐに帰りたかったけれども、身体のあちこちが軋《きし》んでまともに動けなかった。バスルームから出ても歩けなくて、座り込んでいたらチーフがバスローブをかけてくれた。

「無理するな……しばらくベッドで休んでいろ」

そう言ってわたしをもう一度ベッドに戻すと、今度は彼がバスルームに向かった。

「どうしよう……」

身体に力が入らない。頭もうまく働かない。帰らなきゃいけないのに、帰りたくない。

わたしはベッドに身を横たえた。

シーツは新しく取り替えられていた。たぶん、汚していたと思う……出血してただろうし。新しいシーツなのに、チーフの匂いがするような気がした。

このベッドの上で抱かれた人のことを考えてしまう……彼女さんも、そして他の女性も……こうやって抱かれたのかな。

チーフはわたしなんかで気持ちよくなってくれた？　初めてだし、痛がるばかりだったからそんなに気持ちよくなかったかもしれない。でも、最後までしてくれた……それが嬉しい。

これからどうしようか考えるけれど、思考がまとまらない。ああ、眠い……せめてチーフが戻ってくるまで起きているつもりだったのに、いつの間にか深く眠りに落ちていた。

12　繰り返す逢瀬

翌朝目が覚めると、チーフの腕の中にいた。わたしはあの朝のようにすっぽりと温もりに包まれていた。

チーフはとっくに起きていたようで、目が合うとキスされて……

「悪い……昨日は我慢できなくて。その、かなり早く終わってしまって不本意だった。今度はじっくり抱いていいか？」

また抱いてもらえるの？　昨日ので終わりじゃない……そのことに驚きながら、わたしは即答した。

「いいんです、チーフの好きにしてください」

「千夜子……すまない、初めてなのに」

もう一度抱きたいと言ってもらえたことが嬉しくて、わたしは彼にしがみつく。

ピッタリと合わさった素肌、伝わってくる体温は熱いぐらいで……押しつぶされた胸の先が、彼の胸板に擦《こす》れて気持ちいい。ひとつになる喜びを知ってしまったら、今度は離れるのが怖くなる。

居心地のいい腕の中も、胸も、わたしのものじゃないと言い聞かせても、欲しくてたまらない。

もっともっと、一ミリの隙間もないほど抱き合っていたかった。

もっともっと、融《と》け合ってしまいたかった。

「やっ……ん」

彼はそっとわたしのナカに指を沈める。最初痛そうにしてしまったので、チーフはわたしのソコを丁寧に何度も舐《な》め上げて気持ちよくさせてくれた。

「痛くないか？」

「んっ……大丈夫、です」

今日で最後になるのなら、何度でも抱かれたかった。痛くても構わなかったけど、わたしが気持ちよくなるまでチーフはソコに舌を沈めて待ってくれる。

そんな夢現《ゆめうつつ》の状態で愛撫を受け続けたわたしは、もう何度かイカされていた。すでに、いつでも彼を受け入れられるぐらいそこを濡らしている。

「挿れるぞ」

わたしを気遣いながら、ゆっくりと彼が入ってくる。前ほど痛くはないけれど、引きつるようなナカの感覚にはまだ慣れなくて、カラダを強張《こわば》らせてしまう。そのたびに彼は動きを止め、ゆっくりと腰を前後させて馴染ませる。

「痛かったら止めるから……それまでは千夜子のナカにいさせてくれ」

「痛く、ない、です」

本当は少しだけピリピリする。でも、痛いというほどではない。セックスの喜びは、愛撫された時の気持ちよさとはまったく違う。つながっているだけで嬉しくて仕方なかった。

「あっ……ん」

ゆっくりとわたしのナカで彼が動く。硬くて熱いソレは何度もわたしの奥まで入り込んでは引き抜かれる。そのたびに切なくなるのが止まらない。次がないのなら、もっともっと抱いてほしくてしがみつく。わたしのカラダなんてもうどうなってもいい。心が傷付くよりもずっとましだから……

「あっん……チーフ……もう、ダメぇ」

昨日より余裕が出てきたチーフは無敵だった。経験の少ないわたしのカラダを隅々まで感じさせ、奥の奥まで入り込んでくる。わたしは恥ずかしいほどシーツを濡らしてチーフに応《こた》えていた。

経験が少なくても、こんなに感じるものなのだろうか？　欲しいと思った時点で、このカラダは淫《みだ》らに変わってしまった。感じれば感じるほど貪欲《どんよく》になっていくようだった。

「恥ずかしがらなくてもいい。あれだけ教え込んだんだ。その成果が出ただけだ」

土曜が終わって日曜の朝が来ても、わたし達はまだベッドの中にいた。食事もベッドの上で、お風呂は彼が入れてくれた。最初に脱衣所で動けなくなってしまったから、それ以来ひとりで入ることは許してもらえなかった。

ずっと腕の中に抱え込まれて、離してもらえないことが嬉しい。あちこち撫《な》でられて、またその気にさせられてゆっくりつながる、の繰り返し。

「やぁ……もう、無理……です」

「悪いっ、おかしいぐらい止まらないんだ。……いままで我慢しすぎたせいだろうな。千夜子に触れるたび、こうしたくてたまらなかった。そのせいか、いくら抱いても満たされないんだ」

「そんな、もう……」

ヘトヘトで、腕を上げる力も残っていない。どうしよう、これじゃ今夜も帰れなくなる。

ダメだ、それは……ケジメは付けなくちゃいけないのに、カラダは彼から離れようとしない。本当は、ずっとこうしていたい。

「まだだ……もっともっと、抱きたくてたまらないんだ」

本当に、そんなに抱きたいと思ってくれてるの？

何度も抱かれているうちに痛みは引いていた。反対に気持ちよくなってしまい、身体がどんどん変化していくようだった。触れられた部分を意識して、愛撫されればされるほど、感じれば感じるほどその部分が引き締まっていく気がした。そしてなによりもそんな自分の身体が愛おしく思えた。

自分の身体をこんなふうに思える日が来るなんて……信じられなかった。

人より太いとか、スタイルが悪いとか気にして、ずっと嫌っていたのに。

「きれいだよ、千夜子……いつまでも抱いていたい」

「恭一郎さん……」

愛されてきれいになるってこういうことだったんだ……たとえそこに未来はなくても、一時の同情でも、この身体を欲しいと思ってくれた人がいて、大事に抱いてもらえた。それだけでもう……十分だった。これ以上欲張っちゃいけない。ちゃんと彼女さんに返さないと……そう思うたびに、わたしのナカの彼を締め付けてしまう。

「ゆっくりするつもりなのに、そんなことをするのか？　悪い子だ……少し我慢しろよ」

そう言ってわたしの脚を抱え上げ、奥まで突《つ》き上げてわたしを鳴かせる。こうなると勢いに押されて、声が止まらなくなる。

「やっ……ダメ……ひっ、やぁあん、も、くるし……ああっ！」

奥を擦《こす》られ、わけがわからなくなって涙を流す。彼はわたしの涙を唇で吸い取りながら、腰の動きを速めて吐精する。その瞬間、熱く硬いものにわたしは支配され、一緒に高みへ駆《か》け上がりふたたび意識を飛ばしてしまう。

「くっ……離せないよ、これじゃ何度でも……千夜子」

キツく抱きしめられ、彼の腰が擦《こす》り付けられるたびに叫びたくなっていた。

――『離さないで』と。

「さすがに明日は仕事だからな」

日曜の夕方、わたしはチーフの車で自分の部屋まで送ってもらった。

彼の部屋にいる間はデリバリーやコンビニで買ってきたものですませていたけど、最後の食事は外でした。おしゃれで女性に人気がありそうなヘルシーメニューの揃《そろ》ったお店……モデルの彼女さんと来たことがあるのかも、なんて考えると罪悪感が込み上げてきて、美味《おい》しいはずの食事もまったく食べた気がしなかった。ふたりでいるところを見つかったらどうしよう、そればかり気になってしまったのだ。

自分の部屋に戻った途端《とたん》、脱力してしまった。ひとりになると、どうしても不安と焦燥が募《つの》ってしまうのだ。

チーフに抱かれたことを後悔してはいない。けれども……

「ううっ……ごめんなさい、ごめんなさい……」

誰に対してなのか自分でもわからないまま謝り続けた。彼女？　チーフ？　それとも自分？

「あ、ケータイ……」

そういえば、会社を出た時バッグの底に突《つ》っ込んだきりアパートに帰るまで見ていなかった。取り出すと案の定、電池が切れていた。急いで充電器につないで確認したら、イッコからの着信履歴が何件も残っていた。そうだ、あの日はイッコとコータの店に行く約束をしていたんだった。ちゃんとイッコに連絡しておけばよかった。だけど急にあんなことになって……

『連絡が遅くなってごめんなさい』

返信メールを送った途端《とたん》、ケータイが鳴った。

『もう、どこ行ってたのよ！　約束したのに来ないから探したんだよ？』

「実は……チーフのところにいたの」

『チーフって……フラれたんじゃなかったの？　アキナと結婚が決まってるって言ってなかった？』

「うん、そうだけど……」

実は帰るまぎわ、少しだけチーフから釘を刺された。

『少々事情があって俺達のことは公《おおやけ》にできない。だから誰にも言わないで欲しい。それと、急な用事で出かけることがあると思うがしばらくは我慢してほしい』と。詳しい話は落ち着いたらすると言われたけれど、しばらくっていつまでなのだろうか？　わたしとの関係が人に言えないことなんてわかっていたから、その言葉に頷《うなず》くしかなかった。

『なにやってるのよ、もう！　チャーコらしくないよ。結婚する相手のいる人なんてよくないよ！』

「大丈夫だよ、きっとこれっきりだから……」

そう口にした瞬間、ゾクリとカラダが疼《うず》く。抱きしめられる嬉しさ、肌に触れられる気持ちよさが蘇《よみがえ》ってしまう。もしまたチーフに誘われたら……拒《こば》める自信はなかった。

次の土曜日に休みをとったから一緒にごはんしようとイッコに言われたけれど、断ってしまった。

今日だってメールが来ても返信すらしていなかったら、携帯が鳴った。

『チャーコ、今どこなの？　部屋の前まで来てるんだけど、いないの？』

「ごめん……今、出かけてるの」

『まさか、またチーフのところとか言わないよね？』

「……………」

そのとおりだった。あれからチーフに用事がない日はほぼ毎日、仕事の後、わたしの部屋に一緒に帰ってきていた。夜は一緒に眠り、朝は以前のように一緒に走って、朝ごはんを食べてから会社に送ってもらう。週末はジムに出かけた後、彼の部屋に連れて行かれてそのまま日曜の夜まで過ごしていたのだ。

彼女のことがあるので、わたしの部屋で会ったほうがいいのでは、と提案しても、『思いっきり抱けないから』と聞いてくれない。確かにわたしの部屋は壁が薄い。平日は、軽く触れ合うぐらいだし、我慢できなくなって最後までしても声とか抑えるようにしている。チーフだってその辺りはわかってくれているから、できるだけわたしに声を出させないよう、口を押さえたりキスで封じたりしてくれる。動きだってソフトだし……たまに台所でうしろから抱きついてきたりもするけど、その時は最後までしない。

だけど、チーフの部屋だとそんな遠慮の欠片《かけら》もなくなって、玄関先やリビングやバスルーム、いろんな所でされてしまう。

こんなことしていたら……部屋のあちこちに痕跡《こんせき》が残ってしまわないだろうか？　もし彼女と鉢《はち》合《あ》わせたら、気付かれたらどうしようと気になって仕方がない。その一方で、いっそのことバレてしまえばと考えてしまう。そうすればチーフは……浅ましい考えだと思いながらも、そう願ってしまう自分がいた。人ってこんなに身勝手になれるものなのだと呆《あき》れてしまう。

今だけだから……そう思うからこそわたし達はジムや食事に出かけたりする以外、他の時間はすべて惜《お》しむように、ふたりでベッドの中にいた。

チーフはわたしを抱く時『好きだ』と言ってくれる……それがたとえ未来のない『好き』でも信じたくて縋《すが》ってしまう。

『相手の女性と別れ話があるとか聞いてないの？』

わたしの思考を遮《さえぎ》るように、イッコが聞いてくる。

「それは……」

怖くて聞けないけど、たぶんないと思う。一緒にいる時にも何度か電話がかかってきていたから。時には『少し出てくる』と言って何時間か帰って来なかったこともあった。その間ひとり部屋で待つのは辛くて情けなかった。それにこの間、チーフの部屋にひとりでいた時に結婚式場のパンフレットが入った封筒を見つけてしまった。

わかってた……どちらが本命かなんて。向こうは忙しくて逢《あ》えないから、代わりにわたしの相手をしてくれてるんだよね？

その後は、さすがにいたたまれなくて……急いで自分がいた痕跡《こんせき》を消して部屋から出た。

『ちゃんと別れてないの？　だったらそんな関係、止めなよ。またチャーコが泣く羽目になるんだよ？』

「うん、わかってる……」

『嘘、わかってないよ！　相手にバレたら、その人も傷付くんだよ？』

そのとおりだ……一番傷付くのはその人だ。チーフだって責められてしまう。でも、このままバレなければ……そう思ってしまった。だから断りきれずに何度も彼の車に乗ってしまうのだ。

「千夜子？」

チーフがバスルームから戻ってきてしまった。

「ごめん、また電話するね」

わたしは隠すように電話を切った。

「悪い、電話だったのか？　千夜子もシャワーを浴びておいで。着替えたら、今日は食事に出かけよう」

「は、はい」

着替えなんてそんなに持ってきていなかったので、着てきた服に着替える。彼の部屋に持ち込める自分の荷物なんて、ジム用のスポーツバッグひとつ分ぐらいだと考えていた。もちろん自分のものを置いておくことなんてできない。

「どうした？　なにかあったのか？」

だけど、ホテルのレストランで食事をしていても、突然かかってきた電話ですべてが終わる。

「えっ、今からって……そりゃいるけど、わかった。行くから、待ってろ」

彼はウエイターを呼ぶとカードを出した。しばらくすると精算を済ませたカードがトレイに載せられて戻ってきた。まだ食事はメインが運ばれて来たばかりなのに……

「悪い、急用ができた。俺は先に出るよ。支払いは済ませたから、千夜子は最後までゆっくり食べなさい。それと、このホテルに部屋をとっておいたから泊まっていくといい」

チーフは署名欄にサインした後、ウエイターが持ってきたトレイから取り上げたカードキーを一枚、テーブルに置いて立ち上がる。

「すまない、早く帰れたら必ず部屋に寄るから。その時ちゃんと話すよ」

そう耳元で囁《ささや》いた後、急いで店から出ていってしまった。

彼女に呼び出されたら飛んでいくのに、わたしには待ってろと言うの？　話すって別れ話？　これだけ優先順位を見せつけられれば、自分の立場を嫌というほど自覚して惨《みじ》めになる。

「帰ろう……」

こんなところにひとり取り残されて、食事が喉《のど》を通るわけがない。

「すみません、途中ですが帰ります」

ウエイターに声をかけて立ち上がると、困った様子で止められた。

「どうか、最後までお食事なさいますようにと、お連れ様が……」

お店の人はそう言って引き止めるけど、こんなところにひとりでいるなんてわたしには無理だ。

「いいんです。もし問い合わせがあったら最後まで食事して帰ったと伝えていただけますか？」

「わかりました。それではご連絡がありましたら、そのように伝えておきます」

わたしは見送りを断って、早々にその店を出た。早く誰もいないところに行って泣きたかった。

情けなくて惨《みじ》めで、出てくる涙を堪《こら》えきれなかった……

わたしはホテルのカードキーをフロントに預けて外に出ると、怒られる覚悟でイッコに電話した。

「イッコ……今どこ？」

『どこって、コータのお店だけど？』

「今から……行ってもいい？」

『いいけど、どうしたの？』

理由を聞こうとする電話を切り、わたしはタクシーを拾ってコータの店に向かった。きっとイッコには『それ見たことか』と怒られるだろうけど、今は自分の部屋に帰りたくなかった。あの部屋にいるとチーフと一緒にいた時のことばかり思い出してしまう。

「ごめん、今晩も泊めてくれる？」

「もう、だからやめておけって言ったのに」

お店に着くと、やっぱり……おもいっきりイッコに怒られた。だけどその後はわたしの話を聞いて、馬鹿だと言いながらもいっぱい慰《なぐさ》めてくれた。

そのままイッコの部屋に泊まって、ケータイの電源は落としたままにしていた。今は言い訳もなにも聞きたくなかった。チーフを責めれば終わりが待っているだけ……もうそろそろこんな関係は終わらせたほうがいいのだ。

「チャーコ、週刊誌見た?」

「うん、会社でも出回ってた……」

数日後、会社が終わってイッコの家に行くと、いきなりそう聞かれた。

実は今日発売された写真週刊誌に、チーフとあの人が一緒にホテルから出て来た写真が掲載されていたのだ。今度ははっきりと顔がわかるものでうしろに写っているのは食事に行ったあのホテル。どうやらあの後、撮られたらしい。見出しは『モデル・アキナ、結婚秒読み! ふたりはイトコ同士』って……そっか、ふたりはイトコ同士だったんだ。

あの後、ケータイの電源を入れると、チーフから着信や留守電、メールもいくつか入っていた。だけど読むのが怖くて、内容は確認しなかった。とりあえず『わかっていますから、もう気にしないでください』とだけメールを返しておいた。

もちろん、もうふたりで逢《あ》ったりしない。帰りにチーフと鉢合《はちあ》わせないよう、ここ数日は別の道で帰っているし、訪ねてきても逢《あ》うことがないよう、しばらくイッコの部屋に避難していた。コータには悪いと思ったけど、イッコの厚意に甘えた。

「だけどさ、なんでチャーコが逃げ回るようなことしなきゃいけないの? もっとはっきり言ってやればいいでしょ。二股かけてたのは、あっちなんだから。いくら向こうが本命だとしても食事の途中で放ったらかすなんて最低だよ!」

「もう、いいんだってば……わたしも悪いんだし」

「物わかりのいいことばっかり言っててどうするのよ!!」

「ホントにもういいの。逢《あ》わないって決めたし」

「部署が変わったとしても、同じ会社でそれは難しくない？　顔を合わせるたびにあんたが逃げるのなんて納得いかないよ」

「そうだよね……あーあ、会社辞めちゃおうかな。このままじゃ居づらいし」

「不倫……いや、まだ結婚してないけど、それで会社辞めるなんて割りに合わないよ？」

「本当だね、馬鹿みたい……」

あのまま個人的に逢《あ》うことなく、やり過ごせればよかった。だけど選んだのは自分だ。

「本当に、馬鹿だよ。チャーコ」

「うん……嫌いだよ。こんな、自分」

――だからせめて、引き際《ぎわ》だけは潔《いさぎよ》くしたかった。

13　引き際《ぎわ》

翌日出社すると、チーフとモデルのアキナさんがホテルから出てきたところを撮られた写真が週刊誌に載ったことは社内でも話題になっていた。

携帯の電源は、落としたままじゃ不自由するので入れたけど、チーフからの電話には出ていないし、届いたメールも確認していなかった。『誤解されてはいけないと思うので、今後は連絡不要です』というメールを送ったきり。本当は二度と逢《あ》いませんと書くべきだったけど……

「ねえねえ、楢澤さんとアキナの噂って、やっぱり本当なのかな？　たしか、細井さんの前の上司だったよね。なにか知らない？」

わたしがチーフの元部下ということで、皆やたらと話を聞きたがる。中でも隣の席の野村さんはやたらとゴシップ好きで、閉口するぐらい煩《うるさ》かった。

「さあ、どうなんでしょうね」

「えー、元同僚とかから、なにか聞いてないの？」

「大変だとは聞いてます」

本城さんからのメールでは、会社の外にカメラマンがいたりして仕事がやりにくいらしい。チーフが外回りできないから、自分達に仕事が振り分けられて殺人的に忙しいと言っていた。

本城さんは皆川さんと付き合いはじめてからは一時連絡が途絶えていたけれど、チーフの記事が出てからは心配してか頻繁にメールをくれるようになっていた。

「えー、それだけ？　結婚する予定とか聞いてないの」

「それは別に……」

おそらくふたりは結婚するのだろうけれど、アキナさんからの電話の件や式場のパンフレットのことを話すと、とんでもないうわさになりそうだった。余計なことを言ってチーフを困らせたくないので黙っておく。

「わたしは、モデルのＲＹＵＫＩとの仲が怪しいなって思ってたんだけどなぁ」

「ＲＹＵＫＩって、この間、顔に怪我したってテレビで騒がれてた人ですか？」

「そうそう、その怪我が原因で予定してたドラマ出演ができなくなったんだよね。本人は自分でやったって言ってるけど、あれはどうみても誰かにやられた傷に違いないわ。モデル仲間がドラマ出演に嫉妬してやったとか、女に恨《うら》まれた傷だとか色々取り沙汰《ざた》されてるの。まだ真相はわかっていないみたいだけど」

ＲＹＵＫＩって、ちょっと陰のある危うい感じの男の子だよね。冷めた感じであんまり笑わないけど、きれいな顔してるんだよね。怖いぐらい視線が強くて、そこがちょっと男らしくってミステリアスで。ドラマに出るのを、楽しみにしてたんだけどなぁ。

「アキナと同じモデル事務所に所属してて、ふたりは仲がいいんだって。一時期よく一緒に見かけるって噂になってたけど、アキナとは歳の差が十以上あるから、ただの先輩後輩だって週刊誌にも書いてあったよ。年齢を考えると、やっぱ、楢澤さんが本命なのかな。そういえばＲＹＵＫＩって、少し前には別のモデルの男の子と学生モデルのシュリと三角関係って噂もあったんだよね。その後、シュリは随分《ずいぶん》年上の男性と子供ができて結婚引退したんだけど」

野村さんって本当に芸能通だ。わたしは今聞いた人の名前と顔が、半分も一致しないや。

とにかく、毎日毎日チーフのことを聞かれるのはもうたくさんだった。早く忘れたいのに……彼の結婚のことなんて聞きたくもないのに。飛び交う噂に、心がかき乱されていた。

「気になる？　楢澤さんのこと」

「本城さん……」

本城さんは諸用のついでだとわざわざ経理に顔を出してくれた。

メールでは時々近況報告があったけど、こうやって直《じか》に話すのは久しぶりだった。

「楢澤さん、この間部長に週刊誌のことで呼び出されてたよ。その時は『もうしばらくしたら落ち着くから、時間がほしい。これ以上、迷惑はかけないようにする』って言ったらしい。なんだか終始イライラしてて、ここのところ前以上に機嫌が悪いんだ。細井さん、どうしてだか知らない？」

「さあ……わたしには」

そんなことわたしにわかるはずない。逢《あ》ってもいないし話してもいない。

「これだけ騒がれると、これでまた当分、楢澤さんと一緒に帰れないね」

「え？　なっ……なんで」

知っているの？　見られてた？

「彼のクルマに乗るところを、何度か見かけたんだ」

「そ、それは……たまたま、帰る方向が……」

「それだけ？　違うでしょ」

ああ、もうやっぱり本城さんにはごまかせない。

「はい。想いを伝えて、ちゃんと受け止めてもらえました……でも、もう終わったんです」

終わりにしなきゃいけない。いくら好きでも向こうは結婚するのだから。

「終わったって、どうして？」

「だって、週刊誌を見たでしょう？　モデルのアキナさんと結婚するって。わたしが営業にいた時に、アキナさんから式場のことでチーフにかかってきた電話を受けたことがあるんです。だからもうこれ以上は……チーフに迷惑をかけてしまいますから」

「そのこと、きちんとチーフと話したの？」

「いえ、でもいいんです。全部最初からわかっていたことだから……」

「だって、相手はモデルのアキナさんですよ？　きれいな人だし、チーフとはイトコ同士だって。割り込めないですよ……」

「諦《あきら》めちゃうんだ」

「……僕も細井さんも人から奪うとか考えられないんだよね。欲しくても自分が相手より劣《おと》っているのを理由にして諦《あきら》めてしまう。だけど本当にそれでいいの？　僕は……後悔したよ、君を諦《あきら》めたこと。君の気持ちを考えて引いたつもりだったけど、本当に欲しいなら最後まで粘《ねば》るべきだった。それができない僕達はただの臆病者《おくびょうもの》だ。諦《あきら》めるのは優しさじゃない、ただの弱虫なんだ」

「でも、結果がわかってるのに……無理だよ」

「僕は、君から楢澤さんのことが好きで諦《あきら》められないから、僕と付き合うのは無理だって言われた時、その想いの強さに引いてしまった。だけどもし引かなかったらって、ずっと考えていた。意気地のない自分が情けなかった」

「……本城さん？」

「だけど、僕は引いたまま諦《あきら》めた。百合……皆川さんはね、僕にぶつかってくるんだ。何度も何度も。仕事面でも変わろうとして一生懸命やってる。わからないことは頭を下げて聞いて回ってるんだ。できるまで何度もやり直している。あの彼女がだよ？　かなり勇気がいることだと思うよ。だけど彼女は全部やってるんだ。その上で僕に気持ちをぶつけてくる。好きだから、諦《あきら》めないって。正々堂々と僕を振り向かせてみせるって。その時、僕は負けたなって思ったんだ。年下で、仕事もろくにできなかった彼女だけど、敵《かな》わないなって。それでとうとう『君の気持ちに負けないくらい好きな人ができるまで』っていう約束で付き合いはじめたんだ。でも、このまま負けてしまいそうだよ。どんどん彼女に惹《ひ》かれるみたいなんだ」

「…………」

「僕はね、頑張っている細井さんが好きだったよ。今の細井さんは……全然頑張ってない。違う？」

今のわたし？　……そうだね、全然頑張ってなんかない。仕事も恋愛もダイエットも無難にやり過ごそうとしている。チーフのこと、頑張りもせずに諦《あきら》めようとしていた。でも、頑張るってどうやって？　あの女《ひと》に『チーフを諦《あきら》めて下さい』って？　それともチーフに『わたしを選んで、アキナさんとの結婚をやめて欲しい』って言う？

違うよ。チーフのことが本当に好きだって……このまま終らせたくない、誰にも渡したくないって伝えるべきなんだ。たとえそれで振られても、諦《あきら》められるまで泣けばいいだけ。

「頑張っても、いいのかな……」

「いいんじゃない？　楢澤さんは一度は細井さんの気持ちに応《こた》えたんでしょ？」

「……ありがとう、もう一回だけ最後に頑張ってみる」

このまま終わるくらいなら、最後にもう一度だけ気持ちをぶつけてみよう。選んでもらえなくてもいいから……その後のことはまたその時に考えればいい。


「ここだよね……たしか七〇五号室」

本城さんの言葉に背中を押され、わたしはチーフのマンションを訪ねていた。

確認するのが怖くて、連絡もせず突然来てしまったから、きっとチーフは迷惑だろうな。

『……どちら様？』

エントランスのインターフォンを鳴らすと、聞こえてきたのは女性の声。少しハスキーなこの声は……アキナさん？　まさかチーフの部屋にいるなんて！　今までわたしがチーフの部屋にいる時に、アキナさんが訪ねてくることなんてなかったから、こんな事態はまったく想定していなかった。もしかしてもう一緒に住んでるとか……そういえば本城さんも、カメラマンがしつこいと言っていたから、チーフの自宅で逢《あ》うことになったのだろうか。ああ、もうわたしったら、少し考えればわかることなのに！

「すみません、間違えました」

そう言って、急いでチーフのマンションから走り去った。

「せっかく勇気出したのに……」

どうしてわたしの勇気はいつも空振《からぶ》りばかりなのだろう。間が悪いというか、なんというか。

……チーフは、あの部屋で彼女を抱くの？　わたしが何度も抱かれた、あの部屋で。

なにを今さら……傷付いていいのはわたしじゃない。わたしが割り込んだだけで、あの部屋は以前からふたりのものなのに。やっぱり関係を持つならチーフの家には行かず、自分の部屋だけにしておくべきだったと、今になって後悔していた。

不穏な存在は早く消えるのがチーフのためだ。そして、わたしも早く忘れなきゃ！

わたしは手にしたケータイにメールを打ち込む。

『今までありがとうございました。お幸せに』

それだけ書いたメールを送った。

メルアドも変えようか？　いっそのこと携帯買い替えようかな？

「こういう時はひとりでいるよりも……だよね」

『イッコ、今晩呑むの付き合って！』

わたしがメールを送るとすぐさま『了解！』とニコニコ顔文字を添えたメールが返ってきた。

わたしはイッコを呼び出して、その日はコータの店で呑むことにした。平日だけど、こんな日くらい構わないよね？

イッコのお説教を聞きながら呑もう。馬鹿な自分を再認識していれば、もう甘い考えなど浮かばないはずだ。

「で、チャーコはこれから、どうするつもりなのよ？」

「どうもしないわよ……」

イッコの仕事が終わる時間を待って、わたし達はコータの店に来ていた。

「どうしてそんな男を好きになっちゃったかな」

「それは……たまたま好きになった人に彼女がいただけだよ。近付き過ぎて気が付くのが遅かったの。お互いのカラダが欲しくて我慢できなくなっただけ。あるでしょ？　本を試し読みしたら、最後まで読みたくなって買っちゃったりとか」

「それを言うなら味見じゃないの？　味見のつもりが、美味《おい》しくてつい最後まで食べちゃったって」

「あ、なるほど。そうね……お腹が空《す》いてたんだ、わたしもチーフも」

あれだけ触れ合えば、我慢できなくなるよね。わたしは知らなかった世界が知りたくなったし、チーフは、彼女が忙しくて逢《あ》えなかったから、そのかわりに……。味見した相手がぜひ食べてくれと言ったんだから仕方がないよね。そうは言っても、最終的には彼女のほうがいいに決まっている。

アキナさんについては以前、妻子あるカメラマンと熱愛っていう記事を見たことがあった。あと年下のモデルや共演俳優とか……恋多き女性らしいけど、後輩からは面倒見のいい姐御肌《あねごはだ》な人で慕《した》われてるという好意的な記事もあった。ダイエットのハウツー本を出したらしく、本業のモデルより今はそっちのほうが忙しくなってきたっていうのは野村さん情報。それらの噂全部を鵜呑《うの》みにするわけじゃないけど、中には真実もあると思う。とにかくチーフが選んだのだから、素敵な人に違いない。

「で、どうするのよ」

さっきと同じ質問をされる。イッコは、わたしが決着を付けないことに苛立《いらだ》ってるんだろうな。

「どうもしないわよ……でもやっぱり、この先もずっと同じ会社は辛いかなぁ。いっそのこと転職も考えようと思うの」

「それもいいかもね。だからって今すぐに辞めなくてもいいじゃない。いいところ探して、受かったら行けばいいのよ。有給使って面接とか行けばいいんだし」

「そうだよね、そうしようかな」

あの会社にいたら、チーフ情報がずっと入ってくる。そのたびに辛い思いはしたくない。

「そうそう、男もひとりじゃないし会社もひとつじゃない！　選べばいいんだって。もう以前の千夜子じゃないんだから。見た目でマイナスイメージ持たれることはないんだよ」

二十キロ以上のダイエットに成功した。そのことが一番の成果だったかもしれない。

「じゃあ、頑張ってみる！」

新しい道を探そう、そう意気込んでいたのに……

「千夜子！」

その翌日、チーフにいきなり廊下で声をかけられた。社内なのに名前で呼ぶなんて、なにを考えているの！　ここはひと気のない資料室の前だけど、いつ誰が通りかかるかわからないのに。

「どういうことだ、何度携帯にかけても『おつなぎできません』ってアナウンスが流れるばかりで……俺のメールは読んでないのか？」

「わたしから送ったメールで、わかってもらえていると思ってました」

チーフから来たメールは読むのが怖かったので、受信箱ごと読まずに消してしまった。

「あんなメールでわかるか！　言ったはずだ、ちゃんと話したいって。なのに着拒にメルアド変更とはどういうことだ‼」

昨日あれから着信拒否にしてメルアドも変えたことを言っているらしい。

「もういいんです、事情はわかってますから……今までありがとうございました！」

「なにがもういいんだ！　まさか俺と別れるつもりじゃないだろうな？」

別れるって……わたし達、付き合ってたの？

「本城に聞いたが、おまえまで週刊誌に書かれていることを信じているなんてな」

「でも……アキナさんって、ただのイトコじゃないですよね？　この間、チーフのマンションを訪ねたらアキナさんがいました。それから、チーフにダイエットのやり方を教えてくれたイトコってアキナさんですよね？」

「それはそうだが……」

ほら、やっぱり。

「もう、こういうのはやめたほうがいいと思うんです」

結婚するなら、身辺整理とかしておかないと。わたしだって、愛人とか無理だから。

「どうしてだ？」

結婚するくせに、どうしてってそんなこと言うの？

「これ以上はもう話したくありません。チーフのこと、責めてしまいそうだから」

醜《みにく》い部分を見せたくなかった。美しい思い出と幸せな時を宝物にしておきたかった。

「千夜子……俺は別れないぞ！」

「嫌、離して！　んんっ!!」

逃げようとした瞬間、チーフの腕に引き寄せられてしまった。それから顎《あご》を掴《つか》まれ、強引に唇を塞《ふさ》がれた。

「やっ……んっ」

もがいて腕から出ようとしても、唇を強く吸われ、口内に滑《すべ》り込んできた舌先に蹂躙《じゅうりん》されるとカラダから力が抜けていく。知っているのだ、チーフはわたしの弱いところなど全部。

「千夜子、千夜子……」

いくらなんでもここは社内だ。首筋に舌を這《は》わされて感じてしまっても、声を上げるわけにはいかない。

「ダメです……チーフ」

「約束してくれ、今夜俺の部屋に来ると。全部説明するから……嫌だと言うなら、ここで抱くぞ」

「な、なにを言ってるんですか！　そんなことしたらチーフが……」

「構わない。千夜子を他の男の手に渡さないためなら」

他の男って誰のことよ？　それにチーフの部屋にはアキナさんがいるんでしょ？　だったら……

「嫌です、行きません！」

「なぜだ？　さっき、事情はわかっていると言ったじゃないか、なぜ俺を拒《こば》む？」

「事情がわかっているからです……それにアキナさんがいるのに、行けません！」

「だから、事情があってうちに匿《かくま》ってるだけだと言っているだろ？　アキがいるからって、どうして来れないんだ！」

「だって、本命の彼女がいる部屋に行けるはずがないじゃないですか！」

「本命の彼女？　千夜子……なにを言ってるんだ？　俺の本命、彼女はおまえだろうが」

「えっ……だって、結婚するんですよね？　アキナさんと」

「はあ？　結婚って……確かにアキナは結婚するが、俺とじゃないぞ？」

「嘘……でも、前に式場のことでチーフに電話があったし、チーフの部屋に式場のパンフレットが……」

「だからそれは！　……くそっ、今は言えないが、本当に俺じゃないんだ。頼む、わかってくれ」

「え？」

わたしの肩を強く掴《つか》んで、真剣な目で訴えてくる。

……もしかして、本当に違うの？　それじゃ、今まで週刊誌の内容についても否定しなかったのはなぜなの？

「仕事が終わったら、駐車場で待ってるから。絶対に先に帰るんじゃないぞ？　でないと経理部に押しかけるからな！」

「は、はい」

その勢いに押されて思わず頷《うなず》いてしまった。

「愛してるのは、千夜子だけだから」

いいな、と強く言い含めたチーフは、わたしのこめかみにキスして自分の部署へ戻っていった。

「信じて……いいの？」

不安に心を揺らされながらも、わたしはなんとか終業まで仕事をやり遂《と》げた。

14　彼の真実

「千夜子、待っていてくれたんだな。ありがとう」

終業後、わたしは言われたとおりチーフの車の側で待っていた。わたしを見つけた時の嬉しそうな顔を見ていると、やはり信じて待っていてよかったのだと思った。

「行こうか。説明させるよ、全部」

させるって、チーフじゃなくて誰かに？

——その謎は、チーフのマンションへ入ってすぐに解けた。

「はじめまして、湊《みなと》朱《あ》希《き》那《な》です」

彼の部屋のリビングで待っていたのは、モデルのアキナさんだった。写真で見るよりもずっときれいで若くて、思わず一瞬見とれてしまった。それにしても背が高いな……スタイルもよくて、チーフと並んでいると本当にお似合いだ。

「あの、細井です」

急いで頭を下げて挨拶《あいさつ》したけれど、どう対処していいのかわからなかった。

チーフはアキナさんとは結婚しないって言ってたけど、それをわざわざ彼女に説明させるつもりなの？　でも、チーフの部屋に今日もアキナさんがいるってことは、一緒に暮らしてるんだよね？　それなら、いまさらわたしを連れてきてどうするの？

「あら、その声……もしかして、わたしが一度会社に電話をかけた時、出てくれた方？　それに、この間このマンションにも訪ねて来なかった？　声に聞き覚えがあるもの」

「あ……はい」

すごいな、ほんの二言三言話しただけだというのに。

「おい、アキナ。俺の留守中に来客があったことを、なぜすぐに言わなかったんだ！」

チーフはそう言って、アキナさんを睨《にら》んだ。

「だって、インターフォンに出たら『間違えました』って言って、帰っちゃったんだもの。やっぱり勘違いしてたのね……恭ちゃん、この子があなたの言ってた、部下から奪い取った可愛い彼女なんでしょ？」

「え？」

奪い取った？　可愛い彼女って……わたしのこと？

「そうだ、こいつのことだよ。なのに、すっかり誤解させやがって」

チーフはアキナさんを睨《にら》んだ後、今度はわたしの肩をガシッと掴《つか》んで真剣な顔で訴えてくる。

「千夜子、いいか全部誤解なんだ。この間からアキをここに泊めているのは、雑誌記者を彼女の実家から離すことと、俺との関係を誤解させて、こちらにカメラを向けさせるためだったんだ。アキがここに泊っている間俺は、自分の実家に帰ってたんだ。週末だけはおまえとここで過ごしたくて、アキにはマネージャーや友人のところに行ってもらってたんだ。泊めていると言っても、ゲストルームしか使わせてないぞ」

「そう、だったんですか……わたし知らなくて」

「ごめん、恭ちゃん。わたしが無理言ったばっかりに……」

「本当だ。だがそれは俺ではなく彼女に謝ってくれ」

ゴメンナサイとアキナさんがわたしに頭を下げてくれた。でも一体なにがなんだか……そもそも、どうしてふたりの関係を誤解させなきゃいけなかったの？

「アイツは？」

「もう来るはずなんだけど……あっ」

そう言った矢先にインターフォンが鳴り、アキナさんが小走りに玄関へ向かった。

訪ねてきたのは帽子にサングラスで顔を隠した、細身で背の高い男性だった。きれいに歩くその姿で誰なのか大体わかってしまう。モデルのＲＹＵＫＩだ。

す、すごい……イケメン。冷たそうだけど、思わずクラッとするほど美しい顔をしていた。

「すみません、ご迷惑をおかけして」

落ち着いた声で頭を下げる彼の頬《ほお》には、大きな絆創膏《ばんそうこう》があった。だけどそんなことでは彼の美貌《びぼう》は損《そこ》なわれていない。きれいなだけじゃなくてすごく艶《つや》っぽい雰囲気のある人。彼はアキナさんと並んで座る。ふたりが並ぶと、まるでグラビア写真のようだった。

「えっと、実は……龍騎《りゅうき》がわたしの彼なの」

「えっ？」

そういえば……野村さんが、このふたりは怪しいって言ってた。その推測は大当たりだったのね。

「彼とは年齢差もあるし、龍騎にドラマ出演の予定があったから……付き合ってることは内緒にしてるつもりだったの。ふたりの交際も、結婚も、ずっと事務所に反対されてたし」

彼は現在二十三歳、アキナさんは三十六歳。付き合って五年だそうだ。ということは、付き合いはじめたのは彼が十八歳の時なの？　年の差が十三歳でも、並んで座っている姿はしっくりくる。

リュウキさんの隣にいるアキナさんは、少し照れた可愛らしい女の表情をしていたから。

「五年付き合っていると言っても、わたしはつい最近までカラダだけの関係だと思っていたのよ。なのにこいつったら急に『結婚したい』とか言い出して……」

「オレはずっと本気だと言っていたはずだ。最初は……確かに脅《おど》して無理矢理だったから、そう思われても仕方ない部分はある。だけどあなたはそうでもしないとオレなんか相手にしてくれなかったでしょ？　あなたのカラダを手に入れて、その後じっくり時間をかけて、やっと心まで手に入れたんだ。もう離すもんか！」

二人の会話は、まるでドラマのワンシーンのようだった。リュウキさんはアキナさんの手を握って引き寄せ、うつむく彼女を下から覗《のぞ》き込むように顔を寄せている。そんな仕草にアキナさんはもうタジタジだ。

「おい、ノロケは後にしてくれ」

呆《あき》れた表情でチーフが口を挟《はさ》む。どうやらこの二人のこういったやりとりには慣れているようだ。

「龍騎、は、離して……」

アキナさんに押しやられてぶうたれたリュウキさんは、ソファに仰《の》け反《ぞ》って拗《す》ねている。

なんだか、可愛いところもあるんだな。コロコロと表情を変える彼にわたしまでどぎまぎさせられていると、チーフがわたしの身体をぐいっと引き寄せる。その仕草が、なんだか自分のモノだと主張されているようで、恥ずかしかったけど嬉しかった。

「ごめんなさい、説明に戻るわね。ちゃんと話してくれって恭ちゃんに言われてるの」

アキナさんはリュウキさんの腕から抜け出し、こちらに向き直った。

「事務所側は龍騎にドラマの仕事をさせたかったの。それで、わたしとのスキャンダルが出るとマイナスイメージだから、別れろって言われてたわ。その代わり後の仕事は保証するからって……わたしは年のせいもあってモデルとしてはもう限界で、今じゃ育成の仕事のほうが多くなってた。だから、それを受けるしかないと思ってたの」

「オレが今までモデルの仕事をしてきたのは、あなたといるためだ。あなたと別れなきゃいけないのなら、こんな仕事いつだって辞めるって言ってるだろ」

リュウキさんはアキナさんの肩を掴《つか》んで自分のほうへ振り向かせる。ああ、またまたドラマがはじまる。

「そういう訳にはいかないでしょう！　もう、ちゃんと説明させてよ。ごめんなさいね、千夜子さん。それでね、開き直った龍騎は、わたしと付き合ってることを隠さなくなってきたのよ。そうしたら、芸能記者に目をつけられてしまって……そこで恭ちゃんに協力をお願いしたのよ。以前から何度か恭ちゃんとの写真は撮られていたからね。普通のイトコだったら記事にもしなかったと思うけど、彼はこのルックスだから」

確かに、チーフはアキナさんと並ぶと本当に絵になるものね。

「芸能記者だけじゃなく、最初はオレにも婚約者だって嘘ついて紹介したしね」

やっぱり……そうだったんじゃない。

「婚約者の振りしただけだから、千夜子。こいつと別れるために手伝わされただけだ。それに、この男にはすぐにバレてたしな」

「振りでも、アキさんの婚約者がオレ以外だなんて許せない。モデルの仕事も続ける気はないって言ってるのに」

「だからって！　自分で顔に傷を付けて、仕事できなくすることないでしょ？　芸能生命を断《た》つとか言って、こいつったら自分の顔をナイフで切り刻もうとしたのよ！　結局、傷のせいで龍騎のドラマの話は流れて、一ヶ月後に契約が切れたら引退することになったけど、もう信じられない……」

自分でやったっていうのは、本当だったのね。って、引退するの？

「モデルなんかやらなくても他で十分稼げるようになったから、もういいんだ」

株とかデイトレーダーっていうの？　それでかなり収入があり会社も作っているらしい。

「どうして？　あなたはドラマや映画でも十分通用するのに！　そんな才能、努力したって簡単に手に入れられないものなのよ？　もったいないって言ってるんじゃない！」

「俺はあなた以外いらない」

リュウキさんは一歩も引かずにアキナさんを睨《にら》んでるというか、見つめてる？

「もういい加減にしてくれ。おまえが自分で顔を傷付けた時、アキがあまりに酷《ひど》く取り乱して電話をかけてくるから、仕方なく俺は千夜子を置いて駆《か》けつけたんだぞ。その結果……俺は千夜子からの告白を聞き損《そこ》ねて、余計に勘違いさせてしまったんだ。アキはおまえのことも、その才能も大事にしたかったから離れようとしてたんだ。なにせこいつはモデルの仕事が好きで、ずっと努力してきたからな。自分のせいで、おまえのモデル生命を断つようなことはさせたくなかったんだ。もちろん俺も身内として、アキを世間の非難の目に晒《さら》さないために協力したんだ。おまえも男なら、相手の立場を考えてやれよ。ただでさえ年上なのを気にしてるんだ」

呆《あき》れたといった調子でチーフが割って入る。あの時アキさんからかかってきた電話は、そういう内容だったんだ……

「すみません、俺の浅慮《せんりょ》で楢澤さんにはご迷惑をおかけしました。彼女さんにも……それは本当にお詫《わ》びします」

リュウキさんはわたし達に向きなおると、ふたたび深々と頭を下げてくれた。

「頑張ってるアキさんには悪いけど、これは俺がなりたい自分じゃない。だからモデルはやめるよ。

この顔は……オレにはコンプレックスでもあるんだ」

「龍騎……」

アキナさんはその言葉に、少なからずショックを受けた様子だ。きれいな顔でも困ったことや悩むことがあったりするんだね。わたしも太っていたことで色々言われたけど、その反面そんなこと気にしないでわたしの中身を見てくれる人にも出会えた。リュウキさんにとってもアキナさんは、自分の内面を見てくれた存在なのだろう。

「アキもそれはわかってやれよ。こいつがそう思う気持ち、俺にもわかる。自分と相手の目指す道が違っていても、それは一緒になれない理由にはならないと思うがな」

「でも……」

「とにかく、ここから先はふたりで話し合ってくれ。こっちはもう少しで彼女にフラれるところだったんだ」

「あっ、ごめん……」

アキナさんが謝るのを横目に、チーフはわたしの手を取り、引き寄せる。真剣な顔をしたチーフがわたしだけを見つめていた。

「千夜子には辛い思いをさせてしまったんだ……俺のことを、結婚相手のいる男だと思い込んで、それでもそんな俺に抱かれてくれたんだ。真面目《まじめ》なこいつには、きつい選択だったと思う。誤解していることも知らずに、俺は何度もこいつを……本当にすまなかった」

謝りながら何度もわたしの髪を撫《な》でてくれた。わたしは必死で首を横に振る。もちろんそれは、とても辛いことだった。だけどそれほど自分がこの人を好きになっていたことに気付けた。

「本当にごめんなさい。千夜子さん、あなたにはとても辛い思いをさせてしまったわね。きちんと説明しないまま、あなたに手を出したこの子にも問題あるけど……」

「おい、今はそんな話してないだろ」

チーフはわたしを腕の中に抱えたまま続きを話すよう、アキナさんに指示した。――イトコのお姉さんであるアキナさんからすれば、チーフは今でも『この子』なんだ……。チーフにも子供の頃があったんだということがよくわかる。

「はいはい、そうよね。恭ちゃんとのことが週刊誌に載るように仕向けたのも、その後も協力を強要したのもわたしよね。部屋にも匿《かくま》ってもらったし……こっちのことが片付くまで、会社でもプライベートでもわたしとの関係を否定しないよう無理矢理約束させたものね」

「わかってくれたか？　こいつに記者が貼りつくと俺達親族にまで影響が及ぶんだ。そういう理由もあって、断りきれなかった」

「あの、でも……じゃあ、結婚式は？　アキさんは式場のことで会社に電話してこられましたよね？」

「ごめんなさい。ちょっと焦《あせ》って電話しちゃったの。実は引退したらすぐに籍だけでも入れたいって龍騎が言ってくれて……それなのにうちの両親は『式や披露宴《ひろうえん》もしないで結婚して、それを公表するなんて言語道断だ』って言いだしたのよ」

「オレは今すぐにでもふたりの関係を公表しても構わなかったし、式だって海外でふたりきりで挙げたって構わなかったんだ」

「だからうちの親戚は高齢で海外なんて行けないし、結婚式には両家の親族を呼ばなきゃ結婚は許さないって言ってたでしょ。それで国内の結婚式場を予約したんだけど、張り込んでる記者達のせいで打ち合わせに行けなくて。代わりに恭ちゃんに行ってもらってたの」

「それじゃあの部屋にあったパンフレットや書類は？　電話で急いでたのも……」

「それ全部わたしのよ。電話もね、すごくいい日にキャンセルがあって予約したかったんだけど、先に内金を払って契約しないとダメだって言われたのよ。他にも希望者はいるからその日中に入金とサインをして欲しいって。恭ちゃんに行ってもらおうと思って、それですごく急いでしまったの」

　あの電話がきっかけで、わたしの中でふたりが結婚するって図式ができあがってしまった。そのことを告げられるのが怖くて、メールも見てなくて……

「ったく……そのせいで俺は、他の女と結婚するのにおまえに手を出した男だと思われていたんだな。あれほど抱いても信じてもらえなかったってわけか？」

「だって、わたしを不憫《ふびん》に思って、抱いてくれただけだって……」

「なんでそうなるんだ！　くそっ……それも全部俺の説明不足が原因なんだよな。それは謝る。すまなかった」

　チーフはわたしを抱きしめ髪を撫《な》でながら、何度もゴメンと言ってくれた。

「辛い思いをさせた」

「ごめん、恭ちゃん。そんなことになってるなんて知らなくて……」

「まったくだ！　あの日だってホテルで見かけたからと囮《おとり》役に急に呼び出しやがって」

ホテルのレストランに食事に行ったあの日、アキナさん達は同じホテルにいたんだそうだ。

「だって……龍騎ったら、逢《あ》ってくれないとまた顔を傷付けるってわたしを脅《おど》すのよ？　だから仕方なくホテルに行ったけど、カメラマンに張り込まれてて……急いで恭ちゃんを呼び出したのよ」

それであの後、写真を撮られて週刊誌に写真が載ったんだ。

「とにかく、これでわかってもらえたか？」

「……うん」

「よかったよ……メールしても返事がないし、携帯にかけても着信拒否されて。それほど嫌われたのかと俺は……さすがにもうダメかと思った」

「嫌ってなんかいません、わたしは今でもチーフが好きです！　早合点《はやがてん》して、メールも全部削除したりして。チーフには他に結婚する相手がいるから離れなきゃって、必死で……ごめんなさい」

「あれほど好きだ、愛してると、言葉でもカラダでも伝えただろう？　それでも、きちんと説明しなかった俺が悪かったんだな……すまない」

苦しいほど強く抱きしめられる。

「チーフ……恭一郎、さん」

もう一度この名前で呼んでもいいのかと思うと、嬉しくてたまらなかった。

「二度と俺から離れたりするなよ」

「はい……離れません」

「千夜子……」

チーフの顔が近付いてくる……待って、アキナさん達がまだ部屋に！

「ちょっと、盛り上がるのはいいけど……誤解はわたしと龍騎のことだけが原因じゃなかったでしょ？　キスする前にちゃんと話し合いなさいよ」

アキナさんの言葉に、チーフの動きが止まる。

「わかってる……」

部屋を出て行くアキナさんにそう声をかけると、チーフはふたたびわたしの背中が折れそうなほど強く抱きしめてくれた。彼女達が玄関から出て行くドアの音がするまで……

15　愛の誓《ちか》い

「そんな目で見るな。キスしたくてたまらないんだ……だが、そうすれば俺は、話もせずにまたおまえをベッドに引きずり込んで際限《さいげん》なく抱いてしまう」

少しだけ緩められた腕の中でチーフを見上げると、辛そうに微笑《ほほえ》まれた。そんな目って……

「俺は……おまえに泣きそうな顔でじっと見つめられると弱いんだ。おまえは今まで、決して人前で泣こうとしなかったからな。俺の前だけでそんな顔をするのだと思うとたまらなくなる。抱いてどろどろに溶かして、頭から爪先まで貪《むさぼ》り尽くして自分のモノにしないと気がすまなくなる……だがそれじゃ今までと同じだ。アキの言うように、おまえともっと話さなきゃいけなかったんだ。説明も謝罪もまだ足りない」

「わたしは……それでも構わなかったからいいんです。だから気にしないでください」

「おまえがそうやって応《こた》えてくれるから。時々泣きそうな顔をしていても、気持ちは伝わっていると思い込んでしまった。だが、いくら好きだと愛していると口にしても、おまえはそれを婚約者のいる俺がおまえを抱く口実にしていると思っていたんだろ？」

「それは……彼女がいても、たとえ結婚することが決まっていても、それでもわたしを欲しいと、抱きたいと思ってくれていることが嬉しかったから……」

「おまえのことが好きだから、愛しいと思っているから抱いたに決まっているだろ！　俺がそんな男だと思われていたのは少々ショックだったが、俺は他に女がいるのに部下に手を出したりしないぞ！　好きでもない女に『ダイエットの手伝いをしてやる』なんて言うはずないだろ？　だがおまえは本城のことが好きだと思っていたから、最後までしてはいけないと思って我慢してきたんだ。もっとも、そう思うなら本当は最初から触れるべきじゃなかったんだがな。男に慣れるトレーニングも……アレは男に慣れさせるというよりも、全部俺がしたかっただけだ。何度も止めようと思った……だが、おまえにそんなふうに哀願《あいがん》されると止められなかったんだ」

　ふたたびぎゅうっと抱きしめられたかと思うと、チーフはそのままわたしを抱きかかえるようにしてソファへ腰掛けた。正確にはチーフの膝《ひざ》の上に横抱きされている状態で、腰には彼の腕がしっかりと絡みついている。そうなると必然的にチーフの首に掴《つか》まるしかなかった。

本当は……、ソファに押し倒されることを期待してたんだけど……

「ちゃんと話すからな、全部」

「は、はい」

チーフはわたしに視線を合わせて話しはじめた。

「俺にとって千夜子はな、入社してきた時からずっと気になる存在だったんだ。あの頃の俺は妻との短い結婚生活を終わらせたばかりで、女性に対して不信感しか持てなかった。だがそんな俺がなんとかしてやりたいと思ったのが千夜子だったんだ」

「そんなこと……チーフ一度も言わなかったじゃないですか」

「言えるか！　当時の俺は相当自信をなくしてたんだ。離婚っていうのは気力も体力も根こそぎ奪ってくれるからな。理由はどうあれ、こっちが別れたいと言い出したから、マンションも家具も全部置いて出てきた。一から出直しで、当分再婚どころか女性と付き合う気も起きなかった」

それじゃ、あのマンションに前の奥さんは住んだことなかったんだ……

「そんな俺にとって、おまえの存在は日に日に大きくなっていったんだ。特に、体型を気にしているのが心配で……俺も肥満児だったから余計にな。おまえはいつも笑顔で頑張っていた。仕事もすぐに覚えて周りにも気を配れる、いい部下だったよ。人として惹《ひ》かれるにはそれで十分だった。俺の他にも、おまえのよさに気付いてた奴らはいるぞ。奴らはそれとなく声をかけていたが、自分の体型を気にするおまえはそういうの全部社交辞令《しゃこうじれい》だと思い込んでいただろ？　遠慮して断っていたつもりだろうが、あいつらは皆おまえに脈がないと思って諦《あきら》めただけなんだ。そのことに俺はホッとしていた……まあ、本城はしつこかったがな」

そうだったの？　……入社当時は皆が気を使ってくれているのだと思ってた。

「皆川が入社してからは特に、仕事量もストレスも酷《ひど》くなって余計に体重が増えたんだよな……すまない、俺が上司としてきちんと対処していれば」

「そんなことないです。あれは自分でなんとかすればよかったんです……でも、自信がなくて揉《も》め事から逃げてました」

「おまえは……元々人の悪口を言うのが嫌いなんだろうな。あれだけ酷《ひど》く言われても皆川を責めず、不平不満を口に出さなかった。だが、ずっと心配してたんだぞ？　相談に乗ってやりたくて誘っても、おまえは部署の飲み会だと勘違いして皆に声をかけて、ひとりでは来ないからどうしようもなくてな。それでも気になってずっと見ていた。本城のことが好きなのはわかっていたから、さっさとくっついてくれれば諦《あきら》めもつく。そう思いはじめていたんだ……だがおまえはいつまで経ってもあいつの誘いを断るし、そのことに俺はホッとしていたんだ」

「わたしにとってチーフは本当に尊敬できる上司だったんです。だから……」

わたしを一番最初に認めてくれたのはこの人だった。だけど上司だし、甘い雰囲気のある人じゃなかったから、恋愛対象としては見ないようにしていた。

「それはわかっていたさ。だから俺もいい上司でいようとした。だがおまえが倒れた時、俺は本城に触らせたくないと思ったんだ。それで先走って、おまえに酷《ひど》い提案をしてしまった。ダイエットを口実に千夜子に何度も触れて……俺は卑劣《ひれつ》な男だったんだ」

でもあの時、もしチーフがダイエットを手伝うと言ってくれなかったら、果たして今のように目標を達成し、それ以上の成果を上げて理想の標準体重、標準体型になれただろうか？　チーフがいてくれたから……恋する気持ちがわたしをきれいにしてくれたんだ。恋愛がダイエットに効果があるっていうイッコの持論は正しかったんだね。

「そんなことないです！　チーフはわたしにたくさんの勇気と自信をくれました。だから変われたんです。毎日一緒に走ったりごはん食べたりするのも嬉しかった。チーフとずっと一緒にいたいって思ってたんです。だから自信がないって、そう言えばチーフに触れてもらえるから！　たとえチーフに彼女がいても構わないから、最後まで抱いて欲しいって！」

「千夜子……」

わたしは身体を起こし、チーフの頬《ほお》を両手で挟《はさ》み、顔を近付けて覗《のぞ》き込んだ。

「わたしはずっと本城さんのことを好きだと思ってました。でもその気持ちは憧《あこが》れに近いもので……見ているだけで十分だったんです。隣にいる自分を想像できなかった……だけどチーフと一緒にダイエットするようになって、わたしは変われました。自分は女なんだということを実感させられて、自信もついてきました。だけど、本城さんがチーフのアドバイスでわたしを誘ったたって聞いた時、すごくショックでした。本城さんと付き合えばチーフとのトレーニングは終わってしまうのが嫌だって思う自分がいて。それでようやく気が付いたんです……わたしが好きなのはチーフだって。あっ……」

ソファに押し倒されて、今度はチーフの切なげな表情がわたしを覗《のぞ》き込む。

「千夜子、そんな可愛いことを言うな。我慢できなくなるだろ？」

「だから……我慢しなくていいのに」

今すぐ抱いてほしかった。心もカラダもそう願っているのに。

「そう言われてブチ切れて、説明もせず朝まで盛った俺を反省させろ」

気を取り直した彼はふたたびわたしの身体を起こし、膝《ひざ》の上に乗せ直して抱きしめたまま話しはじめた。

「本城と別れたと聞いてどれほど喜んでたと思うんだ。『男を教える』という口実でおまえに触れたことを後悔した……想いが燻《くすぶ》ってカラダが暴走しそうになった。本城のことが好きだとわかっていたのに、俺の指で感じて可愛く喘《あえ》ぐおまえを最後まで抱いてしまいそうで怖かったんだ。朝しか触れなかったのは、会社という時間制限がなければ自分を止める自信がなかったからだ。側にいるだけで欲情して、押し倒したくてたまらなかったからな。抑える自信がなくなってきたから、ジムの時間をずらし食事も遠慮した。それなのにおまえは……朝ではなく他の時間にトレーニングをしてくれと言ってきた。最後までして欲しいと言われた時、どれほど耐えたと思ってるんだ？」

「そんなの言ってくれなきゃわかんないです！　チーフは途中から、わたしのことを避けてたじゃないですか！　嫌なのに約束したから、無理してわたしに触れてくれてるんだって」

「馬鹿か！　嫌だったらあんなに興奮するものか。おまえも触っただろ？　俺の……コレを」

「あっ……」

手を掴《つか》まれ確認させられた。チーフの下半身の熱くて硬いモノ。

「あの時もどれほど最後まで抱きたかったことか。朝まで恋人同士のように過ごそうと言いだしたのは俺がそうしたかったからだ。あれは、自分から言い出したことだがマジできつかった。千夜子の甘い声も、柔《やわ》らかい肌も、誰にも渡したくなかったのに……翌朝、本城のところへ行かせてしまった。おまえがまだアイツのことを好きだと思っていたし、本城も俺にはっきりと言ったからな、おまえのことが好きだって」

「本城さんが？」

「ああ……敵《かな》わないと思ったよ。あっちは本命だし、俺はバツイチってハンデもあるからな。だからおまえに公園に呼び出された時もてっきり、本城との結婚の報告をされると思っていたんだ。それを聞くのが怖くて、アキからの電話を取って逃げ出した。おまえの心もカラダも、全部本城のモノになってしまったんだと思うと辛くて、ちゃんと祝福してやれなかった。部署異動も結婚のためだと思い込んで……だが本城は皆川と付き合いはじめたと聞かされた時は本当に焦《あせ》ったよ。本城と結婚しないのだと、誰のモノにもなっていないと思うと嬉しくて、社内で見つけたおまえをどこかに引きずり込んでしまいそうだった。必死に我慢したがな……その後も、きちんと説明もせず、夢中になっておまえを抱いてしまった。まさかアキとのことを誤解しているとは思わずに」

「もう……いいんです。あの時は辛かったけど、今は嬉しいから……。真実を知るのを怖がって、メールを読まずに捨てたわたしも悪いんです」

「すまなかった……メールではなく、ちゃんと説明しなかった俺が悪い。それまで我慢しすぎて俺は千夜子に飢《う》えていたから、ふたりきりになるとおまえを抱くことしか頭になかった。抱きはじめると溺《おぼ》れてしまって、ソレ以外考えられなくなっていたんだ」

「恭一郎さん……」

「これでわかってくれるな？　俺にはおまえだけだ、おまえしかいない……」

彼の唇が触れそうなところまで近付いていた。

「わたしも……恭一郎さんだけです。このカラダも心も、全部あなただけのモノです」

「千夜子っ……」

「んんっ」

ようやく……彼の唇がわたしを囚《とら》えた。ふたたびソファに押し倒され、のしかかったカラダごとわたしを侵食しはじめる。はやく彼のモノになりたかった。触れてつながっているところから溶け合いたくて、自分から彼に抱きつく。それからカラダを捩《よじ》り、欲しいと求めた。

「もう、ここから帰さない……いいな？」

「は、はい」

帰りたくない。訪れてくる誰かに怯《おび》えなくてもいいのなら……ずっと彼の側にいたい。

「これからずっとだぞ、わかって返事してるのか？」

「……え？」

「誓《ちか》うんだ、もう二度と俺の側を離れないと」

これって……もしかしてプロポーズ？　もう二度と結婚する気はないって……言ってたのに？

「一生俺の側にいてくれ、結婚してほしいんだ。千夜子」

「あの、は、はい……でも、わたしでいいんですか？」

「おまえだからもう一度結婚したいと思った。一緒に家庭を作りたいと……毎日一緒に過ごすのが、どれほど楽しかったか……おまえじゃないと嫌だし、おまえと子供が作りたいと思ったんだ」

「それって……」

それはチーフのトラウマのはずだった。前の奥さんに言われてからずっと。もちろんわたしならそんなこと言わないのにって……聞いた時もそう考えていた。

「嫌か？　俺の子を産むのは……」

「そんな、嫌じゃないです！　う、産みたいです」

「そうか、よかった……おまえだからもう一度結婚したい、俺の子を産んで欲しいって思えたんだ。前の妻に『俺の子供を産みたくない』と言われたことは結構ショックで、努力して得た今の自分まで否定されたようで、結婚も子供ももう御免だと思うようになった。だがそんな俺を変えてくれたのはおまえだ、千夜子」

「わたしも……変われたのはチーフのお陰です。太ってて、コンプレックスだらけだったけど、すべてをさらけ出しても構わないと思えるようになったのはチーフが触れてくれたから。たとえ彼女がいても、結婚することが決まっていても、それでも愛されたいって……子供だって、できたら産みたいって思ってました……」

「千夜子、そんな可愛いこと言うなよ。そんなこと言っていると今日から避妊しないぞ」

「ええっ……あの、今日から、ですか？」

一瞬、躊躇《ちゅうちょ》してしまった……もちろん愛する人の子供なら産んでみたいと思う。だけど、今からと言われると戸惑ってしまう。

「ダメか？」

そんなチーフに不安そうな目で懇願《こんがん》されて嫌と言えるはずがない。

「ダメじゃ、ないです」

チーフがせっかく自らのトラウマを乗り越えてそう思ってくれるようになったのだから、ここはドーンと受け入れるべきだと思ってしまった。それに……

「その、たぶん今日は大丈夫だと思います。もうすぐアレなので……わたし、わりときっちり来るほうですから」

「そうか。残念、と言ってもいいのかな？　俺はすぐにでも孕《はら》ませたいと思っているから、覚悟しておいてくれ」

「覚悟って……」

一瞬ゾクリと背中が揺れる。最初に抱かれた夜も、際限《さいげん》なかった記憶がある……そして今日は金曜で、時間はたっぷりある……

「もちろん、千夜子がしばらくはふたりで楽しみたいと言うのなら、これからも危険日は気を付けるようにする。籍を入れて式を挙げるまでは、一応な」

今更そんなこと言わないでほしい。できても構わないと、わたしのカラダはすでに応《こた》えはじめているというのに……遠慮なんかしないでほしい。チーフの思うままに抱いてほしかった。

「そんなに残念そうな顔をするな。今夜は容赦《ようしゃ》しないから」

「あっ……ん」

先ほどのキスより深く唇を貪《むさぼ》られ、口内のすべてをチーフに蹂躙《じゅうりん》されていた。瞬く間に脳内から酸素が奪われ、わたしの思考は薄ぼんやりと麻痺《まひ》していく。何度も角度を変えて繰り返されるキスと、その都度擦《こす》り合わされるカラダとカラダ。

「千夜子……愛してる」

耳元で囁《ささや》くチーフの甘く掠《かす》れた声に、とろけてしまいそうになる。

「チーフ……んっあっ」

彼の唇は首筋を執拗《しつよう》に責めて胸元へと下りていく。早く早くと、はしたなくも急《せ》く自分がいた。カラダの奥から彼が欲しいと、求めているのが自分でもわかる。

スカートをたくし上げられて、ブラウスの前もはだけられ、わたしのカラダは狭いソファの上で暴《あば》かれていく。わたしはそこで自由を奪われ快感だけを与えられた。

「千夜子、千夜子」

チーフはわたしの名前を呼びながら、さらけ出したばかりのわたしの胸元に顔を埋める。

「あっ……ん」

すでに尖《とが》りはじめた胸の先を愛撫され、わたしは思わず甘い声を上げる。いつもより性急に求められているのはわかっていた。ガードルやストッキングはすでに脱がされ、残った薄い下着の上を彼の指が何度も往復する。わたしの秘部が濡れてしまっていることは、もうバレている。

「やっん……ダメぇ」

下着の脇から侵入した彼の指は濡れた秘裂を浅く掻き混ぜ、さらに甘い声を引き出す。そんな自分の声が恥ずかしくてますます濡れてしまう。

「千夜子、我慢できないんだ、ここでいいか？……」

「えっ……ここで？」

この狭いソファの上で？　どこにも逃げ場のないここで……どうされてしまうのか不安がよぎる。

「嫌か？　ベッドまで、たとえ数歩だとしても待てない。早くおまえとひとつになりたいんだ」

「わたしも……あっん、早く……ほしい」

ずらした下着から取り出された彼のモノは熱く張り詰めている。すでにわたしの中へ入り込もうと擦《こす》り付けられていた。

「はぁ……くっ、もう入れていいか？」

いつもなら彼が入ってくるまでに、何度も指や舌でイカかされてしまうのに……ほとんど慣らされないままするのは、初めてだった。だけど敏感な突起も、ナカの襞《ひだ》も早く触れて欲しくてうずうずしている。

なんの隔《へだ》たりもない彼の切っ先が押し当てられ、ずぶずぶとわたしのナカへ入り込んでくる。いつもなら濡れすぎて圧迫感だけなのに、今日は細かなカタチまで実感させられてしまう。彼のモノが奥まで入り込もうとするたびに、自分のナカが絡みつくのがわかってしまうほどだった。

「くっ……ああ、千夜子のナカだ」

「きょうっ……いちろ……さ……ああっ!!」

「泣いて、ないな?」

快感に打ち震《ふる》えるわたしのカラダをやさしく抱きしめながら、彼はまぶたにキスをする。

「はい……幸せ……です」

避妊具という隔《へだ》たりがないだけで、こうも感じ方が違うのか……奥まで押し込んできて、そこから動こうとしない彼の腰に焦《じ》れて自らカラダを捩《よじ》ってしまう。

「実感しろ。おまえは俺のモノだ。そして、俺はおまえのモノ、そうだろう?」

「は、はい。チーフ……恭一郎さん……っああ! やっ、まだ、ああっ!」

勝手に締め付けてしまい、わたしのナカの彼がその存在を増していく。

「くそっ……締め付けやがって……我慢、できるか!」

「ひっ!」

いきなりぐんと突《つ》き上げられ、そのまま二、三度奥まで押し込まれた。

「千夜子っ、俺のだ……俺だけの!!」

隙間がないほどピッタリと、強く抱きしめられた。それからカラダを引き起こされ、ソファに座ったまま抱き合うカタチで向き合った。

「やっ、こんなの……恭一郎さんが、深すぎて……」

「ああ、奥に突《つ》き当たってるのがわかるよ」

グリグリと彼が腰を突《つ》き上げてくるのが、苦しくて堪らなかった。

「ダメぇ……揺すらないで、やっ……ああ！」

突き上げられているのか、それともわたしが我慢できずに動いているのか……わからない。とにかく最奥に何度も擦《こす》り付けられていた。

「千夜子、締めるな……くっ!!」

「ごめん……なさいっ、ああっ……んっ、やぁ……はうっ……んっ！」

やだ、止まらない……彼を感じようと締め付け、そのまま腰を揺らしていた。

知らず知らずのうちに激しく腰を動かし、チーフもまるでスクワットのように腰を打ち付けてくる。わたしは生理的な涙が堪《こら》えられず、悲鳴のような声を何度も上げた。

「やっ！　ダメッ、これ以上っ……ああっ！」

「もう……くっ、出る！」

「あぁあああっ……イクッ……ダメぇ！」

わたしのナカで熱くたぎる彼の飛沫《ひまつ》を感じ、ヒクヒクとカラダが弾ける。肌の表面が粟立《あわだ》ち、神経がピリピリと過敏に反応する……

「くそっ、おまえがあんまり締めるから……」

「そんな、だってチーフが……その、深いところで……激しくするから」

チーフの熱いソレを意識した瞬間、自分のナカがキュウっと締まるのがわかってしまう。彼とつながっている……そのことが嬉しくて、まだずっとそうしていたくて。

「こら……そんな真似《まね》して、このままで済むと思っているのか？」

「やっ、あの……」

ふたたび硬く逞《たくま》しく勃《た》ち上がってきたソレは、ふたりの体液で溢《あふ》れかえるソコをヌルヌルと掻《か》き混ぜてくる。

「千夜子、俺の首に手を回して、脚も腰に絡めてしっかり抱きついてろ」

「えっ、きゃぁっ！」

恐る恐る言われたとおり彼に抱きついた途端《とたん》、わたしを抱えたままチーフがソファから立ち上がる。つながった場所から愛の証《あかし》が溢《あふ》れ、恥ずかしくて堪《たま》らない。

「待って……こ、このまま？」

「ああ、ベッドまで行くぞ。もう終わったなどと思っていないだろ？　覚悟しろと俺は言ったはずだ。お互い同じ気持ちなら、もうなんの遠慮もいらないんだからな」

ちょっと待って！　それはそうだけど、こんなの……

「やっ、ダメ！　歩かないで……」

しがみつきながら懇願《こんがん》しても、チーフはわたしを抱きかかえたままベッドルームへと向かう足を止めない。一歩ごとに突き上げられ、擦《こす》り上げられ、さきほどイッたばかりのカラダがまたビクビクと反応をはじめてしまう。

「コレが嫌なのか？」

「だって……あっん、深いの、やっ……おかしくなるから……やだぁ」

もう誰にも遠慮しなくていい、わたしを抑制《よくせい》するものはなにもない。だからこそ、コレ以上感じてイカされるのが怖かった。見えない深海がわたしを待ち受けているようで、そこに沈めば戻ってこれなくなりそうで。

「千夜子のナカは嫌だとは言ってないがな」

「そんなこと……あんっ」

そのままベッドに横たえられて、残った衣服も全部剥《は》ぎ取られてしまった。チーフも自らすべてを脱ぎ捨て、彫刻のように美しい裸体をわたしの前に晒《さら》す。

「きれいだ……千夜子」

嘘ばっかり。チーフのほうがずっときれいだ。ああ、もう恥ずかしい……わたしは未だにカラダのすべてを晒《さら》すことに慣れない。何度も抱かれたはずなのに、何度もきれいだと言ってくれたのに……それでもまだ不安で堪《たま》らなかった。それほどチーフのカラダは完璧で、触れるのが怖いほどで。そんな人がわたしのカラダに夢中になってくれていることが嬉しくて、怖かった。

「ソファでは思うように動けなかったからな。安心しろ、次はそう簡単に果てたりはせんよ」

「そんな……チーフ？」

「名前で呼べ。もうチーフじゃないと何度言えばわかる」

「だって……」

つい無意識に呼んでしまうのだ。名前で呼ぶのは迷惑だと、ずっと思っていたから。

「名前で呼ばないと、お仕置きするぞ？」

それは怖すぎる。ただでさえチーフは二度目から強いというか長いのだから……

「お願い、許して……恭一郎さん」

名前で呼んだけど、恐らく意味はなかったと思う。

「許せないな、千夜子が俺を欲しがってカラダも心もすべてを開き、委《ゆだ》ねてくれるようになるまでは……。わかっているのか？　俺をこんなにもおかしくしているのはおまえなんだぞ？　あっという間にきれいになって、女の顔をして俺を煽《あお》るんだ。泣きそうなその顔が俺の欲情を焚《た》きつける。何度果てても、だ」

「恭一郎さん……」

「ほらまたそうやって可愛らしい顔をしながら俺を追い詰めるんだ。千夜子のこの柔《やわ》らかで吸い付くような肌を前にすると食べ尽くしてしまいたくなるし、感じやすくて俺を絶えず締め付けてくるココはどれほど抱いても足りないと思わせる」

だから覚悟しろと言いながら、彼は腰をゆっくり極限まで引いた後、ズンと深くわたしの奥を突き上げ、ギュウッと強く抱きしめた。

「ひっ……やあっ」

「愛してる、千夜子」

耳元に落とされたその言葉に、全身が喜びで粟立《あわだ》ち、同時に泣きたくなってしまった。今が幸せすぎて、こうしていることが信じられないほど嬉しいから。

「恭一郎さん……わたしも……愛してます」

「泣くな、馬鹿」

瞳に浮かぶ涙をチーフが啜《すす》り、そのまま優しく口付けられる。

「いいか、おまえが思っているより俺の想いは強くて深いぞ。わかっていなかったんだろ？　今から、どれほど俺がおまえのことを想っているのか、そのカラダで思い知れ」

「ひゃっ……あああっ！」

脚を抱え上げ、何度も角度を変えて腰を打ち付け攻め立てる。彼の尋常《じんじょう》でない体力と筋力は本当に際限なくて、激しく果てしなくわたしを突き上げた。わたしは息も絶え絶えになる。

「やっ、ダメぇっっ!!」

感じすぎるのが怖かった。さっきからイッた後、苦しくて息もできないほどの大きな波に呑み込まれて水面に浮かび上がれない。

このままでは死んでしまう……気持ちよくて、でも苦しくて。その激しさから逃げようとしても逃げられなくて、囚《とら》われたまま貪《むさぼ》られ続けていた。

「やぁ……ゆるしてぇ、もう、無理……奥は……また……ああっ！」

「止められるか……千夜子っ、千夜子っ！」

チーフの動きはますます激しくなり、わたしを頂《いただき》まで押し上げていく。

「ひっ、ああっ……ダメ、苦しっ……あっあああ」

「くっ……俺も、イク」

わたしのナカでグンと大きくなった彼が、熱い飛沫《ひまつ》を解き放つ。その熱さに溺《おぼ》れ、わたしも後を追いかけるようにして果てる。

「やあああっ、わたしも、イクッ、イッちゃうっ！」

自分でも彼のモノを締め付けているのがわかってしまう。ひっ、ひっと呼吸が引きつり、全身がビクビクと跳ね……指先まで感覚がなくなるほど震《ふる》えていた。同時に、溶かされ意識を飛ばしそうになる。彼も腰を震《ふる》わせながら、激しく肩で息をしていた。

こんな……の、初めてだった。ほぼ同時に果てて、互いに荒い呼吸が収まらない。

「大……丈夫か？」

聞かれても答えられなかった。わたしは彼の首筋にしがみついて顔を埋め、息が整うのを待つしかなかった。

「ひっ……きょ……っ……さ……」

名前を呼びたくても、息が荒すぎて声にならない。

「はぁはぁ……千夜子」

わたしより早く呼吸を整えたチーフは、何度もわたしの髪を撫《な》で、震《ふる》える背中をあやしてくれる。

そしてゆっくりと顔を合わせると、まだ快感に震《ふる》えるわたしの唇にチュッと軽くキスをして、その後、深く口付けてきた。

「んっ……」

彼の口の中で呼吸していると、ゆっくりと指先の痺《しび》れが収まっていくのがわかる。

「過呼吸起こすほど、よかったのか？」

「……過、呼吸？」

学生時代、部活のきつい練習の最中、何度か過呼吸を起こしているチームメイトを見たことがあったけど、自分がなったのは初めてだった。

「まだまだできそうなんだがな……」

「えっ？」

しばらくふたり穏やかに抱き合っていた。

「動けるか？　このまま眠るわけにもいかないだろうから、きれいにしてやる。バスルームまで歩けそうか？」

とてもじゃないけど、指一本動かせそうになかった。ぐったりとシーツにカラダを埋めたまま眠ってしまいたかった。だけどシーツも互いのモノで激しく濡らしてしまっている。

「あっ……んんっ」

わたしのナカから恭一郎さんが出ていく。大量に放たれた彼の欲望とともに。

「そんな声を出すな、また反応して止められなくなるだろ……起き上がれるか？」

「あっ……」

立ち上がろうとしてブルリとカラダが震《ふる》え、腰が砕けて座り込んでしまう。

「やっぱりな。掴《つか》まれ」

「きゃっ！」

チーフはわたしを抱き上げるとバスルームへ向かった。

すごいなぁ……男の人はあんな行為の後でも平気なの？　それともチーフは特別？　脱衣所に降ろされた途端《とたん》、彼のモノが溢《あふ》れてくる。その感覚に慣れない。

「まだまだ、これからだぞ……いいな？」

チーフのその果てない体力が恨《うら》めしかった。

結局バスルームではお湯を溜《た》めるまでの間、ボディソープで身体中を洗われた、というより愛撫された。泡をシャワーで流しながらも、彼の指とふたたび勃立したソレで散々ソコに溜《た》まった彼のモノを掻《か》き出されていたのだ。

「やぁ……のぼせちゃう」

「それじゃ、続きはまたベッドに戻ってからだな」

シーツを替えるために、チーフがバスルームを出ていった間だけゆっくりと湯船に浸《つ》かることができた。ほっと一息ついたのはここまでで、迎えにきた彼にバスタオルにくるまれてバスルームから連れ出されると、ふたたびベッドに連れていかれた。

そうして今度は先ほどまでの激しい行為とは一変して、ゆっくりと焦《じ》らされた。もうだるくて動けないほどなのに、甘く痺《しび》れるような快感はわたしを乱す。遮《さえぎ》るもののない交わりは優しくて、気持ちよくて、この時間が永遠に続けばいいのにと思うほどの至福だった。ぴったりと他のなにも入り込むことができないほど、ひとつになって溶け合えた。

「もう……ダメ」

彼は昇り詰める直前まで引き上げては、動きを止めることを散々繰り返す。わたしが自ら欲しいと嘆願《たんがん》するまで攻め続ける。

恥ずかしいのに、もうろくすっぽ考えられなくなり、ひたすら彼だけを求め続けた。指先も痺《しび》れて動けないのに、ビクビクと快感に打ち震《ふる》えるカラダは彼を欲しがりその喜びを伝えてしまう。もうクタクタで、こんな調子で愛され続けたらカラダが持たない……

「ちから、入らない……もう、無理です」

彼のモノ以外届かない最奥に愛を注《そそ》がれ続け、わたしのナカは彼で溢《あふ》れ、ナカも外も彼のモノに塗《まみ》れていた。

「言っただろう？　今夜は容赦《ようしゃ》しないと。ようやくおまえのすべてを手に入れることができたんだ。もう離さない……ようやく、こうして自分のモノだと実感できたのだから」

それはわたしのセリフだ。他の人のモノだと思っていた。だけど今この人はわたしのモノ、わたしだけのモノ。

「ずっと他の男が好きで、触れることができても自分のモノにはできないと思っていたんだ。その歯痒《はがゆ》さがわかるか？　やっと手に入れたと思ったら逃げるし。他に女がいるのに初めてのおまえを抱いたなどと勘違いされて、俺も少々傷付いている。それって信用されてなかったってことだからな。千夜子にも辛い思いをさせたが、俺だって……お互い二度とそんなふうに思わなくていいようにしないとな。このぐらいで離してもらえるなんて、千夜子だって思っていないだろ？」

「そんな……こと、ない……です」

だって、眠いの。もう……これ以上は、無理……

「まあ、先は長いから今日はこのまま眠ろうか……だが、これから一生この腕の中だぞ？　もう、離しやしないからな」

チーフの優しい声を聞きながら、わたしは夢見心地のまま眠りについた。

彼の腕の中で……翌朝、彼の優しいくちづけで目覚めるまで。


～後日談～


結局、次の日もその次の日も一日中ベッドから出してもらえなかった。そっと体重を測るとまた一キロ減っていた。

次の週末はわたしの生活に必要な荷物をチーフのマンションに移動させるのに一日使ったけれど、その次の日は前の週と同じだった。

さすがにえっちばかりでは困るから買い出しに行きたいと言うと、チーフはコータの店に行こうと言い出した。

「本城は連れて行ったんだよな？　彼氏として。それなのに俺はダメだとは言わせない」

むしろ強制的に連れて行かされたと思う。連絡する間もなくて、突然コータの店にお邪魔した。

「はじめまして、楢澤です。千夜子がお世話になりました」

「はっ、はじめまして……あ、東浩太です」

あのコータが緊張しまくってた。チーフの作り笑顔ってやたら威圧感があるから、無理もないけれど。

イッコも仕事が終わって飛んできた。

「ちょっと、チャーコ大丈夫なの？　やっぱり騙《だま》されてるんじゃないの？」

イッコは思いっきり胡散《うさん》臭そうにしていた。いくら説明しても、『アキナとの二股』疑惑は晴れなかった。だけどちょうどその日、テレビでアキナとＲＹＵＫＩの結婚報道が流れているのを見てようやく納得したようだった。

「おい、いいのか、あのおっさんで。本城よりもさらに喰えないぞ、あの手の男は」

チーフがトイレに立った隙に、そんなことを言ってくる。喰えなくてもいいのよ……どうせ喰われる一方だし。

「コータ、おっさんは酷《ひど》すぎない？」

「まあ、おまえがいいんなら、いいんだけどさ」

「もうほら、チーフさん戻ってきたから！　コータはあっちで相手してて。こっちは女同士の話があるんだから。ところで、チャーコ。また痩《や》せたでしょ？」

「えっ？　ああ、ちょっと……」

「まだダイエットしてるの？　もうしなくても大丈夫そうだけど……」

ダイエットはしていないけど、少しずつ体重が減っていた。

「今は朝はあんまり走らなくなったけど、休みの日はジムで汗を流したりしてる。恭一郎さんはトレーニングが趣味みたいな人だからね。毎日それに付き合ってるし、食事も以前よりきちんと取ってるくらいなんだけど……」

本当はそのトレーニングというのは、今では主にベッドの中になっている。朝のジョギングも週末はベッドの中のトレーニングに変わってしまった。

「それにしても、ますますきれいになったよね。お肌もプルプルだし、他になにかやってる？」

「そ、それは……イッコのおすすめをずっと飲んでるから、じゃないかな」

あれからもチーフの欲求はすごくて、危険日以外はそのまま……されてたりする。

「それだけじゃありえないと思うんだけど？　身体の線もかなり変わってきたよね」

「そう……かな？」

ずっと愛されて、触れられて意識させられていると、身体のラインまで変わるのかなって思う。代謝や女性ホルモンの分泌《ぶんぴつ》は上がる一方だし、いくら食べても太る暇がないっていうか……いったいチーフのあの体力は、どこから来るのだろう？　年齢に負けないよう意識してるみたいだけど、今までの鍛《きた》え方が違うからなのかなぁ。

「トレーニングもあるけど、彼とずっと一緒にいると……その、体力の消耗《しょうもう》が激しくて」

仕事のない日は朝昼晩場所も関係なく触れてくるし、職場でもお昼を一緒に食べる時は食後のデザートだと言ってキスとかそれ以上のこともされてしまう。カラダの休まる暇がないというか、こんなので飽きないのって思うほどしたがるんだもの。

「ああ……なるほど。朝も夜も太る間がないほど愛されてるってわけね。すごい体力だね、チーフって」

そうなんだよね、普通なら疲れてバテてるはずなのに、わたしも彼も体調がいいのよね。どうして……ああっ！　もしかして？

「チーフも最近、イッコおすすめの滋養強壮剤《じようきようそうざい》を飲んでるんだけど！」

「ああ……なるほどね。元気な人が飲むと、元気になりすぎるくらい効果があるかもね」

それでだったんだ……疲れてるわたしを横目に、元気すぎると思った。

「なによ……そんなにすごいの？」

「イッコも……コータにも毎日飲ませてみれば？」

「コータにあれを？　まさか、コータにはまだ早いし、これ以上元気になられても困るって……」

そうだよねと、ふたりで大きなため息をついた。


「千夜子、話してるところ悪いがそろそろ帰ろう」

コータの店に来ても、そうそう長居はしなかった。どうして？　久しぶりだからゆっくりしたいのに。だけどその理由はすぐにわかった。

「浩太くんとも色々あったみたいだな」

「ひえっ？」

コータ、いったいなにを話したっていうの？

「帰ったら、覚悟してもらおう」

チーフがにやりと笑って、わたしの腰を引き寄せる。
その夜もお決まりのように激しく愛されて……翌朝は仕事をお休みするしかなかった。チーフは謝ってくれたけど、まったく反省はしていないようだった。この調子じゃ、また今夜も？

――わたし、当分ダイエットしなくても済みそうです。

久石ケイ（くいし けい）
関西在住のくすりやさん。2003 年より web サイト「kuishinbo の屋根裏部屋（http://k-yane.net/）」で恋愛小説を公開。ちょっとえっちな恋愛小説が大人の女性に人気を得て、2008 年アルファポリス恋愛小説大賞読者賞受賞。

イラスト：わか

らぶ☆ダイエット

久石ケイ（くいし けい）

2015年 11月30日初版発行

編集ー斉藤麻貴・宮田可南子
編集長ー塙綾子
発行者ー梶本雄介
発行所ー株式会社アルファポリス
〒150-6005 東京都渋谷区恵比寿4-20-3 恵比寿ｶﾞｰﾃﾞﾝﾌﾟﾚｲｽﾀﾜｰ5F
TEL 03-6277-1601（営業） 03-6277-1602（編集）
URL http://www.alphapolis.co.jp/
発売元ー株式会社星雲社
〒112-0012東京都文京区大塚3-21-10
TEL 03-3947-1021
装丁イラストーわか
装丁デザインーansyyqdesign
印刷ー図書印刷株式会社

価格はカバーに表示されてあります。
落丁乱丁の場合はアルファポリスまでご連絡ください。
送料は小社負担でお取り替えします。

ISBN978-4-434-21350-2 C0093